En la sangre

En la sangre

Laura Gomara

Rocaeditorial

© 2019, Laura Gomara

www.lauragomara.com

Derechos de edición negociados a través de Asterisc Agents.

Primera edición: octubre de 2019

© de esta edición: 2019, Roca Editorial de Libros, S. L.
Av. Marquès de l'Argentera 17, pral.
08003 Barcelona
actualidad@rocaeditorial.com
www.rocalibros.com

Impreso por Liberdúplex, s. l. u.
Sant Llorenç d'Hortons (Barcelona)

ISBN: 978-84-17771-17-1
Depósito legal: B.19199-2019
Código IBIC: FF; FH

RE71171

A Anna S. y Anna Karina

La vida no es como la has visto en el cine.

Cinema Paradiso

*—Ah! Seigneur! donnez-moi la force et le courage
de contempler mon cœur et mon corps sans dégoût!*

Un voyage à Cythère, CHARLES BAUDELAIRE

En esta vida, todo trata de sexo excepto el sexo.
El sexo trata sobre el poder.

Cita apócrifa atribuida a OSCAR WILDE

ALMOST BLUE

The shoes on my feet, I've bought it.
The clothes I'm wearing, I've bought it.
The rock I'm rockin', I've bought it.
'Cause I depend on me if I want it.

Independent women, DESTINY'S CHILD

SEIS SEMANAS PARA NAVIDAD

1

«*M*alas noticias», la sentencia me retumba en la cabeza mientras el tren empieza a frenar y me sujeto al asiento de delante. Estamos en Muntaner. Y es el momento. A primera hora de la mañana, esta línea de los ferrocarriles está a rebosar de oficinistas de camino al trabajo, de adolescentes apáticos y etéreos de uniforme, de padres pijipis que llevan a sus hijos a la guardería *eco* de turno. Sí, es la hora perfecta. Pero no me gusta hacerlo tan temprano. Pese a que mucha gente todavía está medio dormida, algunos tienen los sentidos alerta, listos para la batalla que los espera en el despacho.

Echo un vistazo alrededor sin soltar el asidero de plástico. A mi derecha tengo a una mujer de unos sesenta que no aparenta más de cuarenta y cinco. Sujeta un Kindle casi en vertical a la altura de los ojos y está abstraída en la lectura. Sonríe como si estuviera sola, tumbada en el sofá de ocho mil euros de su casa de la zona alta. Calculo el precio del sofá por el del abrigo Isabel Marant, perfectamente doblado, que le cuelga del brazo. La prenda es de esta temporada. Nada de tiendas de segunda mano para la señora del Kindle. A mi izquierda, un hombre mayor con pinta de dandi, con la piel bronceada cuando a todos los demás hace dos meses que se nos ha caído el moreno, un fular de seda atado al cuello y una americana cruzada que le cubre los bolsillos del pantalón de traje. Una pena que la americana sea tan larga.

La voz metálica de megafonía anuncia la siguiente parada: Gràcia. Queda muy poco hasta Provença, donde el tren se queda casi vacío. Aquí y ahora la multitud, el rebaño, facilita las cosas. Me sitúo más cerca de la mujer del Isabel Marant y puedo ver de refilón lo que está leyendo. No me suena, pero seguro que no es Dostoievski. A no ser que los héroes del ruso tengan un torso amplio y plano. La mujer saca el móvil del bolsillo del abrigo y, sin apenas mirarlo, lo devuelve a su lugar. No puede ser tan fácil.

Observo el ángulo en el que está situado el bolsillo y un bandazo del tren me desconcentra. El silencio y la quietud del vagón no ayudan. Necesitaría ajetreo, movimiento... ¿Qué te pasa hoy, Eva? Ay, que no me gusta hacerlo bajo tierra. Este no es mi territorio. Hay demasiada competencia organizada, demasiadas bandas de rumanos o del norte de África disputándose las líneas y las horas con más afluencia de turistas. Solo lo hago en el transporte público en caso de necesidad o si no puedo contener el impulso, como esta mañana. Y, cuando lo hago, prefiero los viernes y sábados por la tarde, con los trenes a rebosar de grupitos que han ido de compras. Incluso las madrugadas, en las que los cincuentones se me arriman y casi me regalan la cartera que asoma del bolsillo trasero del pantalón.

16

Coloco mi bolso como pantalla y deslizo dos dedos en el bolsillo del abrigo beis que la mujer lleva colgado del brazo. Palpo el móvil que la he visto guardar hace un momento, y lo sujeto entre el índice y el corazón. Remolco el aparato con suavidad y, una vez fuera, lo deslizo en mi bolsillo. Cuatro segundos de trabajo. El vagón está frenando y finalmente se detiene. Me abro paso entre la gente y salgo al andén. La mujer se queda dentro, todavía sonriendo con la mirada fija en su Kindle.

Yo también sonrío. Tanto que creo que se me va a desencajar la mandíbula. El subidón de adrenalina sigue siendo el mismo que cuando tenía dieciocho años. Es mejor que la coca, el *speed*, el Adderall, el MDMA. Por supuesto, mejor que el sexo. Mejor que nada que haya probado nunca. La droga que crea mi cerebro diluye poco a poco la ansiedad. Me acomodo el Hermès en el hombro y avanzo hasta las escaleras automáticas. Quiero regalarme algo bonito, algo que compense las malas noticias.

Es lo primero que ha dicho esta mañana el doctor Sagarra cuando me he sentado en la butaca de piel. Piel de verdad, nada de escay para el doctor Sagarra. Lo ha soltado a bocajarro: «Malas noticias». Ni siquiera ha esperado a que dejara el bolso en la silla de al lado. Mi hepatólogo es un buen ejemplo de economía del lenguaje. Tal vez ha sido esa practicidad suya lo que le ha llevado a tener una consulta privada en el paseo de la Bonanova. Pero el móvil que acabo de robar no se convertirá en dinero líquido hasta dentro de unas horas. Meto la mano en el bolsillo y pulso dos botones durante quince segundos para asegurarme de que se apaga. Es el último modelo de iPhone, me darán unos cuatrocientos euros por él.

Subo las escaleras por la cola de la derecha y mis tacones resuenan en los escalones metálicos. El abrigo amplio, negro, de Saint Laurent, ondea a mi espalda como la capa de una heroína de dibujos animados.

Me abro paso hasta los túneles e imagino a la mujer del Isabel Marant llegando a la oficina, palpando su bolsillo vacío y llamando a su móvil a punto del ataque de ansiedad. «El número que ha marcado está apagado o fuera de cobertura.» Las compañeras se lamentarán con ella porque ha perdido las fotos de esa escapada a Ibiza con sus hijos mayores. Después, la denuncia en la Policía, las colas en la empresa de telefonía para que le repongan el terminal. Sacudo la cabeza. No me gusta pensar en ellos, en lo que viven después de cruzarse conmigo.

Recorro el pasillo del transbordo y bajo al andén de la línea tres, dirección Zona Universitària. Junto a las vías hay varias personas esperando el metro. Dos hombres jóvenes, trajeados, uno de ellos pegado al móvil, tres estudiantes cacareando y un tipo muy tatuado y con dilataciones que empuja un carrito de bebé. Ninguno de ellos parece llevar encima el efectivo suficiente como para comprar una cartera de Prada. Aunque yo misma soy el ejemplo perfecto de que las apariencias engañan. En el bolso no llevo más que unas gafas de sol, el tabaco, el móvil, la medicación recién recogida en la farmacia, la cartera casi vacía y las llaves de casa.

Tres minutos de espera. La noticia de Sagarra me ha hecho sentir más cerca de la muerte que nunca. Aunque, a decir verdad, ya la esperaba. Después de tres años de tratamiento, de ampliarlo varias veces sin ningún efecto, no puedo decir que esto me pille por sorpresa. Sé que ahora es volver a empezar o resignarme a una degradación lenta y a morir joven. Pero ¿y si vuelve a no hacer efecto? ¿Si estoy tan podrida por dentro que la medicación no puede hace nada por mí? No quiero pensar en ello. No quiero.

Para distraerme, controlo el andén y pillo a uno de los yupis mirándome. En un gesto automático, lo calibro como posible partido, aunque hace mucho que aprendí que utilizar mi cuerpo para acceder al capital no es una buena idea. Fue Enrique, brillante doctorando en Economía, quien me lo hizo ver en mi primer año de carrera.

«Tu cuerpo es un producto que siempre irá a la baja. Si tus mayores activos son la belleza y la juventud —me contó una noche, con sus ojos de serpiente escudados tras una botella de Heineken—, dos valores que, en la cultura occidental y en el caso de las mujeres, alcanzan su cénit antes de los veinticinco años y, a partir de ese momento, año tras año, solo pueden bajar, tu precio en el mercado va a ser siempre más bajo. Y, en cambio, el de las mujeres nacidas antes que tú será más alto. Hasta que envejezcan, claro. Así que si crees que eso es lo que tienes para ofrecerle a un hombre, debes aceptar que solo puedes perder porque, mientras que su capital sube todos los años, fruto de sus buenas decisiones en los negocios, el tuyo va a la baja. Es decir, el hombre en cuestión siempre acumulará más poder y tú te convertirás en una sombra. Hasta que seas sustituida.»

Aceptar aquella idea tan simple, que me hacía sentir como un paquete de acciones, no fue fácil. Pero es algo que siempre tendré que agradecerle al imbécil de Enrique. Eso y las decenas de libros de economía que me dejó cuando se fue a hacer una estancia a Yale. Y, cómo no, se casó con una yanqui diez años más joven que él.

La belleza y la juventud son lo único que ve el yupi que no aparta la mirada de mi cuerpo. Tal vez también los miles de euros en ropa y complementos que llevo encima. Ese valor no lo había tenido en cuenta Enrique. ¿Cuánto me aporta el dinero que aparento tener? ¿Qué cambiaría si fuera la cajera de un súper?

Todo. El yupi hace un amago de acercarse y me doy cuenta de que le he sostenido la mirada más de lo conveniente. Mierda. Desvío la cabeza hacia las vías y levanto la mano izquierda a la altura de la barbilla, bien visible. Compruebo de reojo que el anillo de Rita sigue en el dedo correcto. Todavía lo llevo para este tipo de ocasiones. Y porque, para qué negarlo, estoy enamorada de esta joya antigua. Bajo la mano para observar el sello de oro con una obsidiana plana en el centro. En la piedra hay grabada una cruz griega y una corona de laurel alrededor. ¿De dónde lo sacaría la madre de Oleg?

Echo un vistazo al yupi, que ya no me mira y se ha alejado un poco. El tren sale del túnel y me sitúo para ser la primera en entrar. Localizo a un grupo de turistas a la derecha del vagón y me dirijo hacia allí. Hago un movimiento brusco y algo se desplaza en el bolso. Las agujas. Ya no puedo librarme de las agujas.

Esta vez no me cuesta conseguir una cartera. A juzgar por su tacto, es un pequeño y deformado monedero de piel de un turista bastante excéntrico cuyas hijas llevan colgados del hombro sendos Chanel auténticos. Traslado el monedero a mi bolsillo izquierdo y lo abro con los dedos de una mano. Tanteo los billetes rugosos y los manipulo para que queden dentro del bolsillo. No hay nada más en la cartera, ni tarjetas de crédito ni monedas. Me alejo del turista y cerca de la puerta dejo caer el monedero al suelo. Las puertas acaban de abrirse y me dejo arrastrar por la multitud hacia el andén.

En el apeadero de Passeig de Gràcia algo no va bien. Los viajeros forman una masa compacta en la plataforma y empiezan a murmurar. Miro alrededor, busco a los revisores del metro, con sus horribles chalecos rojos, pero no los veo. Oigo dos veces la palabra «policía» en el tono indignado de las personas que no tienen nada que ocultar. Mierda. La gente empieza a avanzar, y de puntillas sobre los tacones puedo comprobar que cuatro *mossos* uniformados están identificando a algunos viajeros que han salido de mi vagón. Entre ellos, al hombre trajeado que me miraba hace unos minutos.

Agarro bien el bolso y sigo al gentío. La mano izquierda, en el bolsillo, calienta el plástico de la carcasa del móvil robado. Noto cómo se forman pequeñas gotas de sudor en la palma, y los dedos resbalan. No debería haber cogido el móvil. Lo he hecho por impulso, porque era fácil. Sé que los billetes están limpios, pero el móvil no.

19

Cuando llega mi turno, compongo la expresión más confusa que soy capaz de fingir. El policía que hay frente a mí tiene un aspecto tranquilizador, casi paternal. Me hace un gesto con la cabeza para que avance.

Segundos después siento el aire frío en la cara y la luz del sol estalla como un diamante en cada centímetro del Passeig de Gràcia. Subo hacia Prada y no tardo en ver la discreta marquesina de la tienda, un espacio acristalado no muy ancho, con losas blancas y negras que relucen más que el cristal de los escaparates. Siempre me han fascinado esas losas. Me acerco a la puerta y un chico joven, con cara de chaval de barrio, la abre para mí con una ligera reverencia. Le doy las gracias y entro. Dos dependientas rusas y tres asiáticas me saludan al unísono.

Hay que celebrar las malas noticias.

2

«*H*epatitis C», dijo el médico de la Seguridad Social sin apartar la vista del ordenador. Vi la cara de mi madre mutando en una máscara de sorpresa, incredulidad, decepción. Imagino que ella vio algo parecida en la mía.

Tenía veintiocho años y hacía seis meses que había muerto mi abuela. No había sido un buen año. Aunque mi madre opinaba que no estaba siendo una buena década, que todo había ido de mal en peor desde que me fui de casa. Después de cinco cursos intermitentes en las universidades más caras de la ciudad, que mis padres no podían pagar pero que pagaron, tan solo había conseguido algunas prácticas mal remuneradas y sin continuidad. Lo había dejado con el que era mi novio desde hacía tres años y la ruptura había enfriado la relación con quien yo creía que eran mis mejores amigas. Y, desde hacía un par de años, estaba adaptándome a un nuevo estilo de vida, en el que no tenía horarios ni obligaciones más que conmigo misma, pero en el que vivía en un estado permanente de paranoia. Sí, había empezado a robar en serio. Como uno se droga en serio o juega a la bolsa en serio. Pero, en realidad, nada de eso importaba. Había muerto mi abuela Isa. Eso era lo único importante, lo que no me dejaba dormir desde hacía diez meses.

Y la falta de sueño había derivado en cansancio, y el cansancio, en pequeños despistes: las llaves de la moto puestas; el fuego encendido; lagunas de memoria que, en mi caso, podían volverse muy peligrosas... Los despistes habían acabado en ansiedad, y la ansiedad, en paranoia. ¿Y si me dejaba el gas abierto y explotaba la casa? O peor, ¿y si me pillaban? Al final, le conté lo del cansancio a mi padre, que se lo contó a mi madre, que me arrastró al médico de cabecera para unos análisis completos.

Y así llegamos a aquella sofocante tarde de verano en la que, temblando bajo mi vestido de tirantes en una consulta en la que el aire acondicionado estaba varios grados por debajo de lo recomendado, busqué los ojos de mi madre y ella apartó la mirada. Nunca me había metido nada con aguja y el condón siempre había sido obligatorio. Las malditas charlas del instituto público habían funcionado. Era una buena chica. Pero eso ella no lo sabía. Mi madre, profesora de Matemáticas, cuadriculada, severa, siempre pensó lo peor. Hepatitis C. Su hija durmiendo noche sí y noche también en casa de esas niñatas de Sarrià, pasando el verano en sus casas de Cadaqués y Sant Pol, yéndose de viaje con ellas a Florencia, a París, a Grecia, a las Baleares. No importaba que hiciera años de todo aquello, que solo fueran los vestigios de sus celos en mis primeros años de universidad.

Yo miré al médico con cara de Bambi y él se dignó a apartar la vista de la pantalla para mirarme a los ojos. «Tengo que hacerte algunas preguntas personales», dijo. Y le pidió a mi madre que saliera de la consulta. Eso le sentó todavía peor. Pero el médico tenía que asegurarse de que no iba a mentir por tenerla delante. Él no podía saber que me daba igual. Tenía frío, estaba muy cansada y era incapaz de conducir o concentrarme. Ella me había acompañado a recoger los resultados porque no me veía capaz de andar trescientos metros sin sentarme en un banco. Pensábamos que era una anemia de caballo. Y lo era. Pero había algo más.

Mi madre salió y respondí a las preguntas. Eran incómodas. Pero el médico me aclaró que podía haberme contagiado de cualquier manera. Esnifando una raya. Haciéndome un empaste. Chupándosela a mi novio. Perforándome las orejas. Haciéndome la manicura. Los ojos del doctor volvían a recorrer distraídamente la pantalla; entendí que le resultaba más cómodo mantenerlos ahí que en los rostros angustiados de los pacientes.

Mientras me preguntaba sobre tatuajes, su expresión cambió. Había visto algo en el ordenador. Estaba consultando la ficha de la cirugía que me hicieron tras el accidente de coche que tuve cuando era una niña.

—Eva Valverde. Aquí consta que tenías ocho años.

Volvíamos de pasar las Navidades en el pueblo de mi madre, cerca de Zaragoza, cuando se nos cruzó un camión y volcamos. Aquel día la obsesión de mi madre por la seguridad nos salvó la vida. Si no hubiera llevado cinturón y sillita, habría salido disparada por el parabrisas o me habría estrangulado con la correa del cinturón. Al médico se le tensó la mandíbula.

—Una transfusión —musitó entre dientes—, no se puede demostrar, pero teniendo en cuenta el estadio de la enfermedad, no es algo que lleve en tu organismo unos pocos meses. Hablo de más de quince años. Una transfusión...

Dudó un momento, pero hizo entrar a mi madre. Nos explicó que el virus de la hepatitis C no se había descubierto hasta 1989, y que hasta 1992 no hubo ningún protocolo para detectarlo en los donantes de sangre. Intentó convencernos de que no intentáramos reclamar nada a la sanidad pública porque era indemostrable.

Aquel pobre señor no conocía a mi madre. Ella habría removido cielo y tierra para conseguir todas las compensaciones posibles y, sobre todo, una disculpa del cargo más alto de la sanidad pública. Pero no la dejé hacerlo. Después de aquella mirada en la consulta, no podía permitir que continuara inmiscuyéndose en mi vida, como cuando era adolescente y no me dejaba ponerme los pendientes de oro por si me los arrancaban en la calle, o leía mis correos electrónicos «porque Internet está lleno de pederastas». Cuando salimos de la consulta, le dije que solo quería curarme y que no pensaba pedir ninguna responsabilidad. Por supuesto, discutimos y, después de aquella tarde, apenas nos hablamos en dos años.

3

—*E*n dos minutos tiene el ramo.

Saco del bolso la nueva cartera de Prada para pagar las flores y meto las gafas de sol, que me molestan sobre la cabeza. Pago al marido de la florista y, mientras espero el cambio, me quedo con la cartera en la mano y acaricio la piel de *saffiano* y los bordes dorados de la solapa. Cincuenta y seis euros por un ramo de seis peonías. Menudo derroche.

Son para Blanca, aunque Blanca Alemany no tiene ninguna relación con la carnosidad de una peonía. Anoche me llegaron más de cuarenta mensajes del grupo de amigas de la universidad. Blanca nos invitaba a una cena en su casa, «una reunión informal de amigos», con gente que vive el final de la treintena antes de tiempo, que arrastra niños, horarios, reuniones, pero que se niega a dejar de ser joven. La mayoría de los que fueron mis amigos hace años que se integraron en la vida que sus padres habían planeado para ellos. Y Blanca Alemany es la abeja reina.

Hacía más de un mes que nadie escribía en el grupo. Y sospecho que no entraba en sus planes invitarme y que alguno ha intercedido por mí. Leo una indirecta sobre un tío que quiere conocerme. Quizás ha corrido la voz de que lo he dejado con Oleg.

Me ato el cinturón de la gabardina y acomodo el ramo sobre el bolso. La calle Major de Sarrià está llena de padres con sus hijos, hombres con camisas blancas planchadas por la chica que asoman de abrigos y gabardinas, de zapatos de trescientos euros. Da la impresión de que el otoño y el frío son menos duros en este barrio. Algunos niños corretean por la plaza de la iglesia. Son todos guapos, espigados, rubios, con la piel dorada y la mirada altiva, y al mismo tiempo soñolienta, como eternamente sorprendida, de las clases altas barcelonesas. Tienen la seguridad absoluta de que su mundo no se va a derrumbar, de que todo seguirá ahí mañana cuando abran los ojos. Una confianza apoyada en generaciones de negocios bien asentados. Desde luego, yo la finjo muy mal. Por mucho tiempo que pase por esta zona siempre me siento parte del servicio. Tengo la sensación de que me van a gritar: «¡Intrusa!», y me van a sacar a rastras en cualquier momento. O de que una abuela, con toda la naturalidad del mundo, me va a ordenar que le vigile a las niñas mientras se va a jugar al *bridge*.

Durante los primeros años no me di cuenta de que era diferente. Blanca, Estel y Olivia me abrieron su universo. Yo, que siempre había estado encerrada en el mismo recorrido, no podía creer que la vida pudiera ser tan amable, tan extensa. Hasta entonces, mis días se habían limitado a ir del colegio a casa y de casa al colegio. Después el mismo itinerario, ida y vuelta, hasta el instituto. El único toque de color era mi abuela Isa. Y las veces que iba al centro a ver tocar a mi padre. Me recuerdo cogida bien fuerte de la mano de mi madre, que tenía una expresión ceñuda, los labios casi blancos, y atravesaba plaza Catalunya a grandes zancadas, volviendo la cabeza a ambos lados cada pocos segundos, como si temiera que fueran a darle un tirón. Pero cuando llegábamos a la plazuela en la que tocaban mi padre y su grupo, me olvidaba de ella. Mi madre seguía aferrándome la mano con tanta fuerza que se me dormían los dedos, pero yo solo tenía oídos, ojos y cabeza para el jazz.

Cuando entré en la universidad, conocí a Blanca. Y ella me llevó a su barrio, a sus amigas y a su mundo. Entonces pensé que lo hizo como un gesto de grandeza, de generosidad. Tardé años en darme cuenta de que era lo único que ella podía hacer, de que estaba tan atrapada en su ambiente como yo en el mío. Cuando le dije que vivía en Sants, me confesó que para ella Barcelona se acababa en la Diagonal. Yo no puse un pie en la zona alta hasta que empecé a salir con ellas.

El piso de Blanca está en una calle estrecha y tranquila, a dos minutos de la avenida principal. Ella lo llama «ático», pero es un dúplex con azotea en un edificio en el que solo vive una familia más, en el bajo. Llamo al timbre y abre la puerta un

niño alto y etéreo. Tiene la mirada y los huesos de un adolescente, pero la piel de un niño. Me saluda con una timidez edu-
cada y pregunta mi nombre.

—Hola, Eva. —Me tiende la mano y yo, conteniendo la
risa, me quito el guante para estrechársela—. Perdona, no nos
conocíamos. Soy Héctor, te acompaño arriba.

No se me ocurre de quién puede ser hijo; los niños de
Blanca no tienen más de cuatro o cinco años. Dejo la gabardina en el armario de invitados y lo sigo escaleras arriba. La
pared a mi derecha está decorada con fragmentos de madera
salada por el mar, conchas de gran tamaño y un inmenso ta-
piz en tonos turquesa que Blanca compró en el viaje a la India
que hizo al terminar la universidad. En el primer piso del
dúplex están las habitaciones. Todas las puertas están abier-
tas y por el rabillo del ojo veo a otro niño de la edad del que
me acompaña en un dormitorio en penumbra, con la nariz
pegada a la pantalla de un ordenador. Los hijos de Blanca están en otro, vigilados por la canguro.

Llegamos arriba y la anfitriona me recibe con los brazos
abiertos. Lleva una túnica de seda sujeta con un cinturón de
cuero, como si estuviéramos en pleno agosto, y ha puesto la
calefacción acorde a su *outfit*. Pasaré calor con el vestido de
lana.

—Eva, querida, eres la única que tiene un detalle… —dice
cogiendo las peonías—. ¡Y qué detalle! Son preciosas. Ahora
mismo las ponemos en agua y subo una foto a Instagram.

Me acompaña al salón y Héctor nos sigue muy serio. Allí
hay media docena de personas. Están mis amigas de la universidad, Estel y Olivia, con sus parejas, y también Mario, compañero de colegio de dos de mis amigas y al que conozco poco.
Blanca me cuenta que los adolescentes son los sobrinos de
Mario, que están a su cargo mientras sus padres pasan unos
días en Estados Unidos. Un amigo de Blanca al que no conozco
revolotea por la cocina. Creo recordar que Mario está casado,
así que intuyo que ese será el que quiere conocerme.

—Ven, que te presento a Marc.

Bingo.

Blanca me coge del brazo y me arrastra a la cocina. Marc es
como todos ellos, trigueño, sano, con pinta de hacer regatas los

fines de semana. Lleva una camisa azul, informal, pero sin una arruga, tejanos oscuros, el pelo un poco largo y revuelto, y tiene una sonrisa inconsciente que le levanta las comisuras de los labios incluso cuando los ojos están serios. Blanca me dice que esta noche se encarga de hacer los cócteles.

—No sabe dónde se ha metido. Con lo que podemos llegar a beber, no va a salir de la cocina en toda la noche. ¡Es nuestro esclavo!

Marc se ríe y me mira suplicante. A mí no me apetece flirtear con él, pero cedo a un mínimo intercambio de elogios.

—Tenía ganas de conocerte —dice—. Me han hablado mucho de ti.

Blanca se retira con poca discreción y yo me resigno a mi papel de amiga soltera. Le pido un gimlet a Marc. Mi hepatólogo me mataría, pero todavía no he empezado a pincharme el interferón, así que no tengo absolutamente prohibido el alcohol.

—Tendrás que ayudarme, nunca he hecho uno.

—Para todo hay una primera vez.

Le explico cómo se hace y él maneja las botellas sin dejar de mirarme como si fuera algo que se pudiera comer. Apoyo los codos en la barra de la cocina e intento mantener una expresión cordial. Si sus ojos sonrieran, podría fingir que me gusta. Pero es como si tuviera cierta vocación profesional en la caza, como si ahora que Blanca nos ha presentado no le quedara otra opción que liarse conmigo, como si cualquier otro final fuera a humillarle.

Me habla de sus planes para el puente de diciembre hasta que Estel entra como un torbellino en la cocina.

—¡Vengo a ver al barman! —grita—. ¡Quiero otro mojito!

Aprovecho para coger mi copa y escabullirme hacia el salón. Allí suena Patti Smith y Blanca me mira interrogante:

—¿Qué te parece? —murmulla lo suficientemente alto para que se enteren en el piso de abajo.

Le hago un gesto con la mano para que baje la voz.

—Ya lo hablamos luego… —susurro.

Su carcajada ronca llena el salón. Calculo que irá ya por la cuarta copa.

De los invitados, Mario es el que más me interesa. Es el

propietario de una pequeña cadena de perfumerías, heredada de su madre, y una vez me dejó caer que buscaba nuevos negocios en los que invertir. Me hago un hueco en el sofá, entre él y Olivia, y alabo a sus sobrinos. Mario sonríe y sus ojos, enmarcados en pequeñas arrugas, sonríen más que sus labios.

—Me sabe mal tenerlos aquí, pero no se han podido quedar con Sebastián, tenía una cena de trabajo con uno de esos magnates rusos...

Me cuenta que su pareja, Sebastián Salisachs, es galerista, hijo de lo más rancio de la burguesía catalana, y que viven juntos en la vieja casa de sus padres en la calle Buenos Aires. La conversación acaba derivando a sus negocios y aprovecho para tantear el terreno.

—Precisamente yo estoy buscando un empresario que quiera expandirse para colaborar conmigo en un proyecto de tiendas de lujo.

—¿Qué clase de tiendas?

—*Boutiques* de lujo de segunda mano. Tengo gran parte del fondo, los contactos, el proyecto... Solo necesito el capital.

—¿Buscas un socio capitalista?

—Exactamente —digo, y Mario me mira como si supiera que oculto algo y pudiera arrancarme esa información solo con la fuerza persuasiva de sus pupilas.

Antes de que él pueda contestar, Blanca entra casi levitando en el salón y nos reclama a la mesa. Mario y yo nos levantamos y él saca una tarjeta de la cartera.

—Un día de estos quedamos y me lo cuentas —dice mientras nos unimos a los demás en el comedor.

La mesa es una tabla clara, barnizada y sólida como si fuera una mesa de trabajo, que se sostiene sobre cuatro gruesas patas de obra cubiertas de *trencadís*. Sobre ella han colocado grandes tablas de pizarra con quesos, jamón y cremas de legumbres y hortalizas que Blanca insiste en presentar como lo que ella nos ha preparado, aunque lo ha cocinado otra persona, seguramente por la mañana. No acabo de entender para qué finge. Todos los invitados somos amigos, sabemos que no ha puesto un pie en la cocina en su vida, que incluso se enorgullece de ello. Pero los demás se lo toman con naturalidad. Quizás sea lo correcto en estos casos.

Blanca me indica mi lugar, al lado de Marc, y me mira con mala cara. Mi función en su casa parece muy clara y no es la de hablar con empresarios gais sobre mis propios negocios. Le hago un gesto tranquilizador y me siento junto a su amigo.

—¿Dónde lo dejamos? —pregunta Marc.

Delante tengo una copa de gimlet decorada con esmero. En ella dos estilizadas cortezas de lima se enredan en el líquido verde. Marc es muy guapo, objetivamente guapo, pero yo hace años que dejé de acostarme con hombres guapos solo por si no volvía a cruzarme en la vida con una criatura tan perfecta. Por otro lado, parece tan sano que no me extrañaría que sacara un certificado de garantía del bolsillo de los tejanos, y yo soy una mujer enferma, contagiosa. Pero sé que tengo que darle cuerda y lo hago durante un rato. Apuro el segundo gimlet. Está bastante cargado, y él me habla de sus vacaciones en Tailandia y de su afición por las regatas. Lo sabía. Cuando pongo el oído para retomar la conversación del grupo, pillo al vuelo algunas palabras de Blanca, habla de alguien que no conozco:

—Está desmejorada —dice.

—Creo que no hay palabra más fea que «desmejorada» —intervengo—. Es casi más compasivo decir que está horrible.

Mario me hace un gesto cómplice desde el otro lado de la mesa. Siempre me he llevado mejor con los hombres que no piensan constantemente en llevarme a la cama.

Vuelvo la vista hacia Marc. Él me vuelve a mirar suplicante. En esto es en lo que se convierten los niños que he visto corretear por las plazas antes de subir al piso. En esto se convertirá Héctor. Esa mirada me echa a perder la noche.

29

4

*P*ido al taxista que me deje en el paseo de Colom y entro a pie en el Gótico. Hacía calor en el coche y me he mareado. Me digo que ha sido por las curvas y los amortiguadores gastados, y no por los gimlets y los cigarros puros de maría que circulaban por el salón después de la ceña, pero no me convenzo.

Tomo aire varias veces y me encuentro mejor. Solo tengo cinco minutos hasta casa. Mis tacones resuenan en el paseo, son más de las tres de la mañana y se ha levantado un viento helado que entra del mar. Como siempre, al pasar la esquina de la calle de la Fusteria, el viento remite y deja de oler a sal. En el callejón mal iluminado veo a los primeros habituales de la zona, estudiantes muy pasados desde hace varias horas, algún latero despistado con cervezas Steinbeck en una mano y rosas sin olor en la otra, y guiris que están borrachas incluso desde antes que los universitarios y que tienden a un nivel de desnudez que, por nórdicas que sean, acabará en un gripazo.

Cerca de la iglesia de la Mercè tropiezo con el bordillo y me apoyo en la pared para no caer al suelo. Veo mi reflejo en el escaparate de enfrente y empiezo a reírme a carcajadas. No me he quitado las gafas de sol. No sé ni siquiera cuándo me las he puesto. ¿Al salir de casa de Blanca? ¿Antes? Recuerdo vagamente que la luz me cegaba. Me las quito y descubro los ojos cansados, maquillados de negro, negro como el abrigo de Saint Laurent y el vestido de cuello redondo y manga larga que llevo bajo él. Igual que las medias Wolford y los salones Ferragamo. Igual que el pelo recogido en lo alto de la cabeza. ¿En qué me he convertido? ¿En una especie de viuda negra? El contraste con Blanca y las demás es cada vez mayor.

—Guapa, qué haces por aquí.

Un cuerpo su interpone entre mi reflejo y yo. Muevo la cabeza, molesta, intentando recuperar la imagen que me miraba ofuscada hace apenas un segundo.

—Me estaba mirando en ese escaparate de ahí —digo poniéndome las gafas—, así que, si puedes apartarte, seguiré haciéndolo.

—¿Y no prefieres venir con nosotros a algún sitio?

Los miro. Son tres y todavía están a unos cinco metros de distancia. Bien.

—No —digo, y despego la espalda de la pared.

En la bocacalle de la derecha hay un par de camellos: uno lleva largas rastas oscuras, y el otro, ropa deportiva de un color flúor tan brillante que casi me daña los ojos tras las gafas. Los oigo hablar entre ellos en una lengua llena de sonidos extraños, con algunas palabras en inglés. Uno me señala con la cabeza. Lo reconozco, es Moussa.

—¿Por qué no? —continúa uno de los tipos, que ya me rodean—. Mira, hay un sitio aquí al lado, una copa, te invitamos. Eres una chica con suerte.

Me río. Y hay tanto desprecio en la carcajada que temo que me partan la cara aquí mismo.

—Puedo pagar mis propias copas. Gracias.

Se quedan callados. Tengo unos segundos para mirarlos mejor. Los tíos van emperifollados con polos de marca y apestan a perfume y a sudor. Se me han quedado mirando con ojos vidriosos. Los camellos no se mueven, están a menos de diez metros de nosotros. Uno de los tíos reacciona:

—Joder, qué sosa, vamos.

Espero a que se hayan alejado y sonrío a los hombres de la bocacalle. Moussa me guiña el ojo y me hace un gesto para que me acerque. Solidaridad vecinal. Me despido de la chica del reflejo y camino hacia ellos. El de la ropa flúor me señala con la cabeza un portal, calle arriba, y se aleja para atender a un cliente. Allí una pareja con dos grandes maletas consulta un mapa desplegado a medias. Los oigo musitar algo en una lengua extranjera. Afino el oído y llego a comprender algunas palabras en alemán. Saco un cigarrillo del paquete arrugado y le pido fuego a Moussa.

—¿Cómo va la noche? —le digo.

—Mejor que a ti, tía.

Me encojo de hombros y doy la primera calada al Karelia sin dejar de mirar de reojo a los guiris. La mujer lleva unos botines que he visto en algún sitio, un corte de pelo caro y un Celine. Moussa vuelve a guiñarme el ojo y expulso el humo hacia él mientras se ríe descubriendo sus dientes blanquísimos. Me conocen. Claro que me conocen. Para los antiguos vecinos, solo soy la nieta de la señora Isabel, que ha vivido con ella durante los últimos años y, como recompensa, ha heredado su piso. Para los nuevos residentes, soy la chica que viste como en las películas. La chica que roba maletas a los turistas. Tuerzo el gesto y despunto el cigarro en la pared de piedra. Moussa me cae bien, pero no me gusta que haga correr la voz sobre mi trabajo.

Él lo sabe porque una vez me ayudó, casi por casualidad, cuando estuvieron a punto de pillarme mientras bajaba dos grandes maletas por el ascensor de un bloque de pisos de alquiler turístico. Normalmente espero a que no haya nadie en el piso, fuerzo la cerradura y cojo solo lo que sé que puedo vender sin problemas. Material electrónico. Ropa de marca. Dinero. A veces, alguna joya. Es mi trabajo. Mucho más rentable y a la larga menos peligroso que las carteras. Sobre todo, si cambias de zona a menudo, si cambias de método, si consigues que piensen que en cada barrio actúa un grupo diferente. Un grupo, no una mujer sola, de esas que llaman «profesionales de clase media» y que pagan autónomos.

Por el rabillo del ojo veo que la pareja llama al timbre del tercero primera. Esperan más de un minuto, vuelven a probar y no hay respuesta. Se les ve cada vez más nerviosos. El hombre saca el móvil del bolsillo, mirando hacia nosotros con un miedo mal disimulado, y marca un número que ella le lee de un *flyer*. No tardan en cogerlo. Al otro lado de la línea le estarán dando buenas noticias porque le cambia la cara. Ya tengo la información que necesito.

—Han estado preguntando por ti en el barrio —me advierte Moussa.

—¿Quién?

—Unos chavales rumanos. A mí me lo ha dicho un colega que sabe que te conozco. No parecían buena gente, pero *no problem*. Tampoco te emparanoies. Puede que piensen que haces otro trabajo, como los tíos de antes, ya sabes.

—Ya, ya sé. —Qué cruz. Piso la colilla apagada con la punta del zapato.

—¿No necesitas nada?

Me río y niego con la cabeza.

—Todavía me queda.

Me palmea la espalda como si fuera un pandillero de película yanqui y yo le prometo agradecerle el chivatazo con algo de efectivo. Salgo del callejón hacia la calle Ample y subo a casa.

33

5

$\mathcal{V}$amos en una moto extraña, futurista y antigua al mismo tiempo, como aquel modelo de la Segunda Guerra Mundial que Oleg me enseñó una vez en el taller. Atravesamos una ciudad asiática, con luces brillantes de película de ciencia ficción. Yo conduzco y él va detrás, siento sus rodillas a la altura de las caderas, tengo frío y le pido que me abrace, pero el viento se lleva mi voz y ni siquiera yo puedo oírla. Pasa mucho tiempo. En algún momento la carretera se convierte en un sendero cubierto de hojas rojizas, del color de la sangre seca. Sé que estamos en Japón, y ahora es Oleg quien conduce. Yo me veo desde fuera, me veo mirar el cielo y ver ramas de cerezos en flor, telas con motivos florales extendidas por encima de mi cabeza. He visto antes esas telas, en un sueño. Me doy cuenta de que estoy soñando y lucho por no despertar. Quiero ver cómo acaba. Quiero seguir en esta sensación de paz.

Pero el tronar de la moto está más cerca que antes, suena muy alto, como si los estallidos quisieran expulsarme del sueño. Oigo el tintineo de unas llaves que se acercan. Oigo el ruido de unos pasos en el viejo gres y me revuelvo entre las sábanas. La luz del día me molesta, la veo rojiza a través de los párpados. Huyo de la claridad y me cubro la cara con el brazo. Quiero volver a la paz del sueño. Los pasos se detienen y oigo, esta vez en la habitación, el roce del cuero contra la hebilla metálica de un cinturón. Conozco ese ruido y también el rugido de la moto que me ha despertado. Imagino la Kawasaki verde aparcada delante de casa. Dejo que mi cuerpo vuelva a relajarse.

Algo me roza un pie, una mano bajo el edredón, fría. Esa misma mano, áspera y familiar, me recorre la pierna, desde el tobillo hasta el muslo. El aire frío se cuela bajo las sábanas cuando Oleg levanta el nórdico para meterse en la cama. Siento el peso de su cuerpo asfixiándome, de golpe, antes de que él se levante sobre los codos. Su olor me inunda la mente y ahoga cualquier pensamiento.

—¿Estás despierta?

No contesto. Levanto los brazos por encima de la cabeza, buscando algo en los barrotes forjados del cabezal, y arqueo el cuerpo para invitarlo a seguir. No estoy despierta, todavía estoy soñando. No quiero abrir los ojos. Todavía veo las ramas de cerezo recortadas contra el cielo azul, los retazos de seda pintada atravesados por el sol.

Siento su boca en la nuca, una dentellada húmeda en el cuello, otra en la clavícula, otra en el hombro; sus piernas desplazando despacio las mías hacia los lados. Mete las manos bajo el camisón cruzado y me susurra «buenos días» al oído. Recuerda la cinta interior que mantiene cerrado el camisón y no tarda en encontrarla sobre mis costillas y tirar de ella. Retira la prenda de mis hombros y noto el metal caliente de la cruz de plata que siempre lleva colgada al cuello en la piel de la espalda. El peso de su cuerpo contra el mío la clava entre mis omoplatos. Vuelvo a buscar en el cabezal, pero me coge las muñecas y las baja en paralelo al tronco. Sin soltarme, la cruz se desplaza hasta la parte baja de la espalda siguiendo el camino que traza su lengua.

Siento su aliento cálido en las ingles, la punta de la lengua lamiendo sobre mojado y volviendo sobre sus pasos, cercando el punto del placer sin querer llegar a encontrarlo. Mantiene sujetos contra el colchón mis puños, que se abren y se cierran, y la imagen de la cadena y la cruz se mezclan en mi cabeza con el ruido de la moto y con las flores de cerezo recortadas contra el cielo. Me oigo a mí misma gemir. Oleg apoya la cabeza entre mis piernas y suelta las muñecas. Con los ojos cerrados, casi puedo ver su sonrisa de niño pequeño asomando sobre la curva de mis nalgas. Vuelvo a notar la cruz subir por la espalda, el peso y el sexo reclamando paso entre mis piernas.

—Coge un condón —digo.

Para en seco y separa su cuerpo del mío. Tiemblo de frío y de ganas y me odio durante un segundo por haber dicho eso.

—¿Ahora te voy a contagiar algo?

—No, ya no tomo la píldora. —Me oigo la voz rota, resacosa. Las flores de cerezo, el sol, el pueblo japonés, todo ha desaparecido con esa orden que no sé por qué le he dado, con esa mentira absurda con la que acabo de boicotearme—. En la mesita de noche.

Oleg sale de la cama y yo doy media vuelta y retiro el nórdico para castigarme con el frío de esta mañana de finales de otoño. Tomo una profunda bocanada de aire que huele a jabón y me despeja la mente. Las camisas blancas que tendí ayer por la tarde siguen ahí, secándose, y el sol que pasa a través de ellas da a la habitación una luz exótica, como si estuviéramos en algún lugar perdido de la costa de África.

—¿Te estás follando a otros?

La pregunta me pilla desprevenida. Contengo las ganas de sacudírmelo de encima, encender un cigarro y empezar a soltar gritos. Hace demasiado frío, estoy demasiado cansada. Para gritarle, al menos. Aprovecho que él está revolviendo todavía en el cajón para atrapar sus piernas, girar sobre mí misma y tirarlo contra la cama. Monto a horcajadas sobre él y se deja hacer. Me pone las manos en las caderas. Le levanto un brazo por encima de la cabeza y con un movimiento rápido lo esposo a los barrotes. Eso buscaba en el cabezal de la cama.

—No es asunto tuyo —le digo. Recupero el camisón arrugado y me cubro la espalda con él, dejándolo abierto sobre el pecho—. Pero si te consuela, tú me lo pones demasiado fácil viniendo aquí. Me da pereza buscarme a otros.

Sonríe, pero su mirada ha perdido brillo. Se mueve debajo de mí y apoyo las palmas de las manos en sus costados.

—Quieto.

Me inclino sobre sus labios y dejo caer un beso ligero en el que trata de atrapar mi boca. Me incorporo sobre él. Sigo temblando. Quiero hacerle sufrir, solo un poco. Me planteo levantarme, hacer café, darme una ducha y volver. Miro los tatuajes que le cruzan el pecho. He mordido, lamido y arañado esos trazos de tinta más veces de las que puedo recordar. Vuelvo a hacerlo. Muerdo el *do ut des* en un arco encima del pecho; las estrellas en los hombros, resaltando el hueso de una manera casi desagradable; el motor de la Kawasaki trazado en negro sobre las costillas; el nombre de sus padres en cirílico grabado en el antebrazo izquierdo, usando la vena azulada como pauta; el dragón bajo las costillas, descendiendo hasta donde empieza el escaso vello rubio, casi blanco, del pubis; la gran manga a color, con dibujos nipones en el brazo derecho. Reconozco las ramas de cerezo de mi sueño. Oleg me mira de una manera que querría recordar siempre, como si fuera a morir mañana y hubiera escogido pasar sus últimas horas conmigo. Sé que no hay nada más. No existe el mundo mientras estemos aquí. Más tarde, mañana, ya veremos. Lamo la cicatriz alargada de la clavícula, donde los cirujanos introdujeron una placa de titanio que lo acompañará toda la vida.

Lo noto palpitar entre mis piernas y aflojo un poco la presión de las rodillas en sus caderas. Bajo lentamente y noto cómo empieza a entrar. Ahogo un gemido y me obligo a parar. Recupero el condón, que ha caído sobre la cama, mientras me muevo despacio sobre él, y lo noto crecer más. Rasgo el plástico sin dejar de mirarlo a los ojos grises, la mandíbula cuadrada y aniñada al mismo tiempo, marcadamente extranjera. Levanto la vista hacia el puño sujeto con acero al hierro de los barrotes. No recuerdo dónde está la llave de esas esposas.

6

Antes de abrir los ojos sé que fuera está anocheciendo. La luz que me llega a través de los párpados es menos intensa y en la calle se oye a los niños gritar como una manada de salvajes después de una jornada de fructífera cacería. Entreabro los ojos y veo a Oleg tumbado a mi lado. Se ha encendido uno de mis Karelia y me mira. Durante los dos años largos que estuvimos juntos, casi todas las mañanas, al abrir los ojos, lo encontré mirándome. Me contó que era infalible, a los dos o tres minutos yo siempre despertaba, como si mi cuerpo detectara que algo lo acechaba y se apresurara a poner en marcha la mente consciente. Durante unos meses dejé de usar despertador y le encargaba que me despertara a una hora concreta.

Me acaricia la nuca con la mano libre y propone ir a comer algo juntos. Yo lucho contra su olor, que me empuja a pedirle que se quede, le pido una calada y le digo que tengo algo importante que hacer esta tarde y que es mejor que se vaya. En apariencia no se lo toma a mal, nunca lo hace. Acabamos el cigarro, se levanta y empieza a vestirse. Ahora soy yo quien lo mira. Creo que hay pocas cosas más eróticas que ver a un hombre vestirse. Me pongo de rodillas sobre la cama y meto los brazos por debajo de su camiseta, le muerdo el cuello, busco si la marca del acero mordiendo su muñeca sigue ahí. Sé que si sigo así, se quedará hasta mañana por la mañana, y él también lo sabe, así que se deja hacer.

Me obligo a separarme de él y busco el camisón. Lo encuentro en el suelo, me lo pongo y me alejo de la cama. Oleg acaba de recoger sus cosas, espero a que pase por el baño y lo acompaño hasta la puerta. Antes de salir, él me tiende su copia de las llaves del piso. Niego con la cabeza y se las guardo en el bolsillo de los vaqueros. Este gesto se ha convertido en rutina desde que le dije que lo nuestro no iba a ninguna parte, hace más de seis meses. Desde entonces, de vez en cuando, Oleg se presenta sin avisar, a veces charlamos, cenamos, siempre acabamos en la cama y, al separarnos, renovamos el acuerdo, el permiso perverso para la siguiente incursión.

Yo podría continuar así para siempre. Hasta que nuevos cuerpos o el aburrimiento por el otro empezaran a espaciar las visitas, hasta que una mañana cayera en que hace un año que no viene y comprendiera que todo ha acabado. Pero creo que él no, que espera la ocasión para que volvamos a estar juntos. Es paciente. La persona más paciente que he conocido.

Cierro la puerta tras él, hago la cama, pico algo y recojo las camisas que hay repartidas por la habitación. Las ordeno por estilo y las dejo junto a la plancha. No son más que las cinco de la tarde, todavía quiero esperar un poco para ir a por las maletas que vi a pocas calles de aquí hace tres noches. Ayer me encargué de seguir a la pareja alemana hasta un restaurante de la zona; esperé junto a ellos en la barra a que les dieran mesa y los oí comentar que hoy pasaban la noche en Calella, con unos amigos. Cogían el tren de las seis. Me he fijado las ocho como hora del asalto.

Me noto nerviosa, expectante, y la visita de Oleg me ha dejado un regusto amargo, de cuentas pendientes. Me hago un té y pongo a Thelonious Monk. Con la taza en la mano, me acerco a la estantería del salón y ojeo los viejos libros de mi abuela. La mayoría son novela negra, amarilleados y con el papel tan frágil que, cuando los abres, se cuartea. Me muevo hacia la derecha donde guardo los libros que yo he ido acumulando: economía, moda, diseño, *marketing*, ADE, alguna novela y cinco baldas con revistas: *CR*, *Porter*, *Bazaar*, *L'Officiel*, las *Vogue* de septiembre y marzo. Cojo un libro sobre la industria del lujo que tengo empezado y voy a sentarme frente al escritorio, en la pared opuesta del salón.

Esta es la segunda habitación más grande de la casa; he reservado la primera, la que tiene el balcón más grande y molduras en el techo, para el dormitorio y el vestidor contiguo. El salón tiene otro balcón más pequeño que da a un estrecho pasaje lateral. En ese balcón era donde solía sentarse mi abuela

Isa a tomar el sol las mañanas de primavera. El piso todavía tiene su aura de gran señora ligera de cascos y he procurado conservar algunos muebles suyos, como la gran mesa maciza o la imitación del sofá Mah Jong con estampados de Missoni que mi abuela exhibía orgullosa en sus últimos meses de vida. También he dejado las cortinas naranjas de gasa que tiñen las habitaciones de tonos cálidos y me fascinaban de niña, las sobrias estanterías de color caoba, las alfombras indias compradas en los Encantes. Mi abuela Isa murió hace cuatro años y a veces, cuando estoy distraída leyendo o trabajando, todavía me parece oír sus pasos en la escalera y me envuelve una sensación de serenidad que se desvanece cuando comprendo que ya no está, que no va a volver.

Me mudé con ella antes de cumplir los dieciocho, y vivimos juntas hasta que la ingresaron en el hospital por un fuerte dolor en el pecho que no la dejaba respirar. Ella quería morir en casa, pero los médicos consideraron que no era algo que ella tuviera derecho a decidir. El cáncer que la corroía fue fulminante, en tres semanas pasó de tomar el sol de primavera en el balcón a ser un montón de polvo diluyéndose en el Mediterráneo. Me consuela pensar que no tuvo que soportar años de dependencia y humillaciones. Al menos, a mí me gustaría morir así. Rápido. Casi sin darte cuenta.

Me lo dejó todo a mí. Sus muebles eclécticos, sus ahorros, los libros amarillentos, su abrigo de pieles, que siempre decía que era clavadito a uno de Ava Gardner, el piso. Todo. Solo ahora que el tiempo ha entibiado la ola de ansiedad que me oprime la garganta al pensar en su muerte, comprendo el valor de lo que me ha dado.

A duras penas puedo leer tres páginas, no puedo concentrarme. Enciendo el portátil y compruebo las pujas de los artículos que tengo en subasta en la tienda de eBay. La cartera de Marc Jacobs ha alcanzado los noventa euros en menos de veinticuatro horas. No está nada mal para el uso que le he dado. Dos pares de sandalias Schutz nuevos superan los doscientos y una americana DKNY de la temporada pasada los trescientos. *Peccata minuta*. Consulto el perfil de Vestiaire Collective donde tengo algunos de los productos fuertes. El *trench* de Burberry y los tres bolsos de Chanel con certificado de autenticidad todavía no se han vendido, pero sé que lo harán y en total subirán a más de ocho mil euros. Tengo pendientes los dos vestidos de Hervé Léger que encontré en una maleta hace un par de semanas, pero ese material es demasiado vistoso para subirlo a la red. Tendré que hacer un par de llamadas para colocarlos en uno de los mercadillos que organizan los grandes hoteles de la ciudad. Qué pereza. Me paso un buen rato comprobando el resto de perfiles, canales privados de Telegram y grupos cerrados de Facebook.

Minimizo la pestaña del explorador y abro el documento en el que llevo la contabilidad. Introduzco la clave de cifrado y actualizo las cuentas de este mes. Tan solo llevo ganados mil quinientos euros, sin contar con los artículos que están en venta. Necesito seguir moviéndome para cumplir el objetivo mensual: ocho mil euros limpios y justificables todos los meses, después de deducir impuestos, gastos de vida e inversión en futuros productos. Es un objetivo difícil de alcanzar si quiero llegar a él limpiamente. Por eso gran parte del dinero de inversión, aquel con el que compro piezas nuevas que sé que podré vender, es producto de hurtos a pequeña escala: incursiones en apartamentos de turistas, carteras, bolsos en el guardarropa de clubs, portátiles, móviles... 41

Apago el ordenador y voy al vestidor. Esta era la antigua habitación de mi padre, y también era aquí donde me hacían la cama cuando lograba, a fuerza de llantinas y rabietas, quedarme a dormir en casa de mi abuela Isa. La sección derecha del vestidor es más colorida y festiva. Está a la moda. Son los productos que puedo vender. Pañuelos, vestidos, zapatos, blusas, accesorios y sobre todo bolsos. Empresas como Chanel o Louis Vuitton están doblando los precios temporada tras temporada, y otras como Hermès prácticamente se niegan a venderte un bolso cuando entras en la tienda por primera vez. Y gente como yo se aprovecha de la situación para revender productos que compramos hace un par de años o que sacamos sin problemas porque ya tenemos una relación personal con las casas de modas. La sección izquierda, en cambio, es mi ropa, mi uniforme, mi fondo. Crudos, vinos, blancos, negros, grises, verde oscuro, beis. Sin estampados. Construir un buen armario es difícil. Requiere tiempo y mucho dinero. Los dos *blazers* de Balmain, los salones de Ferragamo y Gianvito Rossi, jerséis de Anine Bing, faldas de cuero de Bottega Veneta, los abrigos de Saint Laurent y Max Mara, faldas de Sandro, blusas de Carolina Herrera. Mis bolsos con nombre de mujer: Antigona, Constance, Kelly. Más de ochenta mil euros caben en los cinco metros cuadrados. Mi inversión.

Recorro los estantes y selecciono un par de piezas que solo tienen dos meses, pero ya están agotadas en la mayoría de las tiendas. Sujeto las perchas a la altura de la barbilla y las miro con ojo crítico. Conservo la prueba de compra de las dos y puedo sacarlas a la venta por bastante más. Tanto el *blazer* de Stella McCartney como el vestido de Chloé están sin estrenar. Toco la seda del vestido crudo con las yemas de los dedos; es una pena porque este me gustaría para mí. Pero si me quedara con todo lo que me gusta, no cabría en el piso y mi cuenta bancaria perdería un cero. Coloco las piezas una a una sobre un fondo neutro, enciendo los focos que compré especialmente para esto y saco varias fotografías. Podré subirlas a la tienda *online* esta misma noche. Consulto el reloj de la mesita, son casi las siete, tengo que darme prisa.

Me doy una ducha rápida, me enfundo en unos tejanos y una camiseta blanca de algodón y recojo el pelo bajo una redecilla. Me maquillo con esmero, primero oscurezco dos tonos la piel del rostro y el cuello, y me paso veinte minutos trabajando para convertir mis rasgos en los de otra persona. Delineo los labios para hacerlos más gruesos, elimino mis cejas y las dibujo más arriba, me coloco unas pestañas postizas que me hacen los ojos más redondos. Finalmente me pongo una corta peluca castaña. Me sienta bien. Una pena que no sea a mí, sino a esta cara que ya no es la mía.

Acabo con el maquillaje, me calzo unas deportivas y cojo una de las chaquetas de H&M del ropero de la entrada, el de la ropa de trabajo. Vuelvo a la habitación y recojo la ganzúa de la mesita de noche. La cama aún huele a Oleg y sigo sin saber dónde está la llave de las esposas de juguete que cuelgan del cabezal. Por suerte, no la necesito. Meto la ganzúa en el bolsillo de los vaqueros, junto a las llaves del piso, y salgo. Me dirijo a paso ligero hacia la calle d'En Serra, número 20, tercero primera.

7

15 de noviembre

Cada vez me gustan menos las excursiones para vender el botín. Aunque todavía es noviembre, me he quedado helada en la moto. Aparco en la calle d'Olzinelles, a cien metros del portal de mis padres, me quito los guantes y aprieto los puños insensibles para hacerlos entrar en calor, pero no hay nada que hacer. Guardo el casco y un pequeño neceser con mi móvil y las llaves de casa en el baúl, las llaves de la moto en el bolso y subo la calle de mi infancia para coger el autobús que me llevará a L'Hospitalet.

Sé que debería subir a ver a mis padres, preguntarle a mi padre qué tal va con la banda, a mi madre si necesita que la ayude con las compras de Navidad. A ella hace meses que no la veo. Con mi padre coincido a veces, en algunos bares del barrio Gótico o lo veo tocando la trompeta delante de El Corte Inglés, con la rechoncha cara de monaguillo echado a perder, todavía más redonda por el éxtasis. Pero mi madre no sale del barrio. Su vida se limita a dar clases de Matemáticas en el instituto de Sants en el que yo he estudiado, y a lo que ella llama «ocuparse de la casa» y yo interpreto como limpiar hasta que se puede comer en el suelo y llenar cada rincón disponible de absurdas figuritas de plástico que imita el cristal compradas en los bazares de chinos.

El sol empieza a esconderse tras los edificios y el barrio pasa ante mí mientras el autobús se aleja de la plaza de Sants. Este recorrido me trae recuerdos grises. Mi infancia se divide en dos grandes colores: el naranja del sol a través de las cortinas de casa de mi abuela y el gris pesado como el hormigón del barrio

43

de mis padres. Por esa razón me mudé con la abuela Isa poco antes de empezar la carrera. Porque el barrio me hace sentir atrapada en una red en la que envejecer y pudrirse lentamente.

Me quito el anillo de Rita para guardarlo en el bolso, es demasiado valioso para que lo vean allá donde voy, y vuelvo a mirar por la ventanilla. Las calles me dan vértigo. En los últimos tiempos de nuestra relación, cuando Oleg me habló de matrimonio, de que pusiera una tienda de ropa en el local vacío que sus padres tienen en Les Corts, de mudarme con él al piso de encima del restaurante, también me hizo sentir algo así. Es como si tiraran de un hilo en la boca del estómago, un hilo que me destroza por dentro y despierta una náusea incontenible y el instinto de salir corriendo. El recorrido en autobús remueve estas sensaciones, y por eso no me gusta ir a ver al señor Cano, el joyero de L'Hospitalet que me compra las piezas de oro o platino sin hacer preguntas.

En el apartamento de la calle d'En Serra no encontré gran cosa. El bolso de Celine era lo único de valor que debía de tener la chica alemana y no estaba allí. Solo había un montón de ropa barata y hortera, un par de prendas que se pueden revender por Internet, una cámara de fotos por la que me han dado ochenta euros los indios del Raval, doscientos euros en efectivo... Y las joyas. Bajo del autobús en la última parada de la línea y subo por la carretera de Collblanc.

Camino hasta la calle Pedraforca, paso por delante de una lavandería autoservicio, un bar y tres peluquerías, giro a la izquierda y me dirijo a la calle del joyero. Es estrecha, con coches aparcados a ambos lados y la mayoría de las persianas de los locales echadas. Solo hay dos comercios abiertos, la joyería y una tienda de cocinas y baños situada unos metros más allá y a la que no le vendría mal una reforma. En los demás locales hay carteles de «SE ALQUILA» o letreros con nombres de negocios que hace tiempo que cerraron y están descoloridos por el sol. En algunos bajos vive gente y al pasar por delante puede oírse la tertulia de la tarde en los televisores o intuir una sombra tras las ventanas enrejadas. Algunas veces he tenido la tentación de llamar a la puerta solo para comprobar si la persona seguía viva. Sin parar de andar, me quito las gafas de sol y busco el local del joyero. A pocos metros de la puerta, paro en seco. Delante de la entrada han aparcado un Porsche. La carrocería del deportivo brilla como las plumas de un canario entre los Seat y Dacia que lo rodean.

Oigo unas risas infantiles. En la calle no hay más que un hombre con el rostro descarnado y acribillado por pequeñas cicatrices que fuma varios portales más allá de la tienda de cocinas. Miro las ventanas de los bloques cercanos y localizo a varios niños en chándal y con el pelo largo y sucio observando el coche tras las rejas de los balcones. Parecen presos en miniatura, con los dientes blancos incrustados en las caras morenas. Una niña escupe desde el balcón, pero el salivazo no llega a tocar el capó del deportivo. Los demás se ríen a coro. Me reconozco en ese salivazo y en esos pequeños reclusos que empiezan a llamarme:

—¡Señora, eh, *usté*, señora!

Me pongo un dedo en los labios, aprieto el paso y me acerco con cautela a la joyería. Llamo al timbre y no hay respuesta. Las risas se redoblan. Pego la nariz al cristal tintado y percibo movimiento. Me pregunto si será el dueño del Porsche la persona con quien esté hablando el señor Cano. Vuelvo a llamar y oigo un ruido tras el portón del garaje que conecta el bajo de la tienda con el taller del joyero.

Cuando estoy a punto de irme, la puerta se abre y sale un hombre joven, rubio, vestido con un traje sastre de tres piezas. Destaca tanto en este barrio como su deportivo amarillo. Durante un segundo parece confuso, después me mira con una expresión divertida, se disculpa por haberme hecho esperar y me sujeta la puerta para que entre en la joyería. Antes de cerrarla, veo como se monta en el Porsche.

El señor Cano está tras el mostrador acristalado en el que expone las baratijas para comuniones, bodas y el resto de ocasiones preceptivas en la vida del buen cristiano. Frunce el ceño sobre un gran libro de contabilidad que acumula cientos de cifras con letra minúscula. Cuando se percata de mi presencia, cierra el libro y coloca sobre el cristal un paño oscuro.

—Hace mucho que no la veo, señora Hernández. ¿Qué me trae hoy?

Saco del bolso un pequeño estuche con los tres anillos, los pendientes y el collar que he robado del apartamento. El señor Cano los coloca sobre el tapete oscuro y los examina. En el lo-

45

cal hace mucho calor, pero no quiero quitarme el abrigo. Tengo miedo a que el olor a sudor rancio y a comida preparada de la joyería se me pegue a la ropa. El olor es todavía más intenso en el taller, separado de la tienda por una cortina de cuentas que hay detrás del mostrador. Solo he estado allí una vez, cuando traje un anillo con un gran diamante engarzado por el que estuvimos negociando durante semanas. El joyero se escudaba en que podía vendérselo a un conocido de Amberes, pero como no tenía ningún papel que demostrara la propiedad de aquella antigua joya familiar, no podrían darme tanto como valía. Al final saqué cuatro mil euros en efectivo, aunque sé que el diamante valía muchísimo más.

—Me trae aquí unas piezas que no están nada mal, señora Hernández. Su abuela tenía un gusto muy ecléctico. —No me gusta cómo lo dice—. El collar tiene una esmeralda muy bonita, no muy valiosa pero sí bonita. —Deja el collar a un lado y examina las demás piezas—. Lo demás solo vale el precio del oro, que no es poco.

Asiento con aire abatido. Siempre he sido muy cuidadosa con lo que le cuento a Cano. Él cree que soy una madre soltera con dos niños pequeños que vive a tres paradas de metro de aquí, pero que vengo a esta joyería porque me daría vergüenza que en mi barrio se enteraran de que «paso necesidad». Por supuesto, nunca traigo mi moto ni visto ropa de marca cuando lo visito. Para el señor Cano, me transformo en la señora Hernández. Bolso de Misako, ropa ancha de lo más feo de Inditex y pensamientos mojigatos.

—¿Está segura de que no prefiere empeñarlas?

—Ay, señor Cano, necesito el dinero. —Hago una pausa y aparto la mirada, finjo dudar—. Se acercan las Navidades, y los niños…, ya sabe usted.

Asiente.

—Lo sé, lo sé. Lo que no hace uno por sus hijos… —Saca una báscula de precisión de debajo del mostrador y pesa los anillos y los pendientes—. Si yo los hubiera tenido, ya sabe que Magdalena no podía, se lo he contado ya, ¿verdad?

Sí, me lo ha contado unas doscientas veces. Cano aprovecha la pausa dramática para apuntar el peso del metal en un bloc de notas.

—Si yo los hubiera tenido, ahora mi hijo mayor se ocuparía de la tienda y otro gallo cantaría, señora Hernández, otro gallo… —Se interrumpe para calcular el importe en una pequeña calculadora y recupera su tono habitual—: Por el oro puedo darle quinientos cincuenta euros. Con las mismas condiciones de siempre. Por el collar, algo más, pero tengo que encontrarle comprador primero. Deme unos días.

Mete las joyas en una bolsita de plástico y me las tiende.

—¿Y el oro no se lo puede quedar ya?

Él sonríe incómodo.

—Mire usted, señora Hernández, es que hoy me he quedado sin efectivo. El señor que ha visto al salir ha hecho una transacción y no tengo nada, ni para comprar la cena de esta noche.

Salgo de la tienda con las joyas de nuevo en el bolso y de mal humor. El tipo rubio y su Porsche han desaparecido. Los niños también. Solo queda el hombre descarnado que enciende un cigarro con la colilla del anterior a pocos metros. Ha sido un viaje en vano. Justo antes de girar la esquina, veo a la niña del salivazo, oculta entre los barrotes de un balcón. La niña me ordena silencio con un dedo sobre los labios y señala el local del joyero con la otra mano.

47

8

*L*a primera vez que lo hice estaba en primero de carrera. No fue algo premeditado y ni siquiera pensaba en el dinero. Lo hice para castigarla, para minar la seguridad de aquella chica a la que no conocía de nada pero que se paseaba por la biblioteca como si fuera el jardín de su casa. Quería que se diera cuenta de que el mundo no era suyo.

La biblioteca de ESADE es un espacio amplio y al mismo tiempo claustrofóbico que no tardé en dejar de frecuentar, pero durante los primeros meses de universidad pasaba muchas horas allí. Todavía era la estudiante modelo.

Dependiendo de la hora a la que fuera, encontraba a estudiantes muy diferentes. Por las tardes el ambiente era más relajado y, a medida que pasaban las horas, eran menos los que pensaban en estudiar y más los que se dedicaban a ligarse al de la mesa de al lado. Pero por las mañanas no se oía ni una mosca y, si levantaba la mirada de los apuntes, solo veía ojos concentrados en el papel, la pantalla del ordenador o la pared que quedaba por encima de mi hombro; nunca unos ojos encontrándose con los míos, un pequeño gesto de complicidad, de compañerismo. Ese ambiente era muy diferente al de las salas de estudio en las que había preparado los exámenes de selectividad. En Vapor Vell, la biblioteca que hay a doscientos metros de casa de mis padres, los estudiantes charlaban en voz alta sin preocuparse por lo que estuviera haciendo el vecino, todo el mundo comía sin ningún disimulo y las parejas se metían mano por debajo de la mesa.

Los primeros días en la de ESADE fueron el paraíso. Por fin tenía un lugar en el que podía concentrarme. Pero no tardé en notar que el silencio me molestaba, me aburría, me ponía nerviosa, y pasé de usar tapones a escuchar música para estudiar.

Recuerdo la fecha exacta de la primera vez que robé. Era un 4 de febrero, habían terminado los exámenes y la biblioteca estaba casi vacía. No éramos más de diez personas en una sala en la que cabían más de cincuenta y nos habíamos situado estratégicamente lejos los unos de los otros. A media mañana, llegó una alumna de primero a la que conocía de vista. Era una pijipi de Gràcia con aires místicos y el pelo por la cintura. Se paseó por toda la sala sin mirar a nadie, pero apropiándose del espacio con cada uno de sus gestos. Se acabó sentando a mi mesa y encendió sin muchas ganas un modelo nuevo de ordenador, un Mac que anunciaban por todas partes. Más de dos mil euros de máquina que, acostumbrada a mi Toshiba enorme y prehistórico, podía hasta hacerte el café. Al cabo de un rato, la chica bajó la pantalla, lo dejó allí, junto al resto de sus cosas, y se fue.

Me quedé de piedra. Yo, tanto allí como en la biblioteca del barrio, cargaba con los cuatro kilos de ordenador cada vez que tenía que ir al baño. En el instituto, en la biblioteca, en el metro, en todas partes había carteles en los que se avisaba de que vigilaras tus pertenencias. Todo lo que dejaras descuidado, aunque fuera un estuche, podía desaparecer y los que se sentaban a tu alrededor mirarían para otro lado. Era cierto que la biblioteca de ESADE inspiraba cierta confianza, que tal vez incluso yo me atrevería a dejar mi Toshiba a cargo de alguien mientras hacía una incursión rápida al baño. Pero abandonar un portátil tan caro, nunca. Esperé unos minutos intentando concentrarme en el trabajo. La chica no volvía. La sala se fue vaciando. Todo el mundo salía a comer.

Yo también. Vacié el táper insulso que me preparaba mi abuela sentada en un banco, y al volver, el ordenador seguía allí. Nuevo, brillante, asquerosamente caro. Ahora sé que me enfadé, que odié a esa chica con toda la rabia de mis dieciocho años. Acababan de denegarme una beca para el curso siguiente y mis padres tendrían que abonar la matrícula completa.

No llegué a sentarme. El resto de los estudiantes estaban de espaldas a mí, de cara al ventanal. Metí el Mac en mi bolsa, recogí mis cosas y fui hacia la salida. En la puerta me crucé con la chica y ella no hizo ninguna señal de reconocerme, tal vez ni siquiera me había visto cuando se había sentado delante de mí.

Estuve varios días sin poder dormir, pensando en que la policía iría a casa a buscarme. Pero no hubo consecuencias; ni siquiera volví a ver a la chica. Entonces supe que podía coger lo que quisiera y, si lo hacía con suficiente convicción, nadie me diría que aquello no era mío.

Desde entonces, no he podido dejar de hacerlo.

9

Cuando llego a casa después de la inútil visita al señor Cano, rebusco en el bolso que llevé a casa de Blanca la tarjeta de Mario y lo llamo. No sé si se alegra o si finge con mucha naturalidad; en cualquier caso, quedamos para tomar algo dentro de un par de días. Esto arregla un poco el chasco del joyero y le da cierto sentido a lo que tengo que hacer esta noche.

La medicación oral ha empezado a hacer efecto y siento náuseas cuando pienso en la cena. Y eso que todavía no me he inyectado el interferón. Cuando lo haga, antes de irme a la cama, sé que pasaré un día entero sin poderme mover. Superadas las veinticuatro horas estaré mejor, pero nunca recuperada del todo. Los efectos secundarios del tratamiento para la hepatitis C son como pasar la gripe. Fiebre, escalofríos, dolor en las articulaciones, dolor de cabeza, cansancio. Todo eso durante unos meses, tal vez un año. Siempre que esta vez la anemia no me fulmine. Divertidísimo. Sobre todo cuando no puedes tomar café porque el peor efecto secundario es otro. El insomnio.

Todavía recuerdo las noches en blanco en el piso de Oleg. Jugábamos al Risk, al ajedrez y al MotoGP, bajábamos al restaurante de sus padres y brincábamos y bailábamos entre las mesas vacías, veíamos temporadas enteras de *sitcoms* idiotas, escuchábamos los programas nocturnos de radio, paseábamos por la ciudad dormida, a veces cogíamos su moto y amanecíamos agotados en la playa de Castelldefels.

Hicimos juntos el primer tratamiento. A él le funcionó. El virus desapareció de su organismo. A mí me lo alargaron unos meses más. En principio, con eso iba a bastar. Pero desde hace unos días sé que no sirvió de nada. Como me confirmó con pocas palabras el doctor Sagarra, el virus sigue ahí. Malas noticias. Vuelta a empezar.

Me siento frente al escritorio y enciendo el ordenador para comprobar el estado de las pujas y las tiendas *online*. Tengo una oferta y varias preguntas sobre el *blazer* de Stella McCartney, pero el vestido de Chloé no acaba de despegar. Cuelgo un par de fotos más en el grupo de Facebook, otra en Instagram y me entretengo en responder a los comentarios. Mañana se acaban algunas de las subastas de eBay y pasado tendré que hacer los envíos.

En mi Instagram veo una foto que Blanca ha colgado hace unas horas. Están en un bar de Cadaqués. Ella, Estel, Olivia, sus parejas y Marc. La cara de chico sano y educado de Marc sonríe tras Estel. Conozco la mirada de ella. Sus iris brillan, casi intoxicados, las finas cejas están encorvadas y le dan un aire de actriz de cine mudo. Por supuesto, se han liado. Me fijo en la mano de Oriol, el marido de Estel, sobre el antebrazo de ella, y cierro la aplicación del móvil. Me alegro de no estar allí. Estoy cansada, me siento mayor para toda esa mierda. Aunque al mismo tiempo la echo de menos. Esa mierda es lo único que tengo. O que tenía.

Pasé cinco veranos en la casa de Blanca en Cadaqués, cinco veranos de paseos en barca, calas escondidas, líos con chavales del pueblo, fiestas interminables, maquinaciones, llantos, delirios. La chica que su madre había contratado para cuidarnos recogiendo nuestra ropa, haciendo las camas, preparando una comida que apenas probábamos porque tenía que sentarnos bien el bikini. Éramos unas tiranas, nos creíamos una versión catalana de *Las vírgenes suicidas*.

Pero yo fui la única que hizo la obligada entrevista para Inditex en primero o segundo de carrera. Nos pusieron a todos los candidatos, unos cincuenta, en una habitación encima del Zara de plaza Catalunya y nos adoctrinaron sobre las bondades del grupo. Después nos hicieron desfilar para firmar un contrato de una página en la que todo se remitía al convenio. Algo tengo que agradecerle a mi madre: que me hiciera dejar ese trabajo a la segunda semana de salir tres horas después de la hora de cierre.

Al terminar la carrera, ellas hicieron un corte limpio y estrenaron una nueva etapa. Se comportaban como otras personas, comenzaron a casarse y divorciarse una tras otra, a una velocidad que a mí me parecía inverosímil, digna de estrellas de Hollywood. Se quedaron embarazadas antes de los veinticinco, montaron pequeñas empresas, *start-ups* financiadas por el capital de sus padres que subían como la espuma, se fueron a hacer másteres a Estados Unidos.

A mí, tras varios cambios de carrera y años en falso, mi doble licenciatura en Diseño y Económicas me permitió hacer un par de prácticas interesantes en revistas de moda que acabaron con un contrato como diseñadora de libros de texto en una editorial. Pasé allí dos años. Mil quinientos euros al mes, de ocho a cinco en un zulo en el que todo se hacía en papel y lo más arriesgado que se me permitía era introducir una fuente nueva en el sistema cada tres meses. Mi abuela Isa me empujó a dejarlo porque estaba convencida de que me iba a morir de pena.

Para entonces ya había empezado a conseguir algunas piezas buenas y encontré trabajo como compradora en una tienda multimarca del centro, pero también lo dejé pasados unos meses. El último año de vida de mi abuela empecé a robar en serio. Luego murió sin que pudiera acabar de entender lo que estaba pasando. Y casi al mismo tiempo llegaron la enfermedad y Oleg cogidos de la mano. Y seguí robando. ¿Por qué no? Ha quedado claro que es lo único que sé hacer.

Ahora tengo cien mil euros escondidos bajo la tarima de la lavadora, unos ochenta mil en especie y cincuenta mil en el banco, pero ese dinero no es suficiente para el tipo de negocio que quiero. No para que logre despegar.

Apago el ordenador y las luces del salón, doy doble vuelta a la llave de la entrada, cojo el vial de interferón de la nevera y me arrastro hasta la cama. Son las nueve de la noche. Me apetece una copa de vino, pero el alcohol está prohibido a partir del primer pinchazo. En realidad, siempre ha estado prohibido. Pero sin riesgo inminente de muerte, la situación es más flexible, incluso excitante, cercana a una ruleta rusa. Ahora no puedo beber porque sé que mañana necesitaré tomar paracetamol para paliar los dolores en las articulaciones. Y si sumamos alcohol, paracetamol y hepatitis, el número ganador es fallo hepático.

Me siento en la cama y limpio con alcohol la zona del muslo en la que me pondré la primera inyección. Saco de la caja la jeringuilla esterilizada y la cargo con el vial. Las primeras diez veces, pincharme me dio algo de reparo, pero hoy podría hacerlo a oscuras y con las manos atadas. No aparto la mirada mientras inyecto el líquido incoloro bajo la piel. Escuece. Dejo la jeringuilla en la mesita de noche y me tumbo boca arriba sobre las sábanas. Cierro los ojos. La casa está en silencio, pero me llegan voces, vida, de la calle. Sé que no tardaré en quedarme dormida. Busco a tientas el móvil para programar el despertador. Tengo un mensaje de mi madre diciéndome que no compre en una cadena de supermercados porque se han dado casos de botulismo, otro de Oleg avisándome de que tengo que cambiarle el filtro de aceite a la moto y uno de Moussa advirtiéndome de que ha visto a alguien rondando mi portal y que tuviera cuidado al entrar. Este último es de hace media hora, yo ya estaba en casa.

Apago la luz y me cubro con el nórdico. La estufa de butano caldea la habitación, aunque no tardo en tener frío. Es la fiebre. Pasan los minutos y no puedo conciliar el sueño. Todavía no es por la medicación. Las noches siempre han sido malas. Ideas que no quiero alimentar siguen girando en mi cabeza. Veo los rostros sonrientes de mis amigas en Cadaqués. Me veo casada y con niños, aburrida y gorda en un piso de techos bajos, tres habitaciones de juguete y dos baños horteras, en el extrarradio. ¿Qué puedo hacer? He recorrido todos los bancos y ninguno me da crédito para el negocio. El aviso de Moussa me da miedo, no quiero pensar en él. Quizás mi hígado explote esta noche y todo acabe rápido. Podría habernos atropellado un camión en el momento justo y todo habría acabado bien.

No sé cuándo me quedo dormida.

54

10

*E*ntro en el bar del hotel Le Méridien y veo a Mario sentado en una de sus pequeñas e incómodas butacas de diseño. Pese a lo forzado de la postura, sigue teniendo un aire confiado, con dosis calculadas de indolencia, aplomo y excentricismo. Lleva una camisa negra con cuello esmoquin y unas grandes gafas de pasta naranja. Delante tiene un vaso cuadrado con lo que podría ser tónica, agua con gas, vodka o ginebra.

Me quito el abrigo de pieles de mi abuela y pido un Perrier con limón. Apenas hay clientes. A nuestra izquierda hay dos tipos con pinta de seguridad privada y tras ellos una familia de extranjeros extiende un mapa sobre la mesa. Los miro con curiosidad profesional. Solo he robado un par de veces en hoteles. Enseguida me di cuenta de que los apartamentos son mucho más fáciles.

Mario me pregunta por los días que hemos pasado sin vernos como si fuéramos amigos de toda la vida. Improviso una respuesta, y él me resume cómo acabó la noche después de que yo me marchara. De forma sutil me confirma que aquel día Marc y Estel se liaron.

—Bueno —dice arrellanándose en la butaca—, háblame de ese proyecto tuyo.

Y lo hago. Le cuento que consiste en abrir una cadena de tiendas de ropa y complementos de lujo de segunda mano. Una sucursal en Barcelona, otra en Madrid. Yo al frente de ambas. De los viajes que tengo pendientes para comprar el fondo necesario para inaugurar las dos tiendas a la vez. Le resumo el plan de viabilidad. Tengo los contactos. Más del treinta por ciento del dinero de la inversión. La marca, el diseño, la web en versión Beta, el primer plan de *marketing*. Segunda mano de alta calidad.

Mario me mira sin apenas moverse. He captado su atención y me crezco. Le doy cifras de otros negocios parecidos, clientes potenciales, ideas de promoción. Demasiados datos.

A los pocos minutos, mi posible inversor me interrumpe educadamente.

—Eva, a mí me parece una idea muy buena. Es ambiciosa y creo que puede dar dinero, pero yo tenía en mente algo más pequeño. No es lo que yo quiero hacer ahora. Tal vez sea mejor empezar por una única tienda dirigida a un público más amplio.

Me muerdo la lengua para no decirle que para una tienducha de trapitos para pijipis en el Born tengo capital más que suficiente. Sonrío.

—Lo entiendo… El proyecto es ambicioso, sí, pero no me interesa cambiar la perspectiva de una manera tan radical.

—Puedo ponerte en contacto con un par de amigos que podrían estar interesados en invertir en algo así —responde.

Y alaba durante un buen rato a las propietarias de dos de las *boutiques* más conocidas de la ciudad, pero le acabo diciendo que prefiero que no hable de mi idea con nadie.

—No es una idea revolucionaria, pero no quiero levantar la liebre y que se me adelante la competencia.

Mario termina su bebida, que resulta ser una tónica, y lo noto inquieto, como si no supiera cómo acabar la conversación. Sus ojos ya no sonríen. Charlamos un poco sobre nuestros conocidos en común, sobre el viaje al sur de Francia que hará estas Navidades con su pareja. No me pregunta nada de mí. Yo ya no soy importante, soy una reunión de compromiso que ha llevado de la manera más elegante que ha podido. Insiste en pagar y me estrecha la mano antes de meterse en un taxi a la puerta del hotel.

Me alejo de Le Méridien derrotada. Enciendo un Karelia y me fijo en que ya han colocado las luces de Navidad, aunque todavía no están encendidas. Por la Rambla pasean algunos transeúntes despistados, la mayoría turistas *low cost* y grupos que empiezan la farra del viernes. Es esa hora en la que coinciden las familias que buscan restaurante por el centro, y que acabarán con una puñalada en la cartera y una indigestión de paella, y los primeros grupos de jóvenes y no tan jóvenes que celebran despedidas de soltera, cumpleaños, cenas de grupo, haciendo brillar tupés engominados, melenas pasadas por la plancha y lentejuelas del Pimkie. El móvil me vibra en el bolsillo interno del abrigo. Es un mensaje de mi padre.

🟢 Si te pasas por Sant Felip Neri, toco Almost Blue para ti

La propuesta me hace sonreír. Noto cómo afloja la mordaza que me mantenía bloqueada la mandíbula. No era consciente de que estaba haciendo tanta fuerza. Cruzo las Ramblas y entro en el laberinto de calles del Gótico. Salgo de la calle d'En Roca y cojo Cardenal Casañas hasta la plaza del Pi.

Sé que me dije que no volvería a las carteras, que nada de transporte público o zonas turísticas monopolizadas por bandas organizadas. Sí, lo sé. Pero necesito hacerlo. Necesito ayudarme a encajar la decepción, diluir el cansancio. Los pies me amenazan con no dar un paso más dentro de estas botas con doce centímetros de tacón y el interferón me hace tener la sensación permanente de que la cabeza me va a explotar. Tengo que robar algo, algo fácil. Ahora.

Me desvío hacia la calle del Bisbe, el epicentro del turismo que rodea la catedral. Está abarrotada, en Barcelona ya no existe eso que se llamaba «temporada baja». No tardo en localizar una mochila, los bolsillos son accesibles y la adolescente que la lleva a la espalda está demasiado ocupada charlando con su amiga para prestarme atención. Seguramente no saque más que un iPod de segunda generación, pero esta vez el dinero me da igual. Alcanzo a la chica y en pocos segundos estoy maniobrando en su mochila.

Mi mirada se cruza con unos ojos negros que me miran con odio. No tengo tiempo de reaccionar. El tipo corre hacia mí gritando: «¡Ladrón! ¡Ladrón!». La gente se tensa, se revuelve, se lleva las manos a donde guardan las cosas de valor. Me aparto rápidamente de la mochila, pero el hombre no se detiene.

Se abalanza sobre mí. Echo a correr. La multitud intenta detenerlo a él, no a mí. Es lo bueno de llevar un abrigo de

57

pieles y tacones que valen más que el sueldo mínimo. Entro jadeando en la callejuela que lleva a Sant Felip Neri. Sé que me dará alcance.

Sorteo a la gente con los pulmones ardiendo y la cabeza dándome vueltas. Llego a la bocacalle de la plaza y el tipo de ojos negros me aferra del brazo con tanta brusquedad que doy una vuelta de ciento ochenta grados y oigo como algo en mi hombro hace crac. Choco contra su cuerpo y caigo al suelo.

Alguien grita mi nombre, pero no veo nada. Solo siento dolor.

—¡No te metas! —ruge una voz con acento extranjero.

Desde el suelo oigo ruidos confusos y voces mezcladas. Creo que tengo los ojos cerrados pero el dolor de cabeza es tan intenso que no estoy segura.

—Eva, Evita, ¿estás bien? —Unos brazos me ayudan a levantarme.

Siento el brazo de oso de mi padre rodeándome los hombros. Tardo en enfocar los rostros de la banda. Todos me miran desde arriba, preocupados. No estoy sola. El dolor empieza a remitir y mi cuerpo se relaja. ¿No quería acción? Me he llevado una buena dosis.

Trato de incorporarme y cuatro o cinco manos se tienden para ayudarme, colisionan entre sí y ninguna logra llegar hasta la mía. Empiezo a reírme como hace días que no me río. Los ojos se me llenan de lágrimas y los movimientos convulsos liberan la tensión acumulada. Esos señores mayores con sombreros de fieltro y aires de *jazzmen* se ríen conmigo. Todos menos mi padre. Él conoce mi risa histérica. Él sabe que algo va muy mal.

Me ayuda a incorporarme y me tiende el pequeño *clutch* que ha caído al suelo. Está abollado. Y el abrigo de mi abuela está cubierto de barro y restos de flores secas de los árboles de la plaza. Me acompaña hasta la terraza del Neri, llevando casi todo mi peso a pulso. El personal del hotel ha traído una toalla y una infusión caliente. Mi padre se lo agradece al camarero llamándolo por su nombre de pila. Estoy muy cansada y me cuesta mantenerme despierta.

—¿Qué ha pasado? —me pregunta.

—Quería robarme el bolso.

Me besa en la frente.

—Evita, tienes muy mala cara.

Niego con la cabeza e intento sonreír. Pienso en el tipo que me ha atacado. En lo que ha dicho antes de abalanzarse sobre mí: «Ladrón». Mi padre me dice que ha repartido golpes hasta que ha logrado escapar. Estamos un rato en silencio mientras el resto de la banda se despide, recoge los instrumentos y abandona la plaza, a la que siguen llegando guiris para hacerse la foto de rigor. La infusión me sienta bien, pero tiemblo bajo el abrigo y me duele el hombro. Le digo que quiero irme a casa y me ayuda a levantarme.

—Te acompaño. Y mejor no le decimos nada de esto a mamá.

Me escolta, cogida del brazo, hasta el portal de la casa de su infancia. Cada diez metros mira por encima del hombro y con cada petardeo de una moto da un respingo. Hay tramos en los que vamos casi corriendo y, pese al frío, le suda la calva. Cerca del portal dice:

—Déjame el abrigo, puedo llevarlo yo a la tintorería, y así pasas por casa a recogerlo y ves a mamá.

Se lo doy y nos despedimos. Debajo solo llevo un vestido de tirantes y subiendo las escaleras me pongo a temblar como una hoja.

Me doy una ducha caliente y, envuelta en el albornoz, evalúo los daños de la caída. El abrigo, lo más importante, espero que sea recuperable. El *clutch* de Miu Miu está para tirar y las medias también. El vestido intacto, solo desprende un leve olor a miedo, a asco. También tengo una rozadura en la pierna, nada grave, pero tardará en cicatrizar, y el dolor del hombro ha empezado a remitir. Me miro las piernas. Probablemente mañana me levante con unos cuantos morados.

Me pongo un vaso de zumo y saco de los blísteres un protector de estómago, un paracetamol, la ribavirina y la píldora. Alineo las pastillas sobre la mesa de mayor a menor tamaño y las miro durante un rato. Parezco una vieja, con tanta pastilla. Me las tomo con varios tragos de zumo de naranja. El sabor agrio de la medicación en el fondo del paladar ya es algo permanente. Mientras me meto en la cama con el portátil y una mascarilla de noche en la cara, pienso en que mi padre ha logrado sonsacarme los últimos resultados del médico. Sé que mañana me llamará mi madre para echarme la bronca por no haberles dicho nada.

No me preocupa, ni siquiera me preocupa ya la negativa de Mario. Me preocupa que el aviso de Moussa de la otra noche tenga sentido. Que ese tío, que estaba dispuesto a partirme la cabeza, no me haya atacado por casualidad. Que me estuviera vigilando. «Ladrón.» El tipo era rumano, como la mayoría de los que roban en el centro. Y parecía cabreado por que estuviera actuando en su territorio.

11

Conocí a Oleg en la consulta del hepatólogo. Era la tercera cita con el médico y aquel día el doctor Sagarra iba a informarme del tratamiento que más se adaptaba a mi genotipo del virus. Llegué a la clínica de la Bonanova en taxi, con diez minutos de retraso y cargada de paciencia porque en las consultas anteriores había tenido que esperar más de media hora. Cuando entré en la sala de espera, no me fijé en él.

Recuerdo que me quité las gafas de sol y di una rápida ojeada a los otros pacientes. Solo había un chaval medio tumbado en uno de los sofás, con la vista fija en el deprimente techo de pladur. Me senté de forma que no estuviera frente a él para evitar que nuestras miradas se molestasen.

No sirvió de nada. En cuanto me senté, el chaval clavó los ojos en mí. Eran unos ojos de ave rapaz, un poco rasgados, claros, con la pupila más contraída de lo habitual y hundidos en una cara cuadrada y de rasgos aniñados. Llevaba una camiseta blanca de manga corta y en el asiento de al lado tenía una cazadora de cuero marrón que debía de costar un dineral.

No parecía tener más de veinte años y no desentonaba en la Bonanova, hasta que veías los tatuajes. Tenía el brazo izquierdo cubierto de trazos recientes. Los colores del manga, que le llegaban hasta debajo de la muñeca, eran todavía muy vivos y la piel parecía hinchada en algunas zonas, como si hiciera poco que hubieran acabado de rellenar el dibujo. Horas después pude comprobar qué se siente al morder una piel en relieve, todavía ardiendo por el pinchazo repetido de las agujas. Cuando vio que yo no apartaba la mirada, me sonrió como si ya nos conociéramos pero no fuera capaz de situarme.

Parecía incómodo. Se incorporó en el sofá, apoyó los codos sobre las rodillas y giró la cabeza hacia la puerta. Después se puso a hojear una revista, a consultar la pantalla de un móvil de la era de las cavernas, a mover el pie con un tic nervioso. Yo lo veía de reojo, erguida en mi asiento, y me preguntaba por qué ese chaval necesitaría un hepatólogo. A pesar de su pinta de guiri desubicado, era bastante guapo. No era muy alto y sus rasgos eran exóticos. La piel que no estaba tintada era de un blanco imposible, que siempre he envidiado, y el pelo, muy corto, conservaba un tono pajizo que había sobrevivido a la infancia y que prometía quedarse allí por mucho tiempo. Tenía un cuerpo elástico y robusto al mismo tiempo, con la cintura estrecha y las piernas sólidas. Y sus manos, entrelazadas entre las rodillas, me parecieron desde el primer momento una herramienta eficaz, casi erótica.

Pero sabía que era algo que no podía hacer. Hacía unos meses que lo había dejado con mi segundo llamémosle «novio oficial», un amigo del que es, por ahora, marido de Blanca y que acabó diciendo por ahí que deberían internarme en una institución psiquiátrica. Respecto al sexo, los meses posteriores a la ruptura habían sido al mismo tiempo una liberación y un desastre. Pero desde el diagnóstico de la enfermedad había sido incapaz de acostarme con nadie. Aunque el médico me había dicho que era poco probable, tenía un miedo visceral a contagiar la enfermedad.

El gran reloj que había sobre la puerta de la consulta marcaba los minutos a la velocidad de un velatorio. Le pregunté al chaval de los tatuajes si hacía mucho que esperaba.

—Unos veinte minutos.

Su voz me sorprendió, no hablaba como un niñato de veinte años, y su español era nativo.

Solté un bufido y comenté algo sobre la puntualidad en las consultas privadas. Podía echar la tarde allí, así que saqué el móvil y me sumergí en el universo de las redes sociales, esas ventanas al mundo mientras esperamos a que nos hagan el café en Starbucks, que se nos sequen las uñas o simplemente a que pase algo en nuestras vidas. Fotos de gente a la que admiramos, a la que envidiamos hasta morir, posando en lugares de ensueño, imitando una realidad mejor, donde la luz es buena y solo se ve lo que cabe en el encuadre. «¿Dónde es esta foto?», pensé. Niza. El pie no daba más pistas: «*Nice, Côte d'Azur*». Vamos a ponerlo en francés, que queda más *pro*. Aunque seas de Girona. La Costa Azul. Grace Kelly en *Atrapa un ladrón*. Kelly, como el bolso de Hermès que lleva el nombre en su honor.

—¿Para qué vienes? —preguntó el chico.

Alcé la mirada de la pantalla, sin salir del todo del torrente de imágenes que acababa de ver.

—Para hablar de un tratamiento.

—Yo vengo a que me pinchen el tratamiento de la hepatitis C —siguió él.

Me quedé helada. Bajé la vista al móvil por miedo a que mi expresión me delatara. Cuando la levanté, vi que estaba sonriendo mostrando unos dientes pequeños, de niño.

—¿Tú también? —preguntó.

—Al hepatólogo se puede venir por muchas otras cosas.

—Ya… Pero estoy cagado. Es la primera vez que me pinchan. Esperaba tener suerte y que me contaras cómo es. Llevo días pensando en ello.

Lo miré divertida.

—¿Tú tienes miedo de las agujas?

—No —dijo riéndose. Su sonrisa había cambiado, seguía siendo aniñada pero sus ojos decían algo diferente, invitaban a tocarlo—. Ya ves que no… No es la aguja. Es solo miedo.

Me gustó que dijera eso. Hacía mucho que ningún tío reconocía algo tan básico como el miedo delante de mí. Seguramente fue esa confesión lo que me llevó a decirle que sí, que yo también estaba allí por el VHC.

—A mí todavía no me han recetado el tratamiento. Estoy aquí para eso —dije guardando el móvil.

Me pidió permiso para sentarse a mi lado.

—¿Hace mucho que tienes el virus?

—Desde niña, pero no me lo han detectado hasta hace unos meses.

—¿Cómo lo puede pillar una niña? —preguntó con sorpresa.

Crucé los brazos sobre el regazo y me incliné para verle la cara. Él se había vuelto a sentar con los codos sobre las rodillas y la espalda encorvada, como si estuviera sobre una moto de competición.

63

—Creen que por una transfusión. ¿Y tú?

Volvió la cara hacia el reloj de pared.

—No lo sé.

—Puede haber sido de muchas maneras… —dije imitando al médico de la Seguridad Social que me lo había detectado a mí—. Ya sabes, afeitándote con la cuchilla de un desconocido —aunque no tenía pinta de necesitar afeitarse demasiado—, haciéndote un empaste, una ex…

—No, eso no lo creo —me interrumpió.

—¿Les has preguntado a todas?

—Sí.

«Así que nada de sexo casual con una desconocida que resulta estar igual de jodida que tú», pensé.

—¿Tal vez algún tatuaje?

En aquel momento la enfermera abrió la puerta de la consulta. Tras ella salió una chica que empujaba la silla de ruedas de una señora frágil y consumida, pero peinada de peluquería, con los labios pintados de rojo y unas gafas de sol de aquella temporada.

El chico cogió su cazadora de motorista, se despidió con un gesto y entró tras la enfermera. Esperé más de media hora jugueteando con el móvil hasta que la enfermera volvió a salir, esa vez a por mí. El doctor Sagarra me estuvo hablando del tratamiento con interferón y ribavirina, de sus efectos secundarios y de las posibilidades de éxito. Su voz era monótona, parecía que había dado aquella charla cientos de veces y solo consiguió que me sintiera todavía más sola.

Cuando salí ya era de noche y el mundo era idiota y cruel. Pero el chaval de ojos rapaces me estaba esperando a la salida de la clínica, delante de una gran Kawasaki verde que parecía un dragón muerto.

12

Adopto el aire pausado y abatido de la señora Hernández antes de entrar en la joyería. Hoy no hay niños observando desde los balcones ni ningún Porsche aparcado junto al local. De camino he visto que acaban de encender las luces de Navidad en toda la ciudad, pero en este callejón no hay ni siquiera unas desangeladas bombillas de colores que crucen de lado a lado.

Empujo la puerta de aluminio y entro. El señor Cano no está tras el mostrador. La tienda está vacía y parece más amplia sin la presencia grasienta del joyero. Me acerco a la vitrina central.

—¿Buenas tardes?

Las cuentas de la cortina que separa el taller de la tienda se mueven y aparece Cano con unas gafas de soldar en la mano. Parece incómodo, como si le hubieran pillado haciendo algo que no debía.

—No la esperaba a usted tan pronto. Un momento.

Vuelve al taller y poco después reaparece sin las gafas. Se remueve inquieto delante del libro de cuentas, que está abierto encima del mostrador y, cuando me lo pide, vuelvo a colocar las joyas de los alemanes sobre el tapete oscuro. En el local hace frío y no me quito la parca que llevo solo cuando estoy en la piel de la señora Hernández. El joyero cierra el libro, comprueba con parsimonia que las piezas son las mismas y, cuando parece estar satisfecho, coloca uno a uno veintisiete billetes de veinte y uno de diez sobre el mostrador evitando mirarme a la cara.

—Esto por el oro —dice—. El collar no me lo puedo quedar, tendrá que buscar otro comprador.

Protesto mientras meto el dinero en la cartera sintética.

—Pero ¿por qué no, señor Cano? El otro día parecía dispuesto a comprarlo…

—Mire usted, señorita Valverde.

¿Señorita Valverde?

No termino el movimiento de meter la cartera en el bolso. Este hombre sabe mi nombre. Mi nombre real.

—Sé cómo se llama —continúa—. No quiero importunarla ni hacer esto más difícil de lo que ya es, pero tengo cierta información sobre usted. Sobre las joyas que me vende y sobre cómo las ha adquirido y, bueno, tengo vídeos. Fíjese allí, a su derecha —dice señalando un punto en penumbra de la pared—, hay una pequeña cámara de seguridad.

Voy hasta donde indica. Efectivamente, ahí está, escondida en la esquina, una cámara digital minúscula.

—Si quiere que esos vídeos no lleguen a otras manos, necesitaré que haga algo por mí.

No me puedo creer que me esté chantajeando.

—¿Qué quiere?

—No se preocupe, señora Herna..., señorita Valverde —rectifica, y me da la impresión de que marca la palabra «señorita»—. No será nada a lo que usted no esté acostumbrada, nada que no sea su especialidad.

Por un momento pienso que se está burlando de mí, pero el joyero parece muy serio, incluso avergonzado.

—Es un favor que necesito —repite mientras recoge el oro del tapete—. Vuelva a verme el lunes y le explicaré en qué consiste.

—¿Cómo sé que es cierto que tiene grabaciones?

El señor Cano le da la vuelta a su viejo ordenador portátil y me veo en la pantalla. Levanto la mano derecha y la mujer de la imagen me imita. Suena un ruido metálico en el taller y el joyero recoloca el portátil hacia él.

—Ahora tiene que irse, señorita. Lo siento mucho. Aquí tiene su collar, cójalo —dice acercándomelo sobre el tapete—. Y, recuerde, vuelva el lunes, por la tarde.

Recojo la joya y la dejo caer en el bolso sin ningún cuidado. Acaba de convertirse en el menor de mis problemas. Antes de salir, me vuelvo y echo una ojeada a la cortina de cuentas. Me parece ver sombras que bailan tras ella. El joyero carraspea y yo me voy sin despedirme.

Reviso la calle en busca de algún coche extraño, como el del otro día. Pero no encuentro nada. Tampoco está la niña. Pero sí el hombre de la cara marcada que fuma en un portal. Me da la impresión de que no se ha movido de aquí en todo el tiempo. Cojo dos autobuses para volver a casa. Pasamos bajo el alumbrado navideño de una calle tras otra. La ciudad está plagada de gente gastando su ridículo sueldo en chorradas que antes de salir de la tienda han reducido a un tercio su valor. Durante todo el trayecto no paro de gritarme lo estúpida que soy. Esto podía pasar. Un chantaje.

Bajo del autobús en el paseo de Colom y como una autómata me dirijo a la calle Ample. Hay dos ambulancias bloqueando el tráfico y mucha gente en la calle. A medida que avanzo las aceras están más llenas: vecinos con los abrigos echados sobre el pijama, turistas despistados, comerciantes con cara de circunstancias... Todos miran en dirección a las Ramblas. Las farolas están apagadas y también las luces blancas que hace unos días colgaron de balcón a balcón. El aire es cada vez más denso y huele a basura quemada.

Cuando estoy a cien metros de casa, lo veo. De las ventanas de mi piso salen llamaradas azuladas y dos camiones de bomberos luchan contra el fuego.

BUT BEAUTIFUL

And if a ten-ton truck
Kills the both of us
To die by your side
Well, the pleasure - the privilege is mine

There Is a Light That Never Goes Out, THE SMITHS

Cuatro semanas para Navidad

13

*E*sto es lo que me queda. Un vestido de Stradivarius y unas medias de Primark. Unos botines de treinta euros. Una parca horrenda. El móvil, que por suerte había dejado en el baúl de la moto. Las llaves de una casa que ya no existe. El anillo de Rita, un reloj y unos pendientes de Tiffany que llevaba guardados en el bolsillo interior del bolso. Un bolso de plástico. Dos támpax súper, uno *light* y dos compresas normales. Un paquete de tabaco con cinco cigarrillos. Dos pastillas de paracetamol, una de ribavirina y el blíster nuevo de anticonceptivos. Un paquete de clínex. Las llaves de la moto. Un neceser con cepillo y pasta de dientes, agua termal, polvos faciales y un labial de NARS. Una cartera de plástico con mi DNI, dos tarjetas de crédito y una de débito, el carné de conducir, la tarjeta sanitaria, un billete de metro con tres viajes y quinientos cincuenta euros en efectivo. Un collar de esmeraldas robado.

Todo lo demás se ha quemado.

Fuera de la casa me quedan la cuenta bancaria con cincuenta y un mil doscientos ocho euros y doce céntimos y la Vespa, que estaba aparcada a tres calles del incendio.

Todo lo demás se ha quemado.

Todo.

Abro los ojos y miro el reloj de la mesita. Son todavía las cinco de la mañana. Me vuelvo a tumbar y miro el horrendo aplique del techo. Lleva ahí desde que tenía doce años. Aquí nada cambia. Llevo un pijama de cuando tenía quince: franela a cuadros, manga larga, cuello de pico. Junto a mi cama individual de adolescente hay unas zapatillas de Minnie y las sábanas huelen a casa de mis padres. El móvil hace horas que se ha apagado. No tengo el cargador. Cierro los ojos con fuerza. Respiro hondo. Es inútil, tengo todo el cuerpo en tensión. Pese al tranquilizante que me ha dado mi madre, he dormido solo tres horas.

No recuerdo cómo llegué a su casa. Al menos, no claramente. Recuerdo el coche, las luces, a mi padre a mi lado cogiéndome de la mano. Recuerdo que grité un poco, que me temblaban las manos como si estuviera a punto de darme un ataque de ansiedad. Tal vez me dio un ataque de ansiedad. Recuerdo a un bombero especialmente guapo diciéndome que no podía acercarme, preguntas de un policía que fui incapaz de responder. La parte trasera de una ambulancia. El estruendo devorándolo todo. El bombero guapo me contó que habían explotado algunas bombonas de butano. ¿Tenía bombonas en casa? Sí, claro que tenía butano en casa. Vivo en el centro, por Dios.

Luego solo recuerdo llegar al portal gris de mis padres, el ascensor, el silencio. El silencio era peor que el estruendo de las llamas. Un silencio artificial creado por las ventanas de doble acristalamiento que mi madre mandó instalar cuando yo todavía iba a primaria. Tengo la sensación de estar en una cámara herméticamente cerrada. No se oye nada, ni el tictac del reloj. Es digital.

Sigo con la vista fija en el techo. Han pintado. Ya no reconozco las manchas de cuando era pequeña. La Estrella de la Muerte (ay, Han Solo...) en el rincón derecho, las orejas de un elefante justo encima de mí, el cadáver de una araña a los pies de la cama. Ya no hay nada. Solo una superficie blanca y lisa, cuidada, como el silencio. Me levanto, me calzo las zapatillas de Minnie y voy al baño para cambiarme el támpax. Es el quinto día y ya casi no tengo regla. Cuando termino, me encaro con el espejo. Antes de mirarme sé que tengo los ojos hinchados porque apenas puedo abrirlos, pero también tengo bolsas, la piel enrojecida y los labios agrietados. Al menos, el ácido hialurónico los mantiene rellenos.

El espejo está demasiado alto y tiene una luz cruel. Abro el armarito buscando alguna crema o mascarilla que ayude a bajar la hinchazón. Todos los productos son Deliplus. Crema antiedad Deliplus. Algodón Deliplus. Hidratante de aceite de oliva Deliplus. Una máscara de pestañas, un pintalabios y un *pack* de manicura francesa. También Deliplus. Desodorantes, pastas y cepillos de dientes. Cierro el armario. Me lavo los dientes con el cepillo que tenía en el bolso y la cara con agua y jabón de manos. Tengo la piel tirante. La sal de las lágrimas siempre me la seca. Vuelvo a abrir el armarito de un tirón. Cojo la crema de día Deliplus. La destapo, la miro. Parece una corrida de peli porno. Leo la composición. No parece que vaya a matarme. Extiendo una pequeña cantidad sobre el rostro, que queda cubierto por una película blanquecina. Hago muecas delante del espejo. Esto es repugnante. Me vuelvo a lavar la cara. Sigue cubierta de manchas rojas y restos oscuros de rímel, pero al menos la siento limpia.

Salgo del baño y voy en pijama hasta el comedor. Mis padres duermen en la otra punta de la casa y aquí no los molestaré. Hacía lo mismo de adolescente, cuando no podía dormir y me venía a leer, a chatear o a ver películas al comedor. La calefacción está puesta y no necesito ponerme una bata. Enciendo una luz auxiliar y cojo un cuaderno y un boli del segundo cajón de la cómoda que queda frente a la puerta de la cocina. Todo sigue en su sitio. Al cuaderno le faltan la mitad de las páginas, pero servirá. Escribo.

«¿Qué necesito? ¿Qué es prioritario?»

Lo subrayo. Pienso. La medicación. No tengo ribavirina para esta noche y ni una inyección de interferón.

«Llamar al médico.»

Sí, pero ¿y si no tiene hora mañana?

«Llamar a Oleg.»

Quizás a él le quede alguna.

«Denuncia en la Policía.»

«Seguro del piso.»

Gestiones. Gestiones. Gestiones.

«Comprar algo de ropa decente + crema hidratante, jabón facial, champú + algo de maquillaje.»

«Decidir si me tiro al metro o de un puente.»

Tacho esto último. Sé que no es verdad. No me quiero morir. Supongo. Lo que quiero es desaparecer. Pero al mismo tiempo me siento extrañamente tranquila, ligera, con todo y nada bajo control. En la ambulancia dijeron que era el estado de *shock*, que podía tardar en reaccionar algunos días.

Oigo unos pasos en el pasillo y mi madre se asoma en zapatillas y una de esas batas de cuadros acolchados.

—Es muy pronto, Eva, ¿no puedes dormir?

Niego con la cabeza. Ella parece contenta de tenerme aquí, a buen recaudo, pero también muy cansada y bastante más mayor de lo que la recordaba. Tiene la cara abotargada y el pelo reseco pegado al cráneo. De la bata asoman unas manos que empiezan a mancharse.

—Voy a arreglarme y haré el desayuno —dice—. Yo tampoco puedo dormir.

Le digo que me parece bien y desaparece por el pasillo. Vuelvo a la lista.

«Conseguir conexión a Internet y cancelar subastas y ventas. Reembolsar las compras no enviadas.»

«Calcular capital.»

Vuelvo a tachar. Tengo cincuenta y un mil doscientos ocho euros y doce céntimos en el banco, y quinientos cincuenta en la cartera. Dudo que pueda recuperar el efectivo que había debajo del gran bloque de metal abrasado que ahora es mi lavadora. Y, por supuesto, nada de los más de ochenta mil euros en ropa que había en el piso. A lo del banco, hay que sumarle lo que me dé el seguro. Siempre que no decidan que me dejé una vela encendida.

Hace horas que un pensamiento horrible se repite una y otra vez en mi cabeza. No quiero verbalizarlo, no quiero ni siquiera pensarlo con claridad, pero sigue ahí. Anoto:

«Hablar con Moussa».

Mi padre entra en el comedor vestido con el traje de Emidio Tucci que se compra en rebajas cada dos temporadas.

—Qué guapa está mi niña con ese pijama —dice, y yo pongo los ojos en blanco, como cuando era pequeña—. Tengo que irme ya, te dejo con tu madre.

Me da un beso, coge un paquete de galletas de la cocina y sale corriendo para el trabajo. Mi madre vuelve con el pelo igual de reseco, pero menos pegado a la cabeza. La oigo preparar la cafetera de filtro, trajinar tazas, boles, cajas de cereales, tostadas de pan de molde, la misma margarina cero por ciento y mermelada de melocotón del Día de siempre…

—¿Qué tal el trabajo? —me pregunta desde la cocina.

Arranco la página de la libreta, doblo la lista de prioridades y caigo en que no tengo ningún bolsillo donde guardarla.

—Bien, pagan bien —miento.

Mi madre coloca dos salvamanteles floreados sobre la mesa y la ayudo a traer todo lo que ha preparado. Nos sentamos. Las dos sabemos que no tocaremos ni la mitad de lo que hay sobre la mesa.

—¿Y no tienes que ir hoy?

Abro la caja de cereales, cojo un copo de avena o de algo y lo rompo con la cuchara. ¿Cuánto azúcar llevará esto? Me acerco la caja para leer la composición. Cómo no, son marca Mercadona.

—Mamá, mi casa es un montón de cenizas, me han dado unos días libres.

—Mujer, ya lo imaginaba, pero como la empresa privada está tan mal... —dice, y frunce el ceño cuando me ve leer la etiqueta—. No engordan, tienen solo doscientos cincuenta calorías.

Dejo la caja donde estaba y cojo una manzana y una tostada de pan integral. Cómo le explico yo a esta mujer que en mi generación ya no miramos las calorías, sino la cantidad de sal, azúcares refinados y grasas saturadas que tiene un producto. Que preferimos comer un plato a rebosar, pero equilibrado, de legumbres y hortalizas, a una barrita energética que sustituya una comida. Que se llevan cosas como la quinua, el kale, el aguacate y las grasas saludables. Pero que seguimos fumando y bebiendo y poniéndonos a doscientos por la autopista, y nos vamos a morir igual.

Comemos un rato en silencio, ella tostadas con mermelada de albaricoque y yo con tomate, aceite y sal. Ninguna de las dos ha tocado la bomba de azúcar de los cereales de fibra, aunque solo tengan doscientas cincuenta calorías.

—¿Has hablado con el seguro? —pregunta.

—No, todavía no.

—De todos modos...

—Mamá —digo, y suena más cortante de lo que hubiera querido.

—Qué —responde ella, y no pregunta, amenaza.

—Son las nueve menos diez —improviso—, vas a llegar tarde al instituto.

77

La expresión de mi madre se suaviza y me coge de la mano.

—Me he cogido el día para estar contigo, cariño.

«Mierda», pienso. Por suerte solo articulo un «ah» que puede interpretarse como una sorpresa poco entusiasta o que me he atragantado con el café. Pasan los segundos. Tengo que decir algo.

—¿Y si hubiera tenido que ir a trabajar? —pregunto.

—No tiene sentido que vayas hoy… Se te acaba de quemar la casa.

No la entiendo. No la entiendo.

—Esta mañana tengo que hacer algunos recados —digo—, hacer la denuncia, pasarme por la central del seguro, llamar a un amigo para que me preste un casco de moto y poder moverme, comprar algo de ropa…

Mi madre muerde su segunda tostada con determinación matemática. No parece afectada pero cuando habla su voz es más dura:

—Entiendo.

—Pero no volveré muy tarde, luego podemos, no sé, te acompaño a hacer algo. Por la tarde.

Doy el último sorbo al café con leche, me levanto y le digo que tengo que hacer una llamada. Cojo el teléfono inalámbrico del comedor y me encierro en mi antigua habitación. Me tumbo en la cama deshecha y llamo a Oleg. Salta el buzón. Vuelvo a probar mirando el teléfono con ojos de psicópata. Sin respuesta. Llamo por tercera vez. «Oleg, coge el teléfono», musito. Lo coge.

—Acaba de llamarme mi madre, ¿ha habido un incendio en tu calle?

—En mi piso.

—¿Estás bien?

—No, me he quedado paralítica y te estoy llamando con las pestañas.

—…

—Estoy bien, perdona. No, no estoy bien, estoy en casa de mis padres. Tengo que pedirte algo.

—Lo que quieras.

—Sácame de aquí.

—Eso está hecho.

—Necesito un casco y que me lleves hasta mi moto.

—¿Algo más?

—Interferón y ribavirina.

Al otro lado solo se oyen ruidos entrecortados. Sé que es la radio del taller, un vago sonido musical y metálico, como si estuviera mal sintonizada. No dice nada. Espero. Creo que va a gritarme. No sé por qué lo pienso porque nunca le he visto gritar. En cambio, ese silencio sí que lo he oído, casi puedo seguir su hilo de pensamiento: no me ha dicho que no se ha recuperado, me ha engañado, hasta qué punto tengo derecho a enfadarme. Su cabeza está recalibrando la situación.

—Paso por casa y voy para allá. Diez minutos.

—No co...

Ha colgado. Claro que va a correr. Está hecho para correr, para ganar carreras o morir en el intento. Salgo de la habitación y dejo el teléfono en su lugar. Encuentro a mi madre recogiendo la cocina y le digo que Oleg me pasará a buscar para llevarme hasta mi moto. No se conocen, pero ella sabe quién es porque mi padre nos vio una vez juntos y, aunque le pedí que no se lo dijera, él lo hizo. Como siempre. Desde que era pequeña, mi madre y yo usamos a mi padre como puente para comunicarnos cosas que no somos capaces de decirnos a la cara sin acabar en una discusión a voz en grito. «Me he dejado las llaves por dentro y tiene que venir el cerrajero.» «No vas al viaje de fin de curso porque ese dinero va a la cuenta de la universidad.» «Te he cogido veinte euros del cajón.» «Te he tirado esa falda roja tan corta.» «Hace un año que salgo con un tío y no sabes ni su nombre.» Cosas así. Toda la vida.

Me visto con la única ropa que tengo, evito mirarme al espejo mientras me recojo el pelo encrespado en un moño alto y me siento en el sofá de escay a esperar. El silencio, que no se oiga el tráfico o las voces de los vecinos, me pone nerviosa. Mi madre ya ha ordenado la cocina y trastea en la otra punta de la casa. Desde donde estoy sentada veo el balcón de los vecinos de enfrente. Una niña en pañales da lametones al cristal de la balconera y una mujer joven vestida con un saco informe de color arena la coge en brazos y la aleja de la ventana. «No quiero pasar las Navidades en casa de mis padres.» Intento no repetirme esa frase, pero sigue ahí. «No quiero pasar las Navidades en casa de mis padres. No quiero pasar las Navidades en casa de mis padres.»

Salgo al balcón a esperar y el ruido de la calle es como una bocanada de aire fresco. Cuando oigo el motor de la Kawasaki siete pisos más abajo, echo a correr hacia la puerta. Miro el reloj. Ha tardado once minutos. Me despido de mi madre con un grito, doy un portazo y bajo por las escaleras como si huyera de un incendio. Salgo del portal y me lanzo al cuello de Oleg. Tarda en reaccionar, en devolverme el abrazo. Lleva un casco encajado en el brazo y noto la presión del plástico en mi columna. Yo me aferro a él con todas mis fuerzas. Si pesara más de sesenta kilos, le estaría haciendo daño. Él apenas me sujeta con firmeza. No sé en qué momento rompo a llorar.

14

Tres años antes

$\mathcal{H}$acía dos horas que Javi les martilleaba con su maldita música *heavy*. Oleg creía que le iba a explotar la cabeza. Pero al menos no era la bachata de Ricky. Sentado en el banco de trabajo, se limpió las manos de grasa con un trapo y se llevó dos dedos a las sienes. Intentó contenerse para no pegar tres gritos. Estaba de muy mal humor y no encontraba otra razón que no fueran los medicamentos. Hacía varios días que toma- 81 ba la ribavirina y de momento no se había encontrado demasiado mal. Pero esos debían de ser los efectos secundarios: dolor de cabeza y mala hostia.

Observó el motor Shovelhead de los sesenta que reposaba a medio desmontar sobre la mesa metálica. Hacía más de dos semanas, uno de los grandes clientes de su padre les había dejado la más querida de sus Harley Davidson. Se había enterado en una concentración de moteros de que no todas las piezas de su Electra Glide eran originales y les había pedido que las sustituyeran a cualquier precio. Ricky, él y sobre todo Javi, que era un friki de las Harley, sabían que esos cambios solo harían que la máquina funcionara peor, pero el cliente había insistido en que «a cualquier precio».

Dio el trabajo por acabado y, con el trapo todavía en la mano, se acercó a la vieja minicadena y cambió el CD por la radio. Los gritos guturales pararon de golpe y diversas voces se enzarzaron en una discusión sobre política. No sabía qué era peor.

—Chaval, te llama tu madre —le gritó Javi desde debajo de un montón de chapa que estaba pintando, y señaló a Ricky, que, con el auricular del teléfono en una mano, movía la otra como si le amenazara con darle una tunda.

Oleg fue al despacho acristalado y atendió la llamada. Su madre le entró en ruso, así que estaba muy cabreada.

—Te has olvidado de la hora del médico.

—Es a las siete —contestó. Por el cristal de la pecera consultó el gran reloj de pared que regulaba la jornada del taller. Eran las siete menos veinte.

—No, era a las seis. El doctor Sagarra es un hombre generoso y por eso va a aceptar recibirte a las siete y media. Que no vuelva a suceder.

Su madre colgó. Y supo que cuando llegara a casa se desencadenaría Vietnam.

—¿Veredicto? —preguntó Ricky levantando la vista del ordenador.

—Culpable.

—Ya lo suponía… Ha preguntado por el gilipollas de su hijo.

—Muy amable.

—Rita es así… Otras veces pregunta por el genio de su hijo.

—Pocas.

—Será porque no te lo mereces —soltó Ricky colocándose el tupé de futbolista con una mano, y giró la pantalla para que pudiera ver la página que tenía abierta—. Esto es lo que querías, ¿no?

Eran unas fotos de muy mala calidad de tres de las piezas que necesitaban para el motor de la Glide. Parecían bastante aceptables, sin demasiado uso y, sobre todo, originales. Oleg se fijó en la página. Estaba en chino y tenía un diseño de los años noventa. No se hubiera sorprendido si hubiera empezado a sonar música en MIDI bajo una lluvia de estrellas.

—¿Puedes conseguirlas?

—Claro —respondió Ricky—, pagando puedo traerte al diablo.

Oleg tiró el trapo a un rincón y abrió la puerta acristalada:

—Cómpralas y cárgaselo al cliente.

Se dio una ducha y se cambió de ropa en el cuarto que les hacía de vestuario y picadero improvisado, y llegó a la consulta veinte minutos antes de la nueva cita. Aquel día le inyectaban la primera dosis de interferón y, según le había dicho el hepatólogo, empezaría a dolerle todo el cuerpo, como si hubiera pillado un gripazo. Se sentó en la claustrofóbica sala de espera y hojeó un par de números atrasados de *Solo Moto* sin encontrar nada que le interesara.

Al cabo de un rato entró en la sala una mujer que parecía salida de una pantalla de televisión. De esas películas antiguas que ponían en el restaurante las tardes de domingo de cuando era niño. Grandes gafas de sol y vestido negro, de tirantes. Se sentó y fingió no verlo. Pasaron los minutos en un silencio opresivo, hasta que ella le preguntó cuánto llevaba esperando y él acabó confesándole su miedo absurdo a la enfermedad. Se sintió estúpido, pero ella le prestó más atención desde aquel momento. También tenía el VHC y también estaba asustada. Tras las gafas, tenía una cara menuda y gatuna, con unos ojos castaños inmensos y unos labios mordibles, pintados de oscuro. Llevaba el pelo, negrísimo y brillante, recogido detrás de la cabeza y varios rizos se le pegaban al cuello moreno, húmedo por el calor, que él imaginaba caliente y elástico. El vestido era de escote alto y le ocultaba el pecho, aunque dejaba al descubierto los brazos y las piernas sin medias. Oleg se preguntó si llevaría algo debajo.

Estuvieron charlando hasta que lo llamaron para entrar en la consulta. Entonces se dio cuenta de que no sabía cómo se llamaba ni dónde encontrarla. El doctor Sagarra no mencionó el plantón, lo despachó rápido dándole recuerdos para su madre con una risita que le pareció rastrera y le hizo pasar a otra sala. Allí la enfermera le inyectó la dosis de interferón con mil recomendaciones: descansa, no conduzcas, vete a casa directamente, ¿por qué no te ha acompañado alguien? Ya estaba acostumbrado a que los desconocidos lo trataran como a un crío. Su cara no había cambiado desde los dieciocho y todavía le pedían el DNI para entrar en los clubs. La enfermera lo obligó a tumbarse en una camilla y, después de que él insistiera varias veces en que estaba bien, lo acompañó a la salida. La mujer del vestido negro ya no estaba en la sala de espera.

83

Pero Oleg quería volver a verla. Hablarle de la enfermedad, de *motocross*, de Rusia, de cualquier chorrada que se le pasara por la cabeza, oírla reír, saberlo todo sobre ella, tocarla. Por supuesto, quería tocarla. Hasta borrar el límite entre los dos cuerpos. Pero lo más probable era que ella ya se hubiera ido. Y no sabía dónde encontrarla más allá de la consulta del hepatólogo.

Ya en la calle, se puso la Dainese de cuero marrón y, con las llaves de la moto en la mano, dio un par de vueltas por la acera. Quizás ella siguiera aún dentro. No perdía nada por esperar a que saliera y proponerle ir a tomar algo. Solo la dignidad.

Fue a por la moto, volvió a la clínica, aparcó justo delante y se sentó a esperar. Ella apareció más de media hora después. Aunque ya anochecía, volvía a llevar las gafas de sol, y no sonreía. Tampoco la había visto sonreír cuando habían hablado en la sala de espera.

A Oleg no le dio tiempo de hacer nada. Ella fue directa hacia él. El vestido negro, los tacones, el pelo brillante, recogido en la nuca. Ya sabía a qué le recordaba. Parecía la viuda joven de una película de gánsteres. No le gustó aquel pensamiento, pero desde ese día se enredó en su mente, junto a su nombre, Eva, que ella le susurró al oído cuando le dio dos besos.

—Me estabas esperando —dijo.

—¿Adónde te llevo?

Eva se quitó las gafas, dio una vuelta alrededor de la moto y echó una ojeada resentida a la clínica.

—¿Has estado en Niza? —preguntó.

—No.

—¿Vamos? —soltó ella. Mordisqueaba una patilla de las gafas hasta que se dio cuenta y las apartó de un tirón—. Ya que nos estamos muriendo…

—¿Ahora? ¿En serio? —preguntó él pensando que le estaba tomando el pelo.

—Sí, claro.

«Si va de farol, le va a explotar en la cara», pensó él. Se encogió de hombros y le dijo que ningún problema. Entonces Eva sonrió.

—Pero no puedes ir así —dijo tendiéndole un casco—. Primero tenemos que hacer una parada técnica.

Sin desequilibrarse, Eva se subió a la Kawasaki y se aferró a las asideras antes de que él arrancara. No quería asustarla, así que intentó no pasar de setenta ni saltarse ningún semáforo en General Mitre. De vez en cuando, Oleg echaba vistazos al retrovisor derecho y se encontraba con su cara impasible. Bajó por Numància, deceleró y entró a veinte por la calle de Solà. Paró la moto en la plaza de la Concòrdia, delante del Samovar, el restaurante que regentaba su madre. Apagó el motor, ella desmontó a su señal, y la dejó al cuidado de su posesión más preciada, la Kawasaki.

Oleg entró en el restaurante. Era hora punta, los camareros volaban de una mesa a otra y la tele estaba en *mute* tras la barra, en la que aquella noche servía Dmitri. Saludó al barman, le pidió un café doble y le dio el recado para su madre de que no iría a dormir. Podía ver su cabeza rojo eléctrico moviéndose al otro lado del ojo de buey de la puerta de la cocina, pero sabía que, si entraba, no saldría en una hora como mínimo. Así que, tras tomarse el café de un trago, subió la escalera interior. En el primer piso vivían sus padres y en el segundo él.

Le costó encontrar ropa para Eva. Toda la que tenía de chica era de varias de sus ex y le parecía demasiado grande, demasiado pequeña o demasiado poligonera para ella. Al final encontró unos pantalones de carretera aceptables y una Alpinestarts Vika de cuero negro, con protecciones. Los zapatos eran más complicados, así que tendría que viajar con los tacones. Revolvió hasta encontrar un par de guantes pequeños y bajó al restaurante, donde no pudo evitar encontrarse con Rita. Su madre lo entretuvo sus buenos diez minutos, pero consiguió escabullirse con la excusa de que tenía la moto mal aparcada.

Eva esperaba apoyada en la moto, fumando un cigarrillo fino.

—Pensaba que me habías dejado colgada —le dijo al verlo llegar.

—Perdona, me han entretenido.

—¿Tu novia? —soltó ella.

—Mi madre.

85

Eva se rio y le lanzó una mirada de sorpresa cuando él le tendió las prendas de carretera.

—¿Me tengo que poner esto?

—Si no quieres pelarte de frío a ciento cincuenta por la autopista, sí.

Ella se enfundó los pantalones y la chaqueta por encima del vestido. Mientras tanto, él miraba la ruta en Google Maps. Notaba pequeños pinchazos detrás de los ojos y la cabeza caliente, pero si le daba caña, creía que podrían plantarse allí en cinco horas, haciendo las paradas justas para repostar.

—¿Listo? —preguntó Eva.

La cazadora le quedaba como a un personaje de videojuego. Oleg guardó el móvil, montó en la Kawasaki y le mandó subir. Callejearon hasta Carles III para coger la C16 y desde allí subieron hacia Girona. Las primeras dos horas fue bien, el café le había despejado y el aire frío lo mantenía en tensión. Pararon a repostar antes de Perpiñán y a partir de ahí la ruta se le hizo más difícil. Oleg sentía cómo le subía la fiebre y la carretera se iba difuminando hasta convertirse en un borrón de luces y colores. Se limitó a seguir los carteles. Montpellier. Aix-en-Provence. Nice. Bastante tiempo después le confesó a Eva que no sabía cómo habían llegado, cómo no se habían matado en los kilómetros de curvas, entre camiones que parecían dinosaurios y carriles que desaparecían bajo las ruedas.

Eran poco más de las tres de la mañana cuando aparcaron delante del hotel Le Negresco. Eva tomó el control. Recuperó su bolso-chuchería de debajo de la chaqueta, se desembarazó de la ropa de moto y lo arrastró a la recepción. Le impactó oírla hablar y moverse con la firmeza y humildad de alguien que lo tiene todo, como si el hotel, como si toda la ciudad, le pertenecieran. Les dieron la llave de una habitación y Eva perdió la gravedad de la voz y los gestos cuando cogieron el ascensor. Fue ella quien lo besó, empujándolo contra el espejo y riéndose como una niña pequeña. Tenía la piel helada.

—Estás ardiendo —le dijo ella mientras lo abrazaba por el pasillo con moqueta psicodélica y paredes rojo sangre.

¿Estaban pasando por delante de un cuadro de Napoleón? Tenía que tener mucha fiebre para inventar eso.

—Es la medicación, a ti también te pasará.

Y de aquella noche recordaba poco más.

Al despertar, le costó situarse. Estaba en la cama de una habitación exageradamente grande, con un inmenso ventanal, alfombras, sillones antiguos y cuadros de museo colgados de las paredes. Era demasiado pronto o demasiado tarde, depende de a quién se le preguntara, y entraba mucha luz, una luz de verano. No llegaba ningún ruido de la calle. Si se incorporaba un poco, veía un pequeño jardín con una buganvilla. A su lado, Eva dormía con el pelo revuelto sobre la almohada y el pecho moreno, perfecto, al descubierto. Oleg se levantó para beber agua. Estaba desnudo. Su ropa seguía hecha una maraña en el suelo, pero no recordaba habérsela quitado. Recuperó el tabaco y el mechero de los pantalones y cogió un cenicero de cristal tan pesado que podría matar a alguien de un golpe.

Eva había abierto los ojos y lo miraba. Él se tumbó boca abajo, apoyado sobre los codos en el colchón húmedo y le enseñó un mechero de plata, antiguo y abollado, de los que mantienen la llama. Era un regalo de su tío Mijaíl por su cuarto de siglo en el mundo. Encendió dos cigarrillos con una mano, ladeando la cabeza, con un gesto rápido y estudiado. Cerró la tapa del mechero, dio la primera calada a uno y le pasó el otro a ella. No tuvo el valor de colocárselo entre los labios, así que lo puso entre sus dedos.

—¿El mechero te sirve para ligar? —preguntó Eva desperezándose.

—¿Por qué?

—Pregunto.

Una calada más. Una náusea. No debería fumar por las mañanas.

—Sí.

Ella se lo pidió, lo encendió y pasó los dedos, con las uñas lacadas de un color violáceo, casi negro, por la llama. Lo dejó abierto sobre las sábanas, en equilibrio. Él la miraba sin dejar de fumar. Eva pasaba y retiraba los dedos del fuego, cada vez más lento. Entonces cogió el mechero y acercó la llama al

87

interior del brazo izquierdo de él, que estaba boca arriba a su lado. Paseó la llama sobre las venas azuladas, llegó al recoveco del codo y subió. La detuvo sobre la piel y se quedó mirándola fijamente. Oleg no se movió. La piel se volvió rojiza. Ella lo miró a los ojos sin apartar la llama. Y cerró el mechero. Después miró la quemadura, cada vez más roja, y la lamió una, dos, tres veces. Se apretó contra él, con la melena negra mezclándose con la saliva que le cubría el brazo.

15

Juan Valverde llega a la oficina veinte minutos antes de su hora de entrada. Como siempre, lleva un periódico de izquierdas bajo el brazo y eso le ha granjeado el apodo del Rojo entre los compañeros, que se definen de centro. Se sirve un café de máquina, el segundo del día, y enciende el ordenador. Mientras la vieja torre reacciona y la pantalla se llena de iconos de colores, hojea la sección de Cultura. Nada sobre jazz hoy. Juan Valverde es funcionario de la Generalitat desde hace más de veinte años, redacta informes para los inspectores de Trabajo, habla de fútbol con la mayoría de sus compañeros, de música con algunos de ellos y echa horas extra cuando se lo piden.

A las ocho menos diez llega Carles Magallanes, su vecino de mesa y amigo. Se saludan y Juan lanza la pregunta que lleva quitándole el sueño dos noches:

—Tu hija es policía, ¿no?

Juan conoce de sobra a Silvia, la hija mayor de Carles y Teresa, y sabe que es subinspectora de los Mossos d'Esquadra. Pero no se le ha ocurrido otra manera de abordar la cuestión.

—Sí, ¿por qué lo dices?

En un arranque nervioso, Juan casi tira el café sobre el periódico.

—Nada, una tontería, perdóname.

Su amigo se levanta y le pone una mano en el hombro.

—No, dime, hombre. ¿Ha pasado algo?

—Me preocupa Eva.

—¿El incendio?

Asiente.

—Silvia está en Homicidios, pero seguro que puede echarte un cable, llámala.

Juan juguetea con una esquina del periódico.

—No sé, no quiero molestar.

—Para nada, hombre. —Carles vuelve a su sitio, coge un pósit y apunta un número de móvil—. Hoy tiene turno de tarde, puedes llamarla esta mañana. O si no, la llamo yo, ¿eh? Me voy a tener que poner duro.

Los dos se echan a reír.

La oficina se va llenando de gente y la mañana pasa lenta. Tres o cuatro compañeros le piden prestado el periódico a Juan, uno de ellos «para ver lo que opinan los otros». A las once marca el teléfono de la subinspectora Silvia Magallanes. Carles levanta el pulgar desde la mesa de enfrente mientras se saludan.

—Sí, ¿ya te lo ha dicho tu padre? Ah, por WhatsApp... Hace unos días pasó algo bastante raro con mi hija, Eva, tengo miedo de que alguien quiera hacerle daño.

—...

—No, fue unos días antes del incendio, en Sant Felip Neri. Ojalá no tenga nada que ver, pero nunca se sabe.

16

$\mathcal{M}$e despertará el olor a café, la luz del sol a través de los párpados cerrados o los gritos de unos niños jugando en la calle. Estaré en casa. Abriré los ojos y lo veré mirándome, calibrándome, insolente, con uno de mis Karelia entre los labios enrojecidos. Ha hecho café y me ha dejado la cocina hecha un asco, hemos destrozado un pañuelo Hermès de mil euros, como la primera vez que lo até, y pese a todo le daré las llaves para que vuelva a venir.

Abro los ojos y lo veo observarme. Estoy en su cama y fuma uno de sus Lucky. Lo recuerdo todo. El aviso de Moussa, el chantaje del joyero. La negativa de Mario. Los rumanos. El piso de mis padres. El incendio. El incendio. El incendio, repitiéndose como un disco rayado en mi cabeza.

—Hoy has tardado más en despertarte —dice.

Deja el cigarrillo sobre un cenicero repleto, en la mesita de noche, y me besa los párpados hinchados. Se ha vestido y huele a primera calada y a café fuerte. Lo obligo a tumbarse a mi lado y paso el nórdico por encima de los dos. Hace frío y yo tengo fiebre y me duelen hasta las pestañas. Lo siento cerca, huelo su saliva en mi piel y poco a poco todo lo malo se va diluyendo. Me abraza bajo el nórdico y me acaricia el pecho y la cintura.

Oigo la potente voz de Rita a través de los tabiques. Hacía meses que no dormía en esta cama, que no oía los ruidos de la cocina dos pisos más abajo, los gritos de su madre dando órdenes justo antes de abrir el restaurante para los desayunos. Los últimos meses lo odiaba, pero hoy es reconfortante, como si hubiera retrocedido en el tiempo y, cuando salga de esta casa, pudiera retomar mi vida desde la última vez que estuve aquí.

Oleg se pone encima de mí, me muerde el cuello y noto su

erección bajo los vaqueros, pero me recuerdo que tengo muchas cosas que hacer hoy. Me escabullo de entre sus brazos, me levanto y busco mi ropa en el nido de mierda y cachivaches que es su habitación, la más grande y la única habitable de todo el piso. Me paseo por entre los sofás, cascos y muebles abarrotados con medallas y trofeos de *motocross*, pesas, botellas vacías, *merchandising* de marcas de motos, consolas, CD, DVD y videojuegos. Logro encontrar las medias y los zapatos, pero no mi ropa interior.

Ayer por la mañana me fue a buscar a casa de mis padres con un casco y las medicinas, y en vez de acercarme para que cogiera mi moto, me llevó en la suya a todos los sitios a los que tenía que ir. Por la noche fui yo quien le pedí que me llevara a su casa. Como era de esperar, mi madre se lo tomó a mal.

Encuentro las bragas colgadas en una esquina de la tele y me las pongo mientras él analiza mi horrendo sujetador de deporte beis desde la cama.

—Nunca te había visto con algo así —dice lanzándomelo.

—Es de cuando tenía quince años.

Busco el maldito vestido de H&M entre los trofeos y el ordenador prehistórico que guarda vete a saber por qué; me suena que cayó por ahí…

—Te sienta bien. ¿Estás segura de que tienes que irte?

—No. Pero no puedo quedarme aquí encerrada esperando a que las cosas se arreglen solas.

Le doy la espalda y me peino con los dedos. ¿Dónde están mis horquillas? Rastreo la alfombra y encuentro una goma del pelo en una esquina.

La cojo y la observo con atención para reconocer si es mía. Él me mira, burlón, y se levanta de la cama:

—¿Preocupada?

Niego con la cabeza mientras me ato los botines. Debajo de mi bolso hay una pieza metálica y brillante con cuatro agujeros como si fueran anillos. La levanto. Pesa muchísimo. Junto a la cama, Oleg está buscando sus toallas para ducharse.

—¿Qué es esto? —le pregunto.

—Un puño americano.

Me lo pruebo, me queda holgado. Él se acerca, me lo quita de las manos y cuela sus dedos por los agujeros. Encaja.

92

—¿Para qué quieres esta mierda?

—Para matar a los malos.

Le quito la pieza y la tiro sobre la cama. Cae con un golpe sordo.

—No sé, lo compré por Internet —confiesa, me coge de la cintura y me sienta entre sus piernas—. Vente aquí esta noche, no hace falta que vuelvas a casa de tus padres.

Miro el reloj de su mesita de noche, junto al cenicero repleto y la bolsa de marihuana. Son las doce y media del mediodía.

—Sabes que hay tres habitaciones más —continúa.

—Vacías. —Me río.

Me libero de su abrazo y voy hacia la puerta. Hoy he quedado con mi chantajista particular y quiero pasar antes por Zara para comprar algo mínimamente decente que ponerme. Y por algún sitio en el que vendan ropa interior que no me recuerde a mi madre. Y cremas que no me dejen la piel como a una actriz de cine porno en el clímax de la peli. Y champú. Y…

Y llevarlo todo a casa de mis padres. No puedo vivir con ellos, pero tampoco quiero instalarme en su casa hasta que sepa qué quiero con él. ¿Es mi ex? ¿Es mi amigo? ¿Qué coño es Oleg?

—Gracias por el casco. Por todo —digo antes de salir de la habitación y bajar con sigilo por la escalera rezando para no encontrarme con Rita.

93

17

*P*or tercera vez en dos semanas, voy a la madriguera de Cano. Pero hoy al menos sé lo que me espera. Según entendí en nuestro último encuentro, quiere que robe algo para él. No sé qué espera de mí. He aparcado la Vespa a dos calles de la joyería y camino hasta allí cargada con las bolsas que no cabían en el baúl de la moto. Zara, El Corte Inglés, Clarks, Khiel's, Intimissimi. Avituallamiento básico. En el trayecto, un ama de casa que lleva un niño en cada mano y unas mallas con las que se le transparenta el tanga me mira con desprecio, y varios hombres de piel quemada y arrugada por el sol silban cuando paso por su lado. Llevo una imitación del abrigo de Saint Laurent, unas gafas de Fendi y un vestido de Uterqüe que he comprado al salir de casa de Oleg. No me molesto en quitarme los pendientes de Tiffany. Ya qué más da.

Doblo la esquina y veo la joyería. El hombre de la cara flaca y picada vuelve a estar fumando a dos portales del local de Cano, y esta vez me sonríe. Sospecho que no es casualidad y que me ha estado vigilando desde que el joyero decidió que iba a chantajearme. Puede que incluso fuera él quien me siguiera a casa y acechara mis movimientos para estar seguro de que era la persona indicada… Le vuelvo la cara y busco en los balcones. Hoy tampoco hay ni rastro de los niños y los coches aparcados en la calle necesitan un buen lavado y una visita al taller.

Entro en la joyería: las mismas cruces y medallones de vírgenes expuestas para bautizos y comuniones, las mismas joyas horteras de segunda o tercera mano, el mismo olor a sudor rancio y a comida preparada. Lo que ha cambiado es mi manera de ver el lugar. Estoy rígida y tengo los músculos en tensión, a la espera de un golpe. Hay algo que me molesta. Algo más que la cortina de cuentas que da al taller y tras la que la última vez me pareció oír a alguien. Ahí está la cámara de seguridad. Mi pequeña enemiga. Me acerco a ella y veo que el piloto rojo está apagado. El joyero no querrá que se grabe esta visita.

—Buenas tardes, señorita Valverde —dice a mis espaldas.

Cano me observa desde el mostrador. Ante él, como siempre, el libro de cuentas, que está cerrando con gesto parsimonioso. No me gusta su sonrisa, tiene más aplomo que la del otro día, pero al mismo tiempo parece más tenso, asustado.

—Me he enterado de que lo ha perdido todo —suelta, y entonces entiendo su expresión.

—Cómo vuelan las noticias.

Lo sabe.

Claro que lo sabe.

Quizás incluso haya sido él. Y ahora ya no quiere fingir que se ve obligado a chantajearme y se permite hacerlo con toda la crueldad de la que es capaz. Me acerco al mostrador. El joyero ha apartado el libro y está cubriendo el cristal con un paño de terciopelo oscuro. Espero que saque alguna joya, aunque no lo hace. En su lugar, apoya los codos de la camisa amarilleada por los lavados y la nicotina. La pantalla del ordenador está colocada de cara a mí, con un reproductor de vídeo que repite en bucle imágenes en blanco y negro de mis anteriores visitas. Qué poco sutil.

—Como le dije el otro día, necesito que coja algo para mí.

Asiento preguntándome qué es lo que hay que hacer en estas situaciones. ¿Tomar notas?

—Está en una casa privada. Y es un objeto un poco peculiar, un estuche de joyas antiguas. —Hace una pausa esperando mi reacción, que no llega—. El problema es que sabemos que está en la casa, pero no dónde lo guardan.

—¿Quiere decir que el espacio es muy grande?

Saca de un cajón un portafolios de cartulina y lo deja sobre el paño oscuro. Lo abre y me enseña varias fotografías del interior de un piso. Son decenas de fotos viejas, de los años noventa, y algunas están quemadas por el *flash*. Habitaciones llenas de libros, antiguallas y basura de todo tipo. Todo lo que no cabe en las estanterías, que llegan hasta el techo, está apilado en el suelo y repartido sobre mesitas, cómodas, vitrinas... Pese al desorden, se nota que esa gente tiene dinero viejo.

—Como ve, hay por dónde empezar a buscar. El piso tiene trescientos metros cuadrados y está en el paseo de Sant Gervasi.

—¿Y puede estar en cualquier sitio?

—En cualquier sitio.

Debajo de las fotos hay un sobre de estraza. Me muestra el contenido.

—Aquí tiene una descripción del objeto que necesito, por desgracia no hay ninguna foto. Pero no es difícil de reconocer, es un estuche de piel, ovalado, que contiene un juego de joyas. Entenderá por qué lo quiero. —El joyero cierra el portafolios y lo deja frente a mí—. Debe entrar en la casa, cogerlo y traérmelo. Nada más.

Lo miro como si me pidiera que robara la *Mona Lisa*. Este hombre sobrevalora mis capacidades. Ese estuche es una aguja en un pajar.

—¿Y cómo quiere que lo haga? —le digo—. Yo no conozco a esa gente. No sé ni de quién es la casa, no puedo entrar allí por las buenas. Y aunque pudiera, tardaría días en registrarla.

Cano se ríe sardónico y por primera vez noto un ligero tic en la parte derecha de su rostro. No parece el mismo hombre que hace unos días, me queda claro que han cambiado las reglas del juego.

—Habrá una manera —dice—. Entre usted y yo, la encontraremos. Es cuestión de tiempo. —Saca un móvil viejo y un cargador de debajo del mostrador y me los alarga—. De momento, no vuelva a pasar por aquí, no tiene sentido que se moleste. Le llamaré a este teléfono cuando la necesite. Y si no lo coge, me encargaré de localizarla.

Lo miro levantando una ceja, cojo el portafolios y el teléfono.

—Ya veo. Si no le cojo la llamada, mandará al tipo que tiene ahí fuera a buscarme, ¿no?

—¿Cómo?

—Ese que tiene haciendo guardia a dos portales de aquí.

Cano se apresura a salir del mostrador y tropieza varias veces en su carrera hacia la calle. Me quedo sola en el local. La cámara de seguridad está a menos de dos metros de mí. Aprovecho para acercarme a ella, me pongo de puntillas, a pocos centímetros de la lente, y le hago una foto con el móvil. Lo estoy guardando en el bolso cuando entra el joyero.

—No hay nadie ahí fuera, no intente asustarme.

—Sí que lo había. Las últimas tres veces que he venido.

Le describo al hombre y parece preocupado. Al menos, saldré de aquí con una pequeña satisfacción. Pero ese consuelo se desvanece cuando pienso que tal vez el tipo sea policía y nos quiere trincar a los dos.

Salgo de la joyería y vuelvo hasta mi moto pensando que Cano no ha usado ni una vez la palabra «robar».

18

*D*espués de una semana, he podido subir con mi padre a ver los restos de mi casa. Ni rastro del ordenador, de los muebles, de los libros, de las cortinas naranjas. Por supuesto, tampoco del vestidor. Ni del dinero, claro. No se ha salvado nada. Los bomberos dicen que desvalijaron el piso antes de quemarlo, pero que no se llevaron la ropa. Ochenta mil euros en tela y cuero quemados. Y fue provocado. Quiero hablar con Moussa, pero hoy no he podido verlo por el barrio. Las diez de la mañana es demasiado pronto para él.

Ahora no solo me voy a morir. Encima, me voy a morir pobre. Solo me queda el abrigo de pieles de mi abuela Isa, el de Ava Gardner. Ayer mi padre lo recogió de la tintorería. No me acordaba de que no estaba en el piso y, cuando lo vi colgando de una de las perchas acolchadas de mi armario de adolescente, casi me echo a llorar.

Llego a casa de mis padres después de pasarme lo que queda de la mañana discutiendo con el seguro. Cubrirán los daños del incendio, aunque tardarán meses en convertir las ruinas en un piso habitable. Meto la llave en el bombín y al abrir me llega el olor de verduras salteadas y un chisporroteo insistente desde la cocina. Mi madre me saluda gritando por encima de la estridencia del extractor de humos y la sartén. No recordaba que hoy solo tenía clases por la mañana. Me desplomo en el sofá.

—¿Ya has comido? —pregunta asomando la cabeza.

Le digo que no y pongo la mesa para dos. Todavía tengo en la cabeza la conversación que he oído hace un rato, mientras tomaba un cortado con mi padre después de visitar los restos del piso. Eran cuatro chicas y estaban en la mesa de al lado con sus bolsos desestructurados, sus melenas mechadas desde la raíz y sus bases de maquillaje demasiado densas, que les dejan la piel parcheada en dos colores. Mi padre y yo tomábamos el café en silencio, asumiendo que todas las pruebas físicas de la existencia de una de las personas a las que más hemos querido se han convertido en cenizas, como su cuerpo. Y ellas hablaban, chillaban, se empujaban a seguir. Porque tienen contratos basura, pero van a demostrar lo que valen, van a esforzarse al máximo y entonces es imposible que el mundo no les sonría, que sus jefes no se den cuenta de que son ellas las que mantienen a flote la empresa y las recompensen. Mr. Wonderful en estado puro. «Nuestro esfuerzo será recompensado», ha dicho una. Al oírlo, me he atragantado con el café. Luego me las he quedado mirando un buen rato. Eran algo más jóvenes que yo, ninguna llegaba a los treinta. Estaban celebrando que una de ellas se había quedado embarazada. Me ha entrado curiosidad por saber cómo sería la escena cuando le dijeran que no iban a renovarle el contrato. No he tenido que esperar mucho para oír un simulacro. La recién preñada se ha ido al baño y sus tres amigas se han apresurado a lincharla entre susurros. Todas daban por hecho que la iban a echar. Cómo se le ocurría quedarse embarazada.

99

Cojo los dos platos de la cocina y los llevo a la mesa echando la culpa de las pesadillas al interferón. Solo he podido dormir tres o cuatro horas y todavía no tengo un portátil propio en el que trabajar, así que me he pasado gran parte de la noche analizando la habitación de mi yo adolescente. Sus perspectivas de futuro, sujetas al Gusiluz que sigue colgando de una estantería, a los viejos CD de Garbage, de No Doubt, de PJ Harvey, a los libros que leí entre los once y los dieciséis años, ediciones escolares de *La Celestina*, del *Quijote*, más los *Harry Potter* y *Luces del norte*, que entonces estaban de moda, más tarde Borges, Cortázar, García Márquez, Virginia Woolf, Camus, también porque los leían mis compañeros de clase y los recomendaban los profesores.

Vuelvo al salón. Mi madre y yo comemos con agua del grifo y el telenoticias de TV3 de fondo. Me pregunta por asuntos prácticos del seguro y, cuando acabamos, me propone que esta tarde demos una vuelta por el barrio. Querría irme ya, adonde fuera, a buscar a Moussa para preguntarle si sabe quién ha quemado mi casa, a robar un portátil, a la cama de Oleg. Pero no puedo negarme. Ya la dejé plantada el otro día.

Ella se va a dormir la siesta y yo salgo al balcón a fumar. Tengo varios mensajes en el grupo de WhatsApp de mis amigas de la universidad. Parece ser que vuelvo a ser aceptada en su círculo social y el grupo está que arde. Comparten emoticonos de palmeras, copas de vino, gafas de sol, fotos haciendo morritos, mojitos en casa de Blanca, esta vez sin mí, una foto de Marc con la mano en el muslo de Estel, muchos besos y corazones y flamencas. Siento el impulso de tirar el móvil por el balcón, pero, en vez de hacerlo, enciendo el segundo Karelia. Mi vida se ha ido a la mierda y yo tampoco me he esforzado en decírselo a nadie. No es culpa suya.

Acompaño a mi madre a hacer recados. Todo el mundo la conoce en el barrio y va repartiendo saludos algo rígidos, como si no quisiera pararse a hablar. Merendamos chocolate y melindros en la panadería Baltà, que han reformado totalmente desde el último café-escapada-no-aguanto-más-en-la-biblio que me tomé allí, hace más de catorce años. Mientras volvemos a casa, me pregunta si debería cortarse el pelo o dejárselo crecer porque no quiere parecer una de esas viejas que se peinan todas igual; me habla de sus clases de *swing* con sus amigas y de la semana que pasó en París este agosto con mi padre. No sabía que habían estado en París ni que mi madre tuviera amigas.

La imagen que tengo de ella es la de una profesora severa que se pasa los fines de semana en casa corrigiendo exámenes o sacando brillo a los azulejos del baño. Es la de una mujer que tira a la basura un libro de Von Sacher-Masoch que encontró debajo de la almohada de su hija y que rebusca en sus bolsos para ver si lleva tabaco o condones. No puedo imaginarme a mi madre bailando *swing*. Se lo digo e improvisa cuatro pasos de baile con una bolsa de la compra en cada mano. ¿Qué ha pasado desde que me fui de aquí?

—Es tarde —dice ella al ver que el reloj de la farmacia marca las ocho—, vamos a casa.

—Quiero dar una vuelta más —le digo, y me mira frunciendo el ceño.

Me siento estúpidamente aliviada. La mujer que camina a mi lado vuelve a ser mi madre.

—Pero piensa que tenemos que hacer la cena, ducharnos las dos; mañana tu padre y yo trabajamos…

—Mamá, me asfixias.

No le digo eso desde que tenía diecisiete años y sé que ha sido un golpe bajo. He tirado una granada de mano a todo lo que me ha contado esta tarde. Acabo de dejarle claro que para mí sigue siendo la arpía controladora e inflexible que fue durante toda mi infancia.

—Vale, cariño, pero no tardes.

Hace quince años me hubiera ganado una bofetada por esa salida. Ahora me mira como si se lo tuviese merecido. No soy capaz de decirle que lo siento y dejo que se aleje con las bolsas camino a casa. En la distancia la veo vieja, ancha y pesada, con el pelo pegado a la cabeza y la piel despegada del cuerpo.

Bajo por Olzinelles hasta la iglesia de Sant Medir. Es tan fea como recordaba. Imagino la panorámica desde lo alto de la torre. Seguramente puedan contemplarse las pequeñas miserias de los vecinos que ocupan los pisos que la rodean, esos inmensos bloques con toldos verdes que me recuerdan a avisperos, en los que jamás podré vivir.

Alguien tira una colilla desde un balcón y cae a menos de un metro de mí. Todavía humea. La apago con la punta del botín y subo por la calle paralela a la de mis padres, hacia Sants.

Vago hasta más allá de la estación y, cuando paso la avenida Madrid, me doy cuenta de que los pies me están llevando a la plaza de la Concòrdia, al restaurante de Rita. A estas horas es probable que Oleg esté tras la barra.

He llegado hasta aquí porque no quiero ponerme el pijama de franela que todavía no he podido sustituir, no quiero oír el ruido de la televisión hasta las doce y luego el silencio mortal que invade la casa, donde no puedo moverme de las cuatro paredes de mi minúscula habitación.

Me paro a veinte metros del Samovar. En el piso de arriba no hay luz y tampoco en el primero. Estarán todos trabajando, pero no quiero encontrarme con la familia de Oleg. A pocos pasos de la entrada del restaurante, me encuentro de cara con alguien mucho más desagradable. En una terraza de la plaza está sentado el hombre que vigilaba a Cano. Me sigue con la mirada arrogante e impune de los gilipollas que creen que las mujeres nos vestimos para complacerles, para que nos miren girando la cabeza y sonriendo como cerdos. Me escudo tras las gafas de sol y cruzo la plaza en diagonal, rezando para que no me siga. ¿Qué hace este tipo aquí? Por suerte, no viene tras de mí.

Cuando entro en el piso de mis padres son más de las diez. Por el olor a merluza y a verdura sé que ellos ya han cenado. Ven la tele cogidos de la mano, sentados en el mismo sofá, con solo una lámpara auxiliar encendida. Mi padre se ha quedado dormido sobre el hombro de mi madre. Con cuidado de no despertarlo, me indica que ha dejado mi cena cubierta con papel de aluminio. La caliento en el microondas y como de pie, bajo el fluorescente de la cocina, todavía con los botines de tacón y el vestido puesto. En la televisión reponen una película de los años ochenta con muchos tiros y un doblaje penoso. Friego mi plato y me acerco a mirarla. En el inmenso televisor, encajado en un mueble de aglomerado que tiene más de treinta años, Bruce Willis dispara a los malos y suelta chistes mientras marca bíceps en camiseta de sisa.

Les doy las buenas noches, me cambio, me desmaquillo, me lavo los dientes y me encierro en la habitación. Ya en la cama me tomo las pastillas y el mundo da vueltas a mi alrededor. Sé que volveré a pasar la noche en blanco. Cojo el móvil, escribo, envío:

🟢 Q haces?
🟢 Pensar en ti
🟢 No seas moñas
🟢 Me peleo con el alternador d una suzuki
🟢 Asi me gusta mas

Escribo: «No quiero dormir aquí». Lo borro. Dejo el móvil en la mesita y miro los pósteres de la habitación. Nirvana o, mejor dicho, Kurt Cobain, con su pelazo y ese hoyuelo en la barbilla que me procuró más orgasmos que mis primeros tres rollos; Nina Simone, con turbante frente a un piano, recordándome que ella lo tuvo más difícil y brilló más que nadie; una foto recortada de una revista de Judit Polgár, con los ojos fijos en el tablero y esa cara de concentración intensa, de genio, que nos han dicho tantas y tantas veces que es muy poco atractiva. Desvío la mirada hacia la estantería con los trofeos idiotas de cuando jugaba al ajedrez. Sé que no echo de menos a Oleg, lo que quiero es estar en cualquier otro lugar. No quiero mentir ahora, hacerle daño. Acabo escribiendo:

🗨 Pensaba q estarias en el restaurante
🗨 Esta noche no

No sé qué más decir. Al menos, que no suene patético. La pantalla del móvil se vuelve a iluminar.

🗨 Estas bien?
🗨 Mas o menos
🗨 Paso a buscarte y tomamos algo?
🗨 No puedo. Es entre semana. Mis padres
🗨 No problem lo arreglaremos ok?
🗨 El q?
🗨 El incendio

103

19

⊙ El incendio

*O*leg envía el mensaje y oye como se abre la persiana del garaje. Javi y Ricky entran en la nave. Los dos visten de colores oscuros y parecen relajados. No es la primera vez que tienen que hacer algo así, pero nunca por un asunto personal. Esta noche no suena música en el taller y los amigos evitan hacer comentarios que provoquen piques entre ellos. Oleg entra en la pecera del despacho, coge el puño americano y una navaja mariposa.

Ricky está cortando unas rayas sobre el capó brillante de un Seat Ibiza negro mientras Javi comprueba que las placas sean las correctas. Cuando es su turno, Oleg niega con la cabeza.

—Vamos, colega, no creas que ellos no van a ir colocados. Olvídate de la última vez.

Pero no lo ha olvidado. La última vez tuvieron que sujetarlo entre tres para que no le destrozara la cara a un tipo. Les dice que pasa, coge un Redbull de una bolsa que hay en el maletero del coche y se lo bebe en un par de tragos.

—No compares —se mofa Javi.

Ricky limpia el capó y los tres suben al coche. Una vez fuera del garaje, Javi, al volante, pregunta:

—¿Adónde vamos?

—A las naves de Poblenou.

Hacen el trayecto en silencio, concentrados en lo que han hablado esa misma tarde. Javi le pide indicaciones un par de veces y aparcan en la calle Pallars. Salen del coche y Oleg los guía hasta una nave de la calle Puigcerdà. Localizan la persiana de la entrada principal y rodean el edificio hasta que encuentran un acceso lateral. Ricky rompe la cadena con unas tenazas y, a la luz de la linterna de Javi, los tres atraviesan varios pasillos sin ventanas en los que algunos bultos oscuros parecen dormir. A Oleg le saltan las alarmas. Cualquiera de ellos, en menos de tres segundos, podría saltarles a la yugular y destrozarlos. Pero ninguno se mueve. Sabe que están mucho más asustados que él. La ciudad les ha dado motivos.

Llegan a una puerta metálica y, tras atravesarla, salen a un gran espacio al aire libre iluminado por hogueras. Más de treinta personas charlan y comen a la luz de unas llamas que no quitan el frío y dibujan sombras chinescas en las paredes de hormigón desnudo que los rodean. Oleg juguetea con el puño americano que lleva en el bolsillo de la *bomber*. Eva siempre le dice que con esa cazadora y el pelo casi blanco al rape parece un neonazi. Se acerca al grupo más nutrido con Javi y Ricky cubriéndole las espaldas.

—Busco a un tío que se llama Vasile.

Un negro que le saca una cabeza le sonríe por encima de un plato de arroz.

—¿Vasile? ¿Rumano?

Oleg asiente.

—Negocios —dice.

El negro le señala una puerta a su izquierda.

—Pero creo que está ocupado.

Hace un gesto obsceno y Oleg se ríe con él.

—Es importante.

Se dirige a la puerta que le ha indicado. Varias personas los miran y los saludan con la cabeza, dándoles la bienvenida. Algunos manteros cuentan su mercancía en rincones oscuros y otros negocian en cuclillas y con las cabezas muy juntas. Hay más hombres que mujeres, la mayoría son subsaharianos, pero también algunos rumanos y gente del Este que él no sabe identificar.

Les hace un gesto a Javi y a Ricky, saca de la chaqueta el puño derecho, enfundado en metal, y abre la puerta de una patada. Javi enfoca con la potente linterna el interior y ven a un hombre con los pantalones bajados sobre una mujer que está de espaldas. Varios pares de ojos brillan en la oscuridad. Son niños. El hombre bizquea y la mujer grita. Oleg avanza

105

hacia el tipo y le asesta el primer derechazo. El rumano suelta un par de tacos e intenta devolver el golpe, pero la linterna lo ciega. Javi y Ricky bloquean la puerta del zulo y controlan a la gente que hay fuera.

Oleg le asesta un segundo golpe en la boca del estómago y el hombre se dobla como un chicle y tropieza con sus propios pantalones. Cae de bruces. Oleg lo agarra del pelo y levanta la cabeza a la altura de sus ojos.

—El incendio en el Gótico, calle Ample. Fuisteis vosotros.

El rumano no dice nada y Oleg continúa. La voz es desapasionada, los gestos calculados tras horas de rutina de gimnasio.

—Fuiste tú, Vasile. También intentaste pegarle una paliza a la chica. ¿Por qué?

El otro escupe un salivazo que impacta en el cuero de la *bomber*. Le cae una lluvia de golpes lentos y metódicos. Cuando para, la cara de Oleg está salpicada de sangre y el rumano tose hecho un ovillo en el suelo.

—No quieres que te lleve a la furgoneta, Vasili.

Dice el nombre en ruso para recordarle al rumano las buenas obras que hicieron los soldados soviéticos en su tierra. El otro levanta las manos en son de paz.

—La zorra roba en la zona de nuestros chicos. Teníamos que ponerla en su sitio.

—¿Qué estás diciendo?

—Roba. Carteras, maletas, dinero, móviles, de todo…, creía que no lo sabemos, pero sí. Roba pisos en la parte vieja. Roba carteras en nuestras líneas de metro. Competencia. No sabemos que tenía hombre.

Oleg cierra el puño en torno al metal mojado y descarga una lluvia de golpes sobre la cabeza del rumano, que se protege con los brazos y grita cada vez más alto.

Un sonido seco, como el crujir de una rama, anuncia que le ha partido la mandíbula.

—¡Sujétalo, sácalo de ahí! —oye gritar a Ricky, y los fuertes brazos de Javi lo separan del rumano de un tirón.

Lo arrastra fuera del zulo y lo último que ve Oleg es a la mujer que se acerca resignada al montón de carne que es su marido.

El patio de la nave está en silencio. Nadie mueve un músculo mientras los tres salen. Varios niños lloran en la mugrienta habitación que acaban de dejar y se oyen los sollozos de la mujer. Oleg se limpia la sangre en los vaqueros oscuros y guarda el puño americano en el bolsillo de la *bomber*. Al salir, los bultos parecen incluso más quietos que cuando entraron. Como si se esforzaran por no respirar.

Oleg no quiere creer lo que ha dicho el rumano. Es imposible que Eva sea una vulgar carterista.

107

20

*H*e agotado los quinientos cincuenta euros en efectivo que me dio Cano por el oro de los turistas alemanes y tres mil más de la cuenta bancaria, pero al menos puedo salir a la calle sin tener la sensación de que voy disfrazada. También he conseguido un ordenador en una biblioteca pública de la zona alta. Esta vez me ha costado porque no quería el portátil para venderlo, así que no podía estar bloqueado por contraseña ni ser demasiado nuevo, porque entonces llevaría geolocalizador. Se lo robé a un hombre mayor que tenía abierto el Word de su novela. No creo que haya sido una gran pérdida para la literatura.

Después de formatear el portátil, he recuperado parte de mis datos almacenados en la nube y he entrado en las tiendas *online* por primera vez desde que cancelé las subastas el día después del incendio. Llevo más de dos horas respondiendo a los comentarios y correos de mis clientas. Les cuento que a mi padre le han detectado un cáncer y he tenido que viajar al norte para ocuparme de él. No voy a decirles que les escribo desde el deprimente escritorio de Barimueble en el que hacía los deberes cuando era niña.

Se ilumina la pantalla del móvil y leo un mensaje de Moussa. ¡Por fin responde a mis wasaps! Como un torrente, escribe que han vuelto a preguntar por mí en el barrio, esta vez un tipo rubio que llevaba ropa cara y parecía pijo. Él no lo vio, se lo ha dicho uno de sus socios. Pienso en si para los camellos nigerianos el hombre del Porsche será pijo o directamente pertenecerá a otra dimensión. Le pregunto por el coche pero dice que no lo han visto, se acordarían.

También podría ser otra persona. Le hago una descripción

del hombre flaco y con el rostro picado que vigilaba la joyería de Cano y que me crucé ayer delante del Samovar, sabiendo que hay docenas de personajes que podrían responder a ese perfil en el barrio. ¿Tal vez estén los tres compinchados? Cano, el rubio del Porsche, el tipo que fuma fuera de la joyería. Pero no. Cano se asustó cuando le dije que había alguien acechando a dos portales de su negocio.

Tiro el móvil sobre la cama, me desperezo y cierro el portátil. Fuera está anocheciendo y el ejército de vecinos de estos bloques avispero ha encendido las luces de sus salones con balcón de un metro por dos y toldos verdes. Yo puedo escoger entre el aplique de luz blanca del techo, que da la sensación de estar en un quirófano, o el insuficiente flexo de Ikea que hay sobre el escritorio. Me levanto y enciendo el flexo. Lo enfoco hacia arriba para que la luz rebote contra las paredes blancas, pero el panorama es todavía más deprimente.

Al menos, hoy no dormiré aquí. Oleg viene a buscarme en media hora. Pasaré el fin de semana en su cama y me olvidaré de todo esto hasta el lunes. Echo las cortinas y empiezo a arreglarme. Del bolsillo de los pantalones saco la tarjeta de visita de la subinspectora Silvia Magallanes. Ayer me llamó para tomarme declaración sobre el incendio. No entiendo por qué quieren volverme a ver. Y esta mañana, a las once, me he acercado a la comisaría de Les Corts y me ha recibido ella: una mujer alta y trajeada, con una de las melenas pelirrojas más bonitas que he visto nunca.

Durante los primeros diez minutos, me hace las mismas preguntas que me hicieron sus compañeros, pero enseguida saca a colación a los rumanos.

—Anoche dieron una paliza a un chatarrero de nacionalidad rumana en una nave de Poblenou y varios testigos han declarado que escucharon a los atacantes algo relativo al incendio de su piso. El agredido se llama Vasile Ionescu. ¿Le suena el nombre?

—No, de nada.

La subinspectora Magallanes consulta sus notas. O lo finge muy bien, para crear expectación.

—Su padre nos dijo que unos días antes un hombre con acento rumano la agredió en la calle.

«Por qué será mi padre tan bocazas», pienso mientras intento mantener una expresión neutra y no ponerme rígida en el asiento.

—Sí, quería robarme el bolso. Me dio un tirón, me resistí y echó a correr detrás de mí.

—Suelen buscar el robo fácil —comenta Magallanes mientras anota algo. Tiene la voz grave y serena, casi tan incómoda como el silencio.

—No lo sé… Aquel día había tenido una reunión de trabajo en Le Méridien y quizás iba un poco… recargada, parecía que tuviera más de lo que tengo. Quizás por eso insistió.

La subinspectora saca una foto de una carpeta y la pone mirando hacia mí sobre la mesa.

—¿Le suena esta cara?

—No. Sí… No sé. Podría ser él, pero lo recuerdo más grande, más peligroso, más…

Claro que era él. Era el tipo que me había atacado en la calle. La subinspectora apoya los brazos en la mesa y me sonríe.

—Es el chatarrero rumano que está en el Clínic con tres costillas fracturadas y la mandíbula sujeta con hierros. Creemos que fue él quien la agredió y que puede estar involucrado en el incendio. Pero no sabemos qué puede tener contra usted. ¿Está segura de que no puede ayudarnos?

—No tengo ni idea de qué puede querer de mí.

Delante de un espejo pequeño de mano, me perfilo las cejas con un lápiz oscuro, aplico bronceador y un poco de color en las mejillas. La pantalla del móvil brilla sobre la cama, pero lo dejo sonar hasta que se cansan y cuelgan. Acabo con los labios y me calzo los salones Ferragamo. En casa de mis padres no hay ningún espejo de cuerpo entero, así que tendré que fiarme de los fragmentos que he visto en el de mano. Meto el móvil, la cartera y algo de maquillaje en el *clutch* y cierro la bolsa de deporte con el equipaje básico que me llevo a casa de Oleg. Suena el teléfono en el comedor. Miro el reloj de la mesita, todavía me quedan diez minutos. Tal vez pueda contestar algún correo más. Cuando estoy abriendo la pantalla del portátil, mi madre entra sin llamar.

—Cariño, el teléfono, es para ti —dice alargándome el terminal inalámbrico.

No entiendo por qué Oleg no llama al timbre. Me acerco el auricular a la oreja y le digo que ya bajo.

—Hola, señorita Valverde.

La voz del joyero me borra el color de la cara, y mi madre, alarmada, pregunta qué pasa.

—No ha estado pendiente del móvil que le dejé.

Le hago gestos a mi madre para que me deje sola y cierro la puerta.

—Lo tengo en el bolso —digo sentándome en la cama.

—Eso supongo, pero tiene que procurar tenerlo a mano si no quiere que pasen estas cosas.

Saco mi móvil del *clutch*. Llamada perdida de un número desconocido. Con la mano libre rebusco en el bolso que he llevado hoy y encuentro el móvil prehistórico que me dio el joyero. Cinco llamadas perdidas.

—Le llamo porque hemos encontrado la manera de hacer que entre en el piso de Sant Gervasi. Entre en Infojobs y busque «auxiliar organizada para trabajo temporal». La empresa se llama Époque.

—De acuerdo, lo haré.

—Tiene que hacerlo ahora, señorita Valverde. El lunes es la selección y necesitamos que la cojan a usted.

Abro el portátil y entro en el explorador.

—¿Está buscando?

—Sí.

—Suerte en la entrevista.

Cano cuelga el teléfono y yo me quedo con el auricular en la oreja. Cuando se abre la página del buscador de ofertas laborales suena el timbre del portal y doy un respingo. Pasan unos segundos y mi madre me grita desde el pasillo:

—Eva, te esperan abajo.

—¡Dile que bajo en diez minutos!

Mientras se carga mi perfil en Infojobs, busco el portafolios que me dio el joyero la semana pasada. Lo enterré en el fondo del armario y no he vuelto a tocarlo. Descarto las fotos y me centro en un recorte de prensa reciente: «Elena Montsiol, editora y leyenda». Lo dejo todo sobre el escritorio y vuelvo al portátil. No entraba en Infojobs desde mis tiempos de universitaria. Actualizo la foto, modifico rápidamente mi perfil para que encaje con lo que pide la oferta y me invento algunas referencias. Envío la solicitud cruzando los dedos.

He tardado bastante más de diez minutos. Con el *clutch* y la bolsa de deporte, me despido de mis padres y salgo corriendo de casa. En el ascensor, abro una pestaña en el explorador del móvil y *googleo* a la persona en cuya casa tengo que colarme. No tengo ni idea de cómo superar la entrevista si me seleccionan. Y menos con el bajón de interferón que llevaré el lunes.

21

*M*e abre la puerta una mujer delgada y frágil, con aspecto de pájaro. Lleva una falda de *tweed*, camisa mostaza con manga francesa y bailarinas. Pese a mis diez centímetros de tacón, me saca media cabeza.

—¿Eva Valverde? —pregunta.

Le digo que sí y cruzo el umbral del piso del paseo de Sant Gervasi. La mujer me tiende la mano.

—Soy Cristina Calaf, secretaria personal de la señora Montsiol. Hemos hablado por teléfono.

En el taxi me ha dado tiempo a leer parte de los informes sobre Elena Montsiol que el joyero incluyó en el dosier y, sobre todo, a buscar más información sobre su secretaria. Pero he encontrado muy poco. No tiene perfiles en las redes sociales y solo se la menciona alguna vez en la prensa como acompañante de Elena Montsiol en eventos literarios. En cambio, su jefa tiene una vida pública prolífica, incluso con algunos libros de memorias publicados. En los sesenta fundó una de las editoriales más importantes del país y hace diez años, al parecer sin avisar a nadie y provocando un gran escándalo, la vendió por una millonada a un gran grupo internacional. Ahora tiene ochenta y cinco años y está retirada pero, según el periodista, íntimo y pelota, al que hizo sus últimas declaraciones: «Sigue siendo una figura clave para el panorama literario en español». Traduciéndolo a un contexto que conozco mejor, Elena Montsiol es un dinosaurio aferrado a antiguas medallas, como Valentino o Donatella Versace.

Esa impresión la confirma el recibidor, que parece anclado en los años setenta. Un armario paragüero, varios sillones de mimbre y papel pintado. Ahora entiendo el *tweed* de la secretaria, se ha mimetizado con el ambiente. Me pide que la siga a través de un largo pasillo que se abre frente a nosotras. La pared de la izquierda está revestida de espejos ensamblados; la de la derecha, atestada de cuadros y fotografías enmarcadas. Pasamos por delante de varias puertas cerradas que aumentan la sensación de claustrofobia del pasillo. Mientras avanzo, contemplo mi reflejo y con disimulo aliso el lateral de la falda de piel. La secretaria me mira de reojo y dice:

—A la señora Montsiol le encantaban los espejos.

—¿Ahora ya no?

—Prefiere no mirarse —responde bajando la voz.

—Entonces mirémonos nosotras mientras podamos —me arriesgo a decirle.

Y recibo la primera sonrisa de Cristina Calaf.

Me llamó el mismo viernes, media hora después de que enviara mi currículum a su oferta de Infojobs. Con una voz compungida que me ha dejado con un mal presentimiento durante todo el fin de semana, se disculpó por telefonear tan tarde y me citó hoy a las once. Tal y como dijo Cano, tienen prisa por encontrar a alguien. Calaf me cuenta que la persona que habían seleccionado hace apenas dos semanas las dejó el miércoles por asuntos personales y que, desde entonces, ha tenido que dedicarse a entrevistar a posibles sustitutos.

Su voz me llega distorsionada, en ondas, como si me hablara desde otra habitación, y tengo que esforzarme por entenderla. Esta noche la fiebre no me ha dejado pegar ojo. En el piso de Oleg me inyecté el interferón ayer al mediodía, para que su efecto se fuera diluyendo durante la noche, pero la he pasado en un duermevela plagado de pesadillas. Me he levantado a las cinco, pegajosa y con la boca seca, me he duchado con agua fría y así he logrado dormir dos horas del tirón.

A las nueve, delante del tocador que compré cuando pasaba la mitad del tiempo en su casa, hago todo lo posible por borrar los estragos de la noche en blanco. A primera hora de la mañana, la luz es suave, entra desde la plaza, en la que empiezan a tocar las campanas. El reflejo de Oleg dormido me distrae y me encuentro un par de veces con la brocha en la mano, pero sin saber qué estoy haciendo. Pienso en la mentira idiota que ha intentado venderme y que yo he fingido creer. No me molesta lo que haya hecho, no soy su madre para meterme en si se lía a hostias ni con quién, pero me molesta que me tome por imbécil. «Un accidente en el taller», me dijo el viernes cuando le vi los nudillos destrozados por los golpes. Además, no hay rastro del puño americano en la habitación, lo he buscado, ni ninguna marca o moratón en su cuerpo. Fuera quien fuera, el otro se ha llevado la peor parte.

Cuando estoy terminando con el maquillaje, lo veo incorporarse y quedarse mirándome desde la cama.

—Estás mal —es lo primero que me dice y aparta el nórdico para levantarse.

—Claro que estoy mal —contesto sin dejar de aplicarme la máscara de pestañas—. ¿Tienes algo para ayudarme?

Se queda frente a la puerta del baño, con los ojos todavía a medio abrir.

—Sabes que con la medicación no puedes tomar nada. Y menos hoy —dice, pero abre una caja de madera que tiene junto a la cama y me lanza una bolsita transparente. La pillo al vuelo.

—¿Por qué tienes que ir a esa entrevista? —pregunta al salir del baño.

—Me interesa el trabajo —le digo terminando de hacer la raya con el protector de plástico del colorete.

—¿En serio?

Viene hacia mí y me pone las manos encima de los hombros. Ya no queda ni rastro de sueño en los ojos rasgados; en su lugar hay una mueca inquisitiva que me ha perseguido todo el fin de semana que no he visto antes en él y que me incomoda. Es como una acusación, una sospecha. Se la sostengo y le cojo una mano, malherida; las tenía como garras sobre mis hombros. Al principio sin querer, presiono sobre los rasguños. Tardo en darme cuenta de que le estoy haciendo daño porque no ha retirado la mano y su rostro no ha cambiado de expresión. Más tarde, en el taxi, veré que tengo sangre seca en las yemas de los dedos.

—Deberíais tener más cuidado en el taller —digo soltándole la mano y levantándome del tocador—. Un día de estos os pasará algo grave.

Me quito la bata y la tiro sobre la cama deshecha. Ya estoy vestida y solo me queda coger el bolso y el abrigo. Él sigue inmóvil junto al respaldo de la silla.

—¿No vas a trabajar hoy? —le pregunto.

—Más tarde.

En ese momento suena un portazo en la otra punta del piso y la voz de Rita gritando algo en ruso. Oleg empieza a vestirse a toda prisa.

—¿Qué dice? —le pregunto devolviendo la coca a la caja de madera.

—No sé… Que es lunes, que son las diez, que no ha criado a un hijo para esto.

Todavía abrochándose los vaqueros se acerca a la puerta y retira el pestillo justo a tiempo para que su madre entre en tromba en el dormitorio. Trae una gran bandeja con un termo, mandarinas, mermeladas y un enorme plato con tortas, y sigue gesticulando y hablando muy deprisa mientras su hijo asiente con la cabeza y responde con monosílabos.

—Por cierto, hola, Eva, cielo. —Deja la bandeja sobre la cama y viene a abrazarme—. Me alegra que estés otra vez aquí, ya sospechaba algo cuando mi hijo ha llamado tanto a Dmitri para que lo cubriera en el restaurante estos días. —Le devuelvo el abrazo, su ropa siempre huele a mantequilla, a especias y a té fuerte—. Os traigo desayuno para los dos. Y, tú, Lyoka —se vuelve hacia Oleg bamboleando ostensiblemente su pelo rojo fuego—, ¿qué haces entreteniéndola? ¿No ves que la muchacha ya está lista, que tiene cosas que hacer? Ah, Eva, cielo, ¿cenarás con nosotros en Nochevieja? —La pregunta me pilla por sorpresa y ella debe de notarlo en mi cara—. Bueno, no te preocupes, todavía queda tiempo.

Después de decirle un par de cosas más a un Oleg que la mira como si no estuviera allí, sale con otro portazo. Me siento en la cama y me sirvo una taza de té del termo. Está ardiendo y el olor fuerte y ahumado invade la habitación.

Añado un poco de azúcar y mojo en la taza una torta dulce de queso. Echaba de menos la cocina de Rita.

—Tu madre hace el mejor té del mundo, Lyoka —le digo para picarle.

—No me llames así —suelta—. Solo en casa me llaman así.

—Y en el restaurante.

Él se enciende el primer cigarrillo del día y se sienta detrás de mí, rodeándome con las piernas.

—Esto también es casa.

Pasa las manos ásperas y cálidas bajo el jersey de cachemira y me muerde la nuca. No queda ni rastro de la actitud rígida, defensiva, que tenía minutos antes.

—Ya sabes cómo es mi madre —dice cambiando de tema—. No le tengas en cuenta eso de la Navidad.

Me quita la taza de entre las manos, le da un sorbo y la devuelve a la bandeja.

Son casi las diez y veinte, voy a tener que coger un taxi para llegar a la entrevista. Con esfuerzo, me deshago de su abrazo, cojo un par de mandarinas, el abrigo y el bolso. Ya en la puerta le pregunto:

—¿Cómo sabía tu madre que estaba aquí?

—Mi madre lo sabe todo —responde apagando la colilla en la taza de té.

Cristina Calaf abre una puerta de doble hoja y me invita a pasar a un despacho cuadrado, con ventanales que dan al paseo, colapsado por el tráfico a estas horas. Reconozco el espacio por una fotografía que hay en el dosier del joyero, pero los techos me parecen más altos y las paredes están forradas de estanterías que en tiempos de la fotografía aún no existían. Bloqueando la salida al balcón, hay un antiguo fichero de metal pintado de beis que me llega por la cintura. La secretaria se sienta en el único escritorio que tiene ordenador. Por el suelo se apilan cientos de cajas y archivadores. Según la oferta que colgaron en Infojobs, mi trabajo sería organizar todo eso. Según el informe de Cano, en la caja fuerte que hay en esta habitación es donde debo empezar a buscar el estuche con las joyas.

Me siento en la silla de plástico frente a la secretaria y, mientras ella imprime mi falso currículum, espío por la ventana. Enfrente hay unos jardines en los que nunca he estado. Varias niñeras filipinas charlan junto a la verja. Dos de ellas llevan cofia.

—De acuerdo —empieza Calaf—. Has trabajado ocho meses como becaria en Planeta, seis en la agencia Balcells y tres años como *freelance.* —Lee el resto de las referencias. Todas son falsas, pero no llamará para comprobarlo. Nunca lo hacen—. Veo que conoces el sector. ¿Por qué quieres este trabajo?

Finjo pensarlo, pero hace dos días que preparé la respuesta. Le hablo de mi amor por la lectura y de lo importante que fue para mí la editorial fundada por Elena Montsiol. Poder trabajar en su archivo, organizarlo para las generaciones futuras, sería un gran honor. Además, la media jornada me permite seguir dedicándome a mis proyectos.

—¿Qué edad tienes, Eva? ¿Puedo llamarte Eva?

—Sí, claro. Tengo treinta y un años.

Cristina Calaf lo apunta en una esquina del currículum.

—Tienes una doble licenciatura, ¿verdad?

Le cuento que hice un año de Económicas antes de pasarme a Diseño y que acabé volviendo a Económicas y sacándome las dos licenciaturas al mismo tiempo, pero no se interesa más por el tema. Pasa a explicarme el horario, de nueve a dos, y las condiciones, que son poco mejores que las de una becaria, y entra en detalles sobre el trabajo que debería hacer. Es algo mecánico y aburrido para lo que no son necesarias ninguna de las referencias o conocimientos que he puesto en el currículum. Después me vende la moto de lo importante que será mi trabajo para el legado de Montsiol y de la red de contactos que me permitirá tejer, de las oportunidades futuras, la constancia y el esfuerzo. Parece olvidar que paso ya de los treinta, que soy mayor para todo este rollo, que mi madre a mi edad había parido una hija y tenía una plaza de por vida en la enseñanza pública, que jamás, por mucho que me esfuerce, podré pagar un piso como en el que estamos, que hace tiempo que mi vida debería haber comenzado. Pongo la sonrisa automática hasta que una señora vestida con una bata azul de cuidadora entra en el despacho.

—La señora Elena la reclama.

La secretaria le dice que en un minuto irá para allá y la otra se retira. Cristina Calaf mira por la ventana. La luz acentúa su perfil de pájaro, grácil y engañoso, como un milano. Se vuelve y ladea la cabeza, potenciando el símil.

—¿Puedes empezar mañana a las nueve?

22

*Y*a deberían haber echado el cierre en el Samovar. Tan solo queda una pareja, que alarga la velada en una de las mesas más alejadas de la puerta, y el viejo Vladimir acodado en la barra. Yelena, la camarera de tarde, hace veinte minutos que se ha marchado y Oleg está solo tras la barra. No tiene prisa. Todavía no son las doce de un martes, Eva le ha escrito para decirle que duerme en casa de sus padres y él tiene mucho en lo que pensar.

Su madre cuadra la caja del día y anota pedidos para los proveedores en el trastero que hay junto a la cocina y usa como despacho. Su padre se ha ido a la cama hace más de una hora. Oleg, con el murmullo de un culebrón en el televisor de plasma sobre su cabeza, seca los últimos vasos, repone las botellas de refrescos y licor, limpia la cafetera. Lo hace todo con los gestos maquinales de alguien que se ha criado tras esa barra. El timbrazo del teléfono rompe la calma y Oleg lo coge en un acto reflejo.

—¿Diga?

Al otro lado nadie contesta, pero oye voces y mucho ruido. Está a punto de colgar cuando suena la voz de su tío Mijaíl:

—¿Olezhka?

Solo él lo llama así.

—Sí.

—¿Cómo va todo, Olezhka? Hace mucho que no hablamos.

Oleg controla de reojo a Vladimir, que mira concentrado la pantalla del televisor.

—Bien, tío, todo sigue igual por aquí.

—Eso es bueno, mi hermana estará contenta.

Oleg espía la puerta de la cocina. Mijaíl nunca ha llamado

para preguntar qué tal van las cosas. Siempre que se ha cruzado en su camino o en el de sus padres ha sido para hacerlo cambiar de rumbo de manera irreversible.

—Tengo que hablar contigo, hace unos días que estoy en España —dice Mijaíl.

—¿Hoy?

—No, volveré a llamar cuando llegue a Barcelona. Me alegro de que todo vaya bien, Olezhka.

—Yo también.

Pero ya no hay nadie al otro lado de la línea. Cuelga el teléfono y se despide, en catalán, de la pareja de la mesa del fondo. Acaban de levantarse y se dirigen hacia la puerta sin dejar de charlar. Cuando salen, Vladimir echa una ojeada al restaurante vacío y empieza a ponerse el abrigo.

—No hay prisa, viejo —dice Oleg—. Puedes quedarte mientras limpio y recojo las mesas.

Sin quitarse el abrigo, Vladimir se acoda en la barra y vuelve a fijar la vista en la teleserie. Oleg, al otro lado, lo imita. En la pantalla una chica rubia, perfecta, abraza a un soldado sonriente, demasiado sonriente, que le agradece que lo haya esperado. No dicen cuánto tiempo ha esperado ella pero, por la edad que aparentan ambos, no puede haber sido más que uno o dos años. 121

—Esta película es una chorrada —dice el viejo.

Oleg asiente, pero sube el sonido. Sabe que a Vladimir le gustan esas chorradas. Se abre la puerta batiente de la cocina y sale Rita con el delantal en la mano. Tiene ojeras y sus movimientos son torpes y pesados.

—Me voy a la cama, Lyoka, me duele todo. Cierras tú, ¿eh?

Él le dice que sí y Rita, tras despedirse de Vladimir, se va hacia la escalera que conecta el local con las viviendas. Antes de abrir la puerta, se vuelve hacia su hijo:

—¿Quién ha llamado por teléfono?

—Un tío que quería saber si hacíamos bodas.

—¿Y qué le has dicho?

—Que sí, que se pase a hablarlo contigo.

A la mañana siguiente, en el taller, todavía tiene en la cabeza la llamada de su tío. Hacía seis meses que no sabía de él, y la última vez que se vieron cara a cara todavía no le habían detectado el VHC. De eso hace más de tres años. Durante un tiempo ha tenido la esperanza de que Mijaíl se hubiera olvidado de él, pero la llamada le acaba de dejar claro que no es así.

Arranca la Suzuki GSR750 en la que Javi y él han estado trabajando estos últimos días, monta, embraga, mete la primera y acelera con el puño presionando el freno trasero. La moto responde bien. Apaga el contacto, la coloca sobre la pata de cabra y abre la persiana del taller para salir. Pasa por el despacho, coge un casco y una cazadora del perchero y le dice a Ricky que va a probar la Suzuki.

—Claro, jefe —responde el otro—, no te prives de la parte divertida del trabajo, pero recuerda que pasan a buscarla por la tarde.

—Descuida.

En dos minutos está volando por Balmes. Todavía no hace frío y el día es claro, con un cielo azul que realza los ocres de los árboles y da brillo a las fachadas de los edificios. Quiere ver el mar con esa luz. Hace un día perfecto para una ruta por el Garraf, pero consulta el reloj del salpicadero. Son las doce. Le da tiempo a comer algo en Sitges y volver. Incluso podrá pasarse un rato por el gimnasio después de dejarla en el taller.

Está de vuelta antes de las cinco, aparca la moto y saluda a Ricky, que está colgado del teléfono en el despacho, probablemente peleándose con alguno de sus misteriosos proveedores. Cerca de la entrada, Javi revisa una Honda delante de un cliente que le señala la rueda trasera.

—Sí, tiene pinta de ser la bomba de freno, pero para comprobarlo habrá que desmontarla —oye decir a su colega.

El cliente pregunta cuánto tiempo le va a llevar y Javi asegura que lo comprobará hoy mismo, pero si tienen que pedir una pieza tardará más. Entran en el despacho para hacer el papeleo y Oleg deja de prestarles atención.

Nunca han tenido mucho trabajo, pero él lo prefiere así. El taller de motos es un anexo del gran taller de su padre, una nave de cuatrocientos metros dos manzanas más allá. Este es el local original que Viktor Sokolov y sus dos socios alquilaron en 1980. A principios de los noventa, cuando su padre compró la parte que correspondía a los socios, amplió el negocio en la nave y usó el viejo taller como garaje hasta que Oleg tuvo el accidente que le pulverizó la clavícula, lo obligó a dejar el *motocross* y a instalarse aquí para dedicarse a otra faceta de las motos. A Sokolov padre el negocio le ha ido tan bien que tiene más de diez empleados y permite que su hijo juegue a las motos sin preocuparse de sueldos ni de clientes. Ricky, Javi y él trabajan duro cuando un encargo les apasiona, y derivan a talleres amigos muchos de los que no les interesan, en general *scooters* y ciclomotores.

Oleg coge una lata de gasolina y llena el depósito de la Suzuki. Después limpia los retrovisores con pulecristales y pasa un trapo impregnado de ese producto por la carrocería. Encara la moto hacia la puerta, deja las llaves puestas y se acerca a Javi para ayudarlo con la Honda.

Juntos la llevan hasta el elevador hidráulico y la colocan sobre él.

—¿Hiciste lo que te encargué? —pregunta Oleg mientras la moto se eleva.

Javi se pasa la mano por la barba.

—La seguí hasta Sant Gervasi. Entró en un portal y salió al cabo de media hora.

La plataforma se detiene, Javi coge una llave de la caja que hay a su izquierda y con ella afloja la articulación que une la bomba con el pedal de freno.

—¿Hay algo más? —pregunta Oleg. Pero Javi no contesta. Suelta los tornillos que fijan la bomba al chasis y los coloca ordenadamente sobre el banco de trabajo—. Javi, ¿qué hizo después?

—Después hizo algo raro.

Le cuenta que Eva cogió un taxi hasta una calle de mala muerte de L'Hospitalet y entró en una joyería. No estuvo más de dos minutos. Cuando salió, la notó nerviosa. Cogió el autobús hasta casa de sus padres y él dejó de jugar a los detectives y se volvió al taller.

—Tío, no quiero hacerlo más —le pide—. Es tu chica, pero esto es muy del plan acosador.

Javi separa la bomba del chasis y la fija en el tornillo del banco.

123

—Le han quemado la casa —se le encara Oleg—, ¿y si hubiera estado dentro?

—Lo siento, chaval, tienes razón —admite Javi—. Pero ¿crees que la siguen?

—No lo sé. Pero quiero saber por qué lo han hecho. Hasta dónde está metida en lo que sea. Si quieren hacerle daño.

Ninguno de los dos menciona lo que dijo el rumano.

23

*D*espués de tres horas abriendo cajas y organizando papeles siento las manos secas y tirantes a causa del polvo. Son casi las doce y hace un buen rato que estoy sola en el despacho, pero todavía no me he atrevido a levantarme de la silla y menos aún a registrar los cajones y archivadores en busca del estuche. Primero he estudiado la sala por si había alguna cámara, he comprobado el ángulo de la pantalla del ordenador por si la secretaria me está vigilando a través de la *webcam* y he hecho una lista mental de objetos susceptibles de ocultar un dispositivo de grabación. Los comprobaré uno a uno. Soy una paranoica, sí, pero no voy a caer en la misma trampa que con Cano. Sin dejar de trabajar, también he analizado los ruidos de la casa. Intento localizar de dónde viene cada golpe, cada crujido, y trasladarlos al plano que me dio el joyero.

Tal y como me pidió Calaf, esta mañana he llegado a las nueve. Pese a tener portero, la secretaria, vestida con un traje de chaqueta gris sacado de otra época, me estaba esperando en el portal y hemos subido juntas la escalera de mármol hasta el rellano del segundo. Ha abierto con su llave y me ha instado a entrar en silencio porque la señora Montsiol seguía durmiendo en el ala izquierda. En el piso hacía frío y el aire estaba viciado, como si la humedad de las paredes rezumara durante la noche y dejara el ambiente cargado de efluvios con olor a verdura hervida y medicinas.

Calaf me ha precedido por el largo pasillo forrado de espejos donde esta vez hemos encontrado abierta la puerta de la cocina. Allí estaba la mujer con bata de cuidadora que ayer interrumpió la entrevista. Cristina me la ha presentado como «Amalia, la persona que se hace cargo de las necesidades de la señora Montsiol». Al menos no ha dicho «la chica que nos ayuda». Tampoco ha dicho «criada». Supongo que yo puedo usar esa palabra porque nunca he tenido «chica» en casa. «Criada», «mujer de la limpieza», «asistenta», «chacha», *kelly*, «la chica», ¿qué chica? En la generación de mi madre todas son chicas, noche de chicas de cincuenta largos. ¿Esas señoras que tienen «chicas que las ayudan» también son ellas «chicas» cuando salen con las amigas del gimnasio? ¿Y las otras, las señoras de más de sesenta que limpian escaleras siguen siendo «chicas» para sus jefes, pese a ser abuelas? ¿Por qué no llamar a las cosas por su nombre? Amalia es la criada de Elena Montsiol. Lleva uniforme, esa horrible bata azul. Está interna. Obedece las órdenes más estúpidas. Cobra un sueldo ínfimo en relación con el patrimonio de su jefa por dedicar su vida, todas sus horas disponibles a Montsiol, por ser para ella enfermera, mujer de la limpieza, cocinera, chófer, confidente, celadora y guardaespaldas.

126

En la cocina, sin reformar y necesitada de una limpieza a fondo, Amalia desayunaba café soluble y galletas María con su bata sobre la sencilla ropa de calle. Me he fijado en sus brazos, gruesos y fuertes como los de un obrero. Ni Cristina ni yo tendríamos una oportunidad contra esos brazos. La secretaria, con un tono algo estirado, le ha pedido que nos avisara cuando la señora Montsiol estuviera lista para conocerme y me ha guiado hasta el despacho en el que estuvimos ayer.

Miro por la ventana y veo, en los jardines, a las mismas criadas filipinas, o tal vez sean otras distintas pero con facciones y uniformes similares, empujando cochecitos de bebé y carros de la compra. Cristina me ha asignado el escritorio más pequeño del despacho, justo enfrente del suyo, y varios archivadores para organizar el material por fecha y categoría. Me ha aclarado que los documentos más habituales serán contratos, cartas personales y comerciales, manuscritos de autores de la casa, pero que también puede haber esbozos de discursos y conferencias.

Cojo la tercera caja de la mañana y me prometo una sesión de manicura y masaje esta misma tarde. Todavía no la he abierto cuando oigo unos gritos. Una voz de mujer, rabiosa y

atronadora, está llamando a Amalia desde una habitación alejada de este despacho. Me asomo al pasillo y la voz me llega
más clara. Los tabiques son gruesos, pero el pasillo conduce el
sonido de una punta a otra del piso.

—¡Pero qué porquería de zapatos me llevas, Amalia!
Quítatelos, venga, vamos, ahora mismo, quítatelos, ¿no me
has oído?

Oigo pasos y me retiro, pero los pasos no se acercan, se
alejan por el pasillo. Vuelvo a asomarme.

—Muy bien —continúa la voz, ahora adoptando un tono
melifluo, desagradable—. Ahora *ves* al cajón de la cómoda y
me coges cien euros del sobre rojo. Quiero que vayas a com-
prarte unos zapatos ya mismo, y espero que me gusten. No
quiero volverte a ver con esos esperpentos de zuecos que
llevan las enfermeras de hospital. Me haces sentir enferma.
Y tira a la basura los que te has quitado. ¡Que no los vuelva
a ver!

Segundos después oigo un portazo, la voz se apaga y unos
pasos sordos, de pies descalzos, avanzan por el pasillo. Vuelvo al trabajo, pero mi cuerpo sigue en tensión. Acabo de ver
una muestra del carácter de la señora Montsiol, gran déspota
en su pequeño reino de trescientos metros cuadrados, y no puedo dejar de preguntarme en dónde coño me he metido. Por
supuesto, si hubiera sido fácil, Cano no se habría arriesgado
a chantajearme.

Poco después oigo cerrarse la puerta de la calle. Imagino
que es Amalia, en busca de unos zapatos que encajen con los
gustos de la señora. No sé por dónde estará Cristina, si habrá
presenciado la bronca, si tendrá otro despacho para ella sola.
Continúo clasificando contratos por fecha hasta que, en el
fondo de la caja, me encuentro con un pequeño álbum de fotos, de esos en los que se colocaban dos fotografías por página
dentro de una funda transparente.

Debajo de cada instantánea leo unos números rojos que
corresponden a fechas de principios de los dos mil. La mayoría
están tomadas en este piso, en un ambiente festivo. Veo a Cristina más joven, sonriente y con el pelo teñido de caoba. A su
lado, ocupando gran parte de un sofá de tres plazas, la señora
Elena Montsiol luce tal y como la he visto en Internet. En

aquel momento ya debía de pesar más de cien kilos. Junto a ellas, varios hombres vestidos con un amplio abanico de americanas mal cortadas y algún que otro intento de bohemio chic. Entre los invitados reconozco al hombre rubio del Porsche, al que vi salir de la joyería de Cano.

—¿Qué miras?

La voz de Cristina Calaf me sobresalta.

—Había un álbum de fotos en una caja. —No me gusta cómo entono la frase, da la impresión de que me justifico—. No sé dónde clasificarlo. Parece de una fiesta —añado con voz neutra, y se lo tiendo.

La secretaria lo recoge y se fija en la foto que yo estaba mirando. Se le dibuja una sonrisa en los labios.

—Es la última fiesta de Navidad que dimos —dice—, la última que la señora Montsiol se vio con fuerzas de dar. —Hojea el álbum.

De reojo veo que se ha parado en una foto en la que sale ella junto a uno de los hombres trajeados que posaban en la primera. Calaf cierra con un gesto brusco el álbum y va hasta su escritorio dando grandes zancadas.

—Cualquier tipo de material gráfico déjalo encima de mi mesa. Yo misma consultaré con la señora Montsiol qué hacemos con ello. Ahora acompáñame. Quiere conocerte.

La sigo por el pasillo. Como vamos hacia el vestíbulo, puedo ver mi perfil derecho de cuerpo entero en los espejos, con el pelo recogido en la nuca y el arañazo en el botín de Zara que me hice el viernes al subir a la Kawasaki. Le pido a Cristina que me deje lavarme las manos antes de ver a la señora Montsiol, pero me dice que no es necesario.

—Pero las tengo llenas de polvo…

—No te dará la mano.

Pasamos un gran arco de obra que indica que en algún momento este piso fueron dos viviendas independientes y nos internamos en el ala izquierda. Reconozco vagamente algunos espacios por las fotos del dosier, pero parece que lleven años abandonados. Pasamos por un dédalo de habitaciones destartaladas. Muchos muebles están amontonados contra las paredes y hay enormes torres de libros, cientos de ejemplares amarillentos de los mismos títulos por el suelo. Apenas entra luz por las contraventanas cerradas y el olor medicinal, húmedo y extrañamente ácido es más intenso en esta zona. Calaf me guía hasta un dormitorio.

Me alegro de que la iluminación sea tenue, solo hay encendidas dos lámparas auxiliares, con visillos de un rosa empolvado. Me alegro porque la visión de Elena Montsiol es monstruosa. Su cuerpo es una gran mole que rebosa la cama en la que está postrada. No creo que sea capaz de levantarse. Y debe de ser horrible tener la certeza de que te vas a morir en esa cama. A su lado, hay una bandeja con los restos del desayuno, y a los pies del lecho un barreño y una esponja, con la que supongo que Amalia la habrá aseado esta mañana. Cristina me indica que me quede en el umbral y me presenta.

—Eres muy mona —dice la jefa interrumpiendo a Calaf.

Yo le agradezco el cumplido con mi mejor cara de póker.

—¿Juegas al *bridge*?

—No, señora Montsiol —contesto—, pero aprendo rápido.

—No te creas, señorita —dice ella, y no puedo dejar de fijarme en el marfil amarillento de las antiguas dentaduras postizas—. El *brigde* es un juego que requiere cierta inteligencia, capacidad de análisis y de estrategia.

No sé qué decir, así que me arriesgo con la verdad:

—Fui campeona de ajedrez en Cataluña durante tres años consecutivos. —Suspiro—. El *bridge* es un juego más.

Los ojillos de la jefa me escrutan con repentino interés.

—¿Y por qué ya no lo eres?

—Lo dejé a los doce años.

—¡Qué tontería! Si le dedicas tanto a tiempo a algo como para ser de las mejores, no lo dejas.

—Tuve un accidente de coche —le explico—, y me planteé algunas cosas.

—¿Como qué? —pregunta Montsiol tratando de incorporarse.

Cristina se acerca y la toma del brazo, pero su cuerpo de pájaro es incapaz de sostener el peso.

—No me gustaba la persona que me estaban empujando a ser —respondo.

—¿Y qué te gustaba?

—La moda.

—¿La ropa?

—Más o menos.

—Por eso eres tan mona... —dice apartando a Cristina de un manotazo—. Dime, ¿ahora eres quien querías llegar a ser?

—No.

—Muy bien, Cristina mía —suelta Montsiol con un golpe violento de su vozarrón que está a punto de derribar a la secretaria—. No juega al *bridge*, pero esta chica me gusta, es sincera o lo finge muy bien. Aprenderá. Sé buena y acércame el teléfono. Y vosotras dos, volved al trabajo. Llevas mucho retraso con el archivo, Cristina; ya sabes que lo quiero listo para febrero.

Puede verse el alivio en la cara de Calaf, que ha perdido toda la arrogancia con la que se ha dirigido a Amalia hace un rato, incluso el aire contenido con el que me trata a mí. Ahora es una mujer encogida y tensa, que espera el primer golpe. Le acerca el teléfono a la jefa, me hace un gesto con la cabeza y salimos de la cueva del monstruo. Dejamos a la gran señora marcando un número con sus dedos como palos de escoba.

—No corras —me susurra Calaf en el pasillo—. Pisa fuerte, pero avanza despacio.

Ralentizo la marcha hasta quedar a su altura. No era consciente de que estuviera corriendo.

—Ya está, tranquila. —Para mi sorpresa, siento el contacto de su mano helada en el brazo—. No creo que tengas que volver a verla en unas semanas.

Salgo a las dos y veo que tengo dos mensajes de voz y varias llamadas perdidas. Una es de un número desconocido. Me preocupa que sea el joyero, así que rebusco en el bolso el móvil que me dio y compruebo que no hay ninguna llamada. Lo que me faltaba para terminar de cabrearlo sería no cogerle otra vez el teléfono...

Ayer, después de la entrevista con Calaf, hice una visita sorpresa a Cano. No estaba el Porsche ni tampoco el hombre de rostro descarnado, pero sí los niños, que me saludaron con sus gritos de piel roja desde el balcón. Al joyero no pareció hacerle ninguna gracia mi visita. Le dije que me habían dado el trabajo y le pregunté si sabía quién había incendiado mi casa, pero solo logré que me echara de malas maneras y que amenazara, en vano, lo sé, con entregar mis vídeos a la policía.

Llego a la Vespa, que he aparcado en la avenida del Tibidabo, junto a una clínica de estética para señoras de Diagonal para arriba. Enciendo un Karelia, meto el bolso en el baúl y escucho el primer mensaje de voz. Blanca me dice que ha visto la noticia del incendio por Internet y se pasa dos minutos reprochándome que no les haya dicho nada; al final me ofrece su ayuda con la boca pequeña. Borro el mensaje y le escribo un wasap: ahora mismo la situación es complicada y mis padres se ocupan de todo. El segundo mensaje es de Mario y me invita a cenar en su casa el viernes. A su marido le parezco interesante y quiere presentarnos. Estoy tentada de ignorar la propuesta, pero Mario puede serme útil en otro momento, así que lo llamo para confirmar la cita.

En la Vespa llego a casa de mis padres en quince minutos. Mi madre ya ha comido y corrige exámenes en el sofá. Está más vieja y cansada, pero conserva las mismas rutinas de hace veinte años. Me dice que tengo un táper en la nevera y paso por mi habitación a dejar el casco y el bolso.

Sobre la cama, están las botas de Stuart Weitzman por encima de la rodilla que pedí hace unos días por Internet. El problema es que no hay paquete, solo están las botas. Mi madre lo ha abierto. Cierro la puerta, apoyo la espalda contra la madera y respiro hondo varias veces. No está la caja. No está el comprobante de pago. Solo las botas tiradas sobre la cama, como si fueran una fruslería de Bershka y no unos zapatos de ochocientos euros. Lucho contra mí misma para no reaccionar como cuando tenía quince años. Las cosas no han cambiado tanto. Cuando creo que me he serenado, voy al salón y pregunto:

—Mamá, ¿has abierto el paquete que me ha llegado?

—Claro, cariño —responde ella sin apartar los ojos del examen—. Tenía miedo de que se estropeara en el cartón y tenía que bajar el reciclaje.

Cojo el táper de la nevera y me encierro en la habitación. Procuro no dar un portazo. Tengo más de treinta años, por Dios.

Enciendo el portátil y abro el Excel en el que llevo las cuentas. Es un desastre y las botas no mejoran la situación. Tengo la idea de mi negocio en *stand by*, pero sé que tendré que replantearlo. Tomar decisiones sobre su viabilidad. Pero ahora no. Me quito los zapatos, me tumbo en la cama, sobre la colcha perfectamente alisada por las manos de mi madre, y me pruebo las Stuart Weitzman. Son preciosas. Flexiono las rodillas y acaricio el ante con las dos manos; lo huelo y me relajo. Me levanto y recorro la habitación para probar el tacón. Es una pena no poder verlas en un buen espejo. Tendré que esperar a casa de Oleg. Me las quito pensando en que al menos el pedido era de unas botas. Tengo que buscar otra dirección de envío para el material más peligroso.

24

$\mathcal{A}$ la subinspectora Silvia Magallanes no le hace mucha gracia el favor que le ha pedido su padre, y no es porque le dé pereza mover hilos para enterarse de lo que le puede haber pasado a Eva Valverde, sino porque implica meterse, una vez más, donde no la llaman. En su familia no entienden que su trabajo no es como en las series de televisión, ni que, como subinspectora de los Mossos d'Esquadra, no puede hacer lo que le dé la gana ni ordenar que interroguen a todo un barrio simplemente porque han agredido a una conocida.

Por eso ahora espera en el coche a que vuelvan los agentes que la subinspectora Blanc ha puesto a su disposición. Con la excusa de que esta mañana Blanc tiene una ecografía en la Teknon, Magallanes se ha ofrecido para acompañar a dos agentes de su área y hacer algunas preguntas sobre los robos en pisos de turistas, que han aumentado en el Gótico. Quizás saque algo que pueda tranquilizar a Juan Valverde.

Desde el coche, aparcado en la plaza de la iglesia de la Mercè, ve a la caporal Raquel Pastor hablar con un tipo con rastas hasta la cintura. Él levanta las palmas de las manos y sonríe tranquilizador. La caporal asiente, parece que le está diciendo lo que quiere escuchar. Una nube descubre el sol y un rayo de luz ciega a la subinspectora. Cambia de postura y pierde a Pastor de vista. En su lugar, le queda enfrente la fachada de la iglesia de la Mercè, sólida, tosca y sencilla.

La puerta del copiloto se abre y Raquel Pastor se acomoda en el asiento.

—Me dicen que quienes vacían pisos son los rumanos, algún lobo solitario y algún que otro grupo de manguis del barrio, pero los que están más organizados son los rumanos.

133

—Pues vaya salto han dado...

—Hace tiempo que lo sabemos, pero las denuncias han aumentado estos últimos tres meses. Se ve que se han dado cuenta de que el botín es mucho más grande que el de las carteras y de que, de momento, no hay consecuencias.

—¿Y del incendio no te han dicho nada?

A lo lejos, por la calle Ample, Raquel ve venir a su compañero y se abrocha el cinturón de seguridad.

—No, la chica llevaba mucho tiempo viviendo en el barrio. No tiene sentido que hayan actuado así; no les conviene llamar la atención.

—A no ser que tuvieran algo personal contra ella.

—Podría ser. Pero ¿qué?

—Ella dice que nada, pero a los dos días atendieron en urgencias a un rumano en Poblenou —dice Magallanes encendiendo el motor. Cruza la plaza para recoger al otro agente.

—¿Te acuerdas del nombre? —pregunta Pastor.

—Vasile Ionescu.

—Joder.

—¿Te suena?

—Claro, si hay alguien robando pisos en el Gótico, es él. Es quien coordina a la mitad de los chatarreros y carteristas de la zona de la catedral.

—Pues le han pegado una buena.

—¿Y crees que tiene relación con el incendio?

—No lo sé —miente Magallanes.

134

25

*A*penas puedo dormir. Paso las noches en blanco, con los ojos abiertos y resecos analizando las sombras de la habitación y contemplando el perfil de Oleg dormido a mi lado. Se me hace extraño, como si hubiéramos intercambiado los papeles. Pero él, a diferencia de mí, no se despierta. A veces se mueve y me busca entre las sábanas. Me dejo abrazar, pero su respiración relajada y la distensión de su cuerpo no consiguen relajarme. A veces, lo beso y lo busco hasta que abre los ojos y durante un rato me siento menos sola. Pero él enseguida vuelve a conciliar el sueño, y yo me quedo echando de menos sus manos y atenta a los sonidos que llegan de la plaza, del resto de la casa, de mi propia cabeza.

Dicen que la peor hora para el insomnio es entre las tres y media y las cuatro y media de la mañana, porque a las dos todavía queda noche por delante pero a las cinco ya puedes levantarte, dar por empezado el día. Hoy me he levantado a las cuatro y me he puesto a releer los dosieres de Cano. Ya he localizado la caja fuerte; está encajonada en la pared, tras un cuadro horrendo que imita un Monet, pero todavía no me he puesto a abrirla. Por suerte, como todo en aquella casa, es antigua; eso quiere decir que no es electrónica, pero necesita una llave y la combinación. El estuche con las joyas también puede estar en el dormitorio de Elena Montsiol y, en ese caso, no sé cómo buscarlo. No creo que la vieja bruja haya salido de esa habitación en años. No ayuda no tener una foto de las piezas y solo saber que son de oro, estilo *art déco*. Hay decenas de joyas así, incluso yo tengo dos o tres, entre ellas el anillo que me regaló Rita cuando cumplí un año con su hijo. Y por otro lado, las joyas podrían estar fuera del estuche, dispersas por la casa, en alguno de los centenares de armarios, cajones, cómodas y cajitas que atiborran las dos alas del piso de Sant Gervasi. Incluso pueden haberlas vendido, o robado ya.

También me preocupa la foto del hombre rubio que encontré el primer día de trabajo. Quiero volver a verla, comprobar si estoy en lo cierto. Pero aunque he rebuscado en los cajones que Calaf tiene abiertos, no he vuelto a ver el álbum. Tal vez me equivoqué y no sea la misma persona. Tal vez no sea el hombre del Porsche.

A las cinco apago la linterna del móvil, guardo el dosier en el bolso y vuelvo a mirar a Oleg. Ni se ha movido. Pienso en despertarlo, en zarandearlo, en gritarle: «¿Cogemos la moto y vamos al mar?, como cuando tú estabas pasando por esto conmigo», pero no lo hago. También podría buscarlo otra vez, pero no arreglaría nada, solo me dejaría con ganas de más. Me río procurando no hacer ruido. Creo que la falta de sueño hace que se me vaya la cabeza. Cojo el ordenador, me pongo un kimono sobre el pijama y salgo de la habitación. El resto del piso está sin amueblar y hace frío, excepto en la habitación en la que Oleg tiene la pequeña plantación de maría, pero no pienso encerrarme ahí. Atravieso el pasillo oscuro y bajo al restaurante.

La barra iluminada del Samovar me trae recuerdos felices. Están apagadas todas las luces, excepto las que iluminan el espejo tras la barra del bar. En ella veo el tablero de ajedrez en el que tantas partidas he jugado contra Viktor, el padre de Oleg. Tan solo se oye el zumbido de las neveras y los ladridos de un perro en la plaza. Antes de irse, los camareros han colocado las sillas sobre las mesas y huele a comida, a desinfectante y a madera vieja. Enciendo las luces, me siento en una banqueta y dejo el portátil sobre la superficie de madera. Al menos aquí tendré luz.

Moussa me ha escrito para decirme que la Policía ha hablado con su gente, parece que no comprenden por qué quemaron el piso después de desvalijarlo. Trabajo un buen rato en las tiendas *online*, respondo dudas, actualizo redes sociales y me pongo fecha para reanudar la venta: el 15 de enero. Hasta entonces no creo que haya podido recuperar el fondo que necesito. Y para hacerlo, debería ponerme las pilas, empezar a buscar pisos en los que entrar, material fácil de colocar.

Qué pereza… En realidad, no sé si quiero volver a abrirlas, pero ahora mismo es lo más fácil. Vaciando las fotos del móvil, me fijo en la que le saqué a la cámara de seguridad de Cano. Ya no me acordaba de ella. La subo al buscador y me salen resultados similares. En varias páginas encuentro el modelo. Es bastante barato, tirando a cutre. Descargo el libro de instrucciones y las especificaciones para comprobar si sube los vídeos a Internet o hay que descargarlos en el ordenador. La foto me ha recordado una idea absurda y peligrosa que tuve en un momento de rabia contra el joyero.

—Buenos días, Eva. —La voz de Viktor me hace volver a la realidad—. Perdona, no quería asustarte.

Pasa tras la barra y enciende la cafetera. Lleva la ropa de trabajo sobre su figura recia y huele demasiado a *aftershave.* No puedo evitar buscar el futuro de Oleg en el cuerpo de su padre.

—Sabes que siempre eres bienvenida.

Le sonrío y le doy las gracias. Él me mira negando con la cabeza, más cana que rubia, y carga la máquina con el primer café del día. El ruido de la cafetera impide que haya un silencio incómodo. Tira el café por el desagüe y hace el segundo, ese sí, para tomárselo. Me pregunta si quiero uno y le digo que no. Solo me faltaría uno de sus cafés ahora. Pero eso no se lo digo, no sé si sabe que todavía estoy en tratamiento y prefiero no levantar la liebre. Oleg me contó que su padre no llevaba muy bien la enfermedad.

El móvil marca las seis menos diez cuando baja Rita.

—¡Qué madrugadora, Eva, cielo! —dice a voz en grito nada más verme.

—No puedo dormir.

—Bueno, no pasa nada. —Sonríe, pero veo una sombra en sus ojos—. Ahora hago el desayuno para las dos y verás el mundo un poco menos malo.

Entra en la cocina, poco después Viktor se va para el taller y yo vuelvo a quedarme sola, pero se me han pasado las ganas de mirar las instrucciones de la cámara del joyero. Me levanto de la banqueta y paso tras la barra para coger un vaso de agua y tomarme las pastillas. Rita no tarda en volver con tazas, tortas de queso y una caja con mermeladas caseras.

—Se está haciendo el té —dice mientras la ayudo a colocar las cosas.

Me gusta su pelo corto y rojo, erizado en torno a la cabeza como si estuviera electrificado. Creo que nunca la he visto con el pelo sucio o aplastado, como nunca la he visto con los labios o las cejas sin dibujar. Vuelve a la cocina a por su té fuerte y especiado, y cuando se sienta frente a mí recuerdo que tenía que preguntarle algo:

—Rita, ¿puedo hacer que me envíen aquí algunas compras? Mis padres casi nunca están en casa y me toca ir a correos, y como esto siempre está abierto…

—Claro, ningún problema. Avisaré a las chicas de que llegarán paquetes a tu nombre.

Se me queda mirando como si quisiera decirme algo. Sus ojos tienen la misma forma y color que los de su hijo, leo en ellos gestos similares, pero no sé si tengo la clave para interpretarlos. Ahora parecen estar alerta, son dos esferas aplanadas y vivaces que brillan como un faro.

—Viktor echa de menos jugar al ajedrez contigo. Bájate a echarle una partida un día de estos; ya sabes cómo es, no te lo pedirá.

Le estoy respondiendo que lo haré encantada cuando aparece Oleg con la camiseta sin mangas y los pantalones de deporte con los que ha dormido. Viene directo hacia mí.

—Te vas a congelar —le digo cuando me abraza. Todavía desprende el calor de la cama.

—No sabía dónde estabas.

Siento su aliento en el cuello y veo de reojo que Rita pone mala cara. Me tenso, él lo nota y pregunta si no seré yo quien tiene frío.

—No, qué va —respondo, y me aparto con la excusa de que va a derramar el té.

—Eva —interviene Rita—, no sé cómo puede gustarte mi hijo, con toda la piel manchada, parece un dálmata. —No me da tiempo a responder antes de que se dirija a él—. Anda, ponte algo antes de que te vea tu padre. En la cocina hay algunas sudaderas.

Oleg desaparece y vuelve segundos después con una chaqueta de chándal abrochada hasta la barbilla. Mira a su madre con fiereza y se hace un café. Nunca me había fijado en que hubiera esta tensión entre ellos, y menos por algo tan idiota como los tatuajes.

—Los dálmatas son elegantes —digo para relajar la tirantez. Aprovecho para cambiar de tema y le describo a Rita el estrambótico piso de la señora Montsiol. Le pongo ganas y consigo captar su atención. Oleg se sienta a mi lado y no abre la boca, nos escucha a su madre y a mí charlar como si no nos hubiéramos pasado seis meses sin dirigirnos la palabra.

Sobre la barra, la pantalla del móvil se ilumina con una llamada entrante. Número oculto. Lo primero que pienso es que tengo el teléfono del joyero arriba, en el bolso.

—Perdonad —digo levantándome, y veo como Oleg me sigue con la mirada de ave rapaz.

Algo alejada y de espaldas a ellos, cojo la llamada.

—Buenos días, Eva, espero no haberte despertado. Soy la persona para la que estás trabajando en el encargo del piso de Sant Gervasi.

Me quedo helada.

—No puedo hablar ahora.

—No te preocupes, nos veremos pronto.

Oigo pasos a mi espalda y cuelgo.

—¿Quién era? —pregunta Oleg.

Me agarra por la cintura, coge el móvil de mis manos y me conduce a la barra. No me resisto, pero por primera vez me pregunto si serviría de algo intentarlo. Por un momento siento más miedo de él que del desconocido que me ha llamado.

—La secretaria, Calaf; necesita que vaya algo más pronto hoy.

—Entonces ya te va bien haber madrugado tanto —remata Rita y, antes de desaparecer escaleras arriba, añade—: Recoged el desayuno y no os entretengáis aquí abajo, en media hora empiezan a llegar proveedores. ¡Bendita Navidad!

139

26

—Así que después de eso estudiaste Diseño —comenta Cristina abriendo la quinta caja de la mañana—. ¿Sabes?, yo también quise estudiar Artes Gráficas, pero no pude.

—¿Por qué? —le pregunto.

La secretaria esboza un gesto resignado y me pasa un fajo de folios amarillentos.

—Ponlo con los manuscritos, es un original pasado a máquina por el propio Vargas Llosa.

Arrugo la nariz y Cristina se ríe. Ya voy conociendo sus filias y fobias, y he logrado que me deje sola en el despacho dos veces. Al reírse, se cubre los dientes con el dorso de la mano y la manga de su camisa se desliza hacia arriba. Tiene la piel casi transparente, cubierta de pecas, y una cicatriz bulbosa y rojiza justo encima del pliegue del codo. Finjo que no la he visto y me levanto para colocar el manuscrito en su balda. Cuando me vuelvo, veo que la manga está en su sitio y que tiene la expresión contenida del primer día.

Fuera, una mañana lluviosa y gris de primeros de diciembre azota los cristales. Seguimos trabajado en silencio, acompañadas por el ruido de los atascos que colapsan la ciudad en cuanto caen cuatro gotas y la radio de Amalia, que suena en la cocina.

—Todavía le estoy dando vueltas a la pregunta que me hizo Montsiol el otro día —le digo.

—¿Cuál? ¿Si estás contenta de ser quien eres?

—Sí.

—Dijiste que no lo estabas —responde ella levantando la vista.

—No lo sé, creía que lo sabía, pero ya no lo sé.

Cristina me tiende un montón de papeles para que los pase por la trituradora. Ya hemos llenado dos bolsas de basura con virutas de papel.

—Estás enfadada —dice al cabo de un rato.

—Supongo que sí.

—¿Por qué?

—Porque he nacido en el lugar equivocado.

—Todos hemos nacido en el lugar equivocado.

—¿Tú también?

—Claro —responde con una seguridad que me sorprende—. ¿Sabes...?, mi madre no me dejó estudiar Artes Gráficas porque la escuela quedaba lejos de casa. Lo mismo pasó con Química y Derecho. Al final estudié Letras porque vivíamos a tres calles de plaza Universitat. Era muy controladora. Y ahora se está muriendo y eso es algo que no puede controlar.

Musito un «lo siento», pero el rostro de la secretaria es una máscara. Tiene los ojos muy abiertos y una arruga vertical le cruza la frente.

141

—Perdóname —dice sacudiendo la cabeza y recuperando la sonrisa, que ahora parece de plástico—. No debería contarte estas cosas. —Consulta el reloj y le recorre una sacudida nerviosa. Enseguida se pone en movimiento, coge sus cosas y me dice—: Bajo un segundo, tengo una reunión aquí cerca. Para cualquier cosa, estoy en el móvil.

Oigo la puerta de la calle y me quedo sola. Al poco, la radio de la cocina se apaga y Amalia se asoma al despacho.

—Ah, ¿la señorita Cristina se ha marchado? —dice con un brillo cruel en la mirada.

—Ha bajado un momento.

—Bien... Voy a bañar a la señora Elena. Gracias a Dios, solo hay que hacerlo dos veces más antes de irme a mi tierra un mes... —añade mirando al techo—. Dígale a Cristina por el móvil que la necesitamos para sacarla de la bañera.

—¿En cuánto tiempo le digo?

—La señora se puede pasar horas en el baño, pero yo solo le dejo cuarenta minutos. Si no, me asfixio allí dentro y a ella no le va bien tanta agua, se arruga, la piel se le aja. Dígale en una hora, señorita Eva.

Ha adoptado la fea costumbre de llamarme «señorita», como a Cristina. Tengo la sensación de que se burla de mí cada vez que lo hace. Pero ella no ve el fastidio en mi cara. Se aleja por el pasillo y yo le envío el mensaje a Cristina, que me responde con un «ok».

En el otro extremo de la casa oigo la voz atronadora de Montsiol y las palabras dulces de Amalia. La cuidadora tiene una voz preciosa y un acento caribeño lavado por las décadas en Barcelona que contrasta con su cuerpo feo y sus gestos marciales.

Aprovecho la ausencia de Cristina para revolver en su escritorio, una vez más, en busca del álbum de fotos. Una de las cajoneras está cerrada con llave, pero la cerradura es una broma. Me pongo unos guantes de látex que saco del bolso y, con un pequeño destornillador y la punta de una horquilla, la fuerzo en menos de un minuto. Ahí está. Busco la foto del hombre del Porsche, pero ya no está. Lo examino y veo que faltan todas las fotos en las que sale Cristina. El hombre rubio no aparece en ninguna más. Dejo el álbum, me concentro en los ruidos que llegan desde todos los puntos de la casa y hurgo en el resto del contenido de la cajonera.

No puedo tener tanta suerte. En el último cajón encuentro una funda de plástico con un pósit: «Claves y contraseñas». Junto a la contraseña del wifi, las de los correos electrónicos y los accesos a decenas de webs, tiene anotada la combinación de la caja fuerte y el código de la alarma del piso. Hago una foto con el móvil al folio y lo dejo dentro de su funda.

Me he pasado dos tardes en la biblioteca pública investigando cómo abrir la caja fuerte que encontré el miércoles empotrada en un pared del despacho. La parte más complicada, que es saber la combinación, la tengo resuelta. Ahora solo me queda conseguir la llave. Y para eso confío en el envío exprés 24 horas y en la discreción de las camareras del Samovar.

Han pasado solo diez minutos desde la visita de Amalia. Siento cómo la adrenalina me late en las sientes y decido arriesgarme un poco más. Sin quitarme los guantes, me deshago de los zapatos de tacón y atravieso la casa como un fantasma, con ellos en la mano. El frío me quema en los pies y decenas de pequeños restos de tierra, migas y mugre se me clavan en las plantas. Llego al dormitorio de Elena Montsiol con el corazón desbocado y un objetivo muy claro. La cómoda donde la oí decir que guardaba el dinero. A través de una puerta cerrada que queda a la izquierda de la cama me llega el vozarrón de Montsiol. A veces Amalia le responde: «Sí, señora Elena» o «¡No me diga, señora!». No oigo correr el agua, debe de estar ya en la bañera. Me acerco a la cómoda, dejo los zapatos en el suelo y abro el primer cajón. Ninguno tiene llave.

En el superior solo hay ropa de cama y toallas. Lo cierro con cuidado y abro el siguiente, nada. Tercero, nada. Cuarto, nada. En el quinto está lo que buscaba: unos sobres ordenados por colores y joyas, un montón de joyas. Hago varias fotos, cierro el cajón y oigo abrirse la puerta del baño a mi espalda.

—¿Señorita Eva?

—Sí —respondo con toda la frialdad de la que soy capaz. Entre Amalia y yo está el gran lecho del monstruo y no puede ver que no llevo puestos los zapatos. Todavía de espaldas a ella me quito los guantes y los escondo en el puño izquierdo—. Dime, Amalia. He venido a decirte que Cristina está al caer, pero no sabía dónde estabais.

Me enfrento a la mirada suspicaz de la cuidadora. Llevo el móvil aferrado en la derecha con tanta fuerza que temo que me vea los nudillos blancos.

—Ya ves —continúo hablando, quiero entretenerla mientras doy un paso a la izquierda y encajo el pie en el zapato. Mantengo flexionadas las rodillas para que no note que gano estatura—. Te traía el móvil para enseñarte su mensaje. ¿Necesitas ayuda?

Encajo el zapato derecho y avanzo hacia la cama.

—No, gracias —responde Amalia—. Vuelva a su puesto, a la señora no le gustará saber que usted husmea por ahí.

La miro sorprendida.

—No husmeaba…, no tenía ni idea de que no pudiera salir del despacho. Pero si es molestia, no volveré a moverme de allí, Amalia.

Paso por su lado y salgo del dormitorio sin mirar atrás. No oigo cerrarse la puerta del baño y puedo sentir sus ojos taladrándome la nuca. En el vestíbulo me cruzo con Cristina, que entra en ese momento.

—¿Va todo bien? —me pregunta quitándose el abrigo. Parece nerviosa y tiene las mejillas encendidas.

—Sí, he oído voces y me he acercado a comprobar si necesitaban ayuda, pero a Amalia no le ha hecho mucha gracia...

—No te preocupes —dice con una voz suave, y me da un apretón en el brazo.

Desaparece entre sombras del ala izquierda y no vuelvo a verla en toda la mañana.

27

*R*ecojo las cuatro cosas que me quedan en mi habitación de adolescente y las dejo en dos bolsas grandes detrás de la puerta. Mis padres todavía no lo saben, pero mañana las pasaré a buscar y me mudaré definitivamente al piso de Oleg hasta que pueda volver al mío. Allí hay más espacio, allí no me ahogo, allí no hay recuerdos, allí..., allí no están ellos. No está ella. Pero eso no se lo puedo decir.

Me calzo las botas por encima de la rodilla y me enfundo en un abrigo liso, de cuero, que he recuperado del armario de mi antigua habitación y que este año se vuelve a llevar. Me quito los anillos para ponerme los guantes de piel borgoña y los guardo en el *clutch* de Stella McCartney. Me encuentro a mi padre esperándome en el pasillo. Hace poco que ha llegado de uno de sus bolos y todavía lleva puesta la ropa de calle.

—Evita, ¿por qué no pasas con nosotros el fin de semana? A tu madre le haría ilusión.

Me quedo parada en el umbral. No quiero tener esta conversación.

—No puedo, papá, ya tengo planes.

—Bueno, otro día será. ¿Es porque te abrió el paquete?

Miro la punta de las Stuart Weitzman. No y sí, sí y no. Es por eso y por mil cosas más.

—No, no es por eso, pero no está bien abrir el correo de los demás, revolverle los bolsos. Papá, por favor, que no tengo quince años.

—Ya, ya lo sé, pero para nosotros sigues siendo nuestra niña.

—Por eso me es tan difícil vivir aquí —le digo, y lo miro a la cara.

—Ya… —responde, y viene a abrazarme—. Nos vemos el lunes, ¿eh?

No soy capaz de decirle que no, que no nos veremos. Cierro la puerta de mi habitación y paso por el comedor para despedirme de mi madre.

—Así que te vas —dice ella. Está sentada a la mesa, en pijama y con una pila de más de dos palmos de trabajos por corregir. Se nota que es final de trimestre.

—Sí, tengo una cena de negocios esta noche.

—¿Un viernes? —Su tono suena a interrogatorio.

—Sí, mamá, un posible inversor quiere que conozca a su marido. Para mí eso son negocios, para ellos no lo sé.

—¿Y el fin de semana?

—Lo pasaré en casa de Oleg —digo. Y me siento estúpida, ahí plantada, justificando cada una de mis decisiones.

—Ay, Eva, ¿por qué no te lo traes a comer en Navidad y lo conocemos?

—No es tan serio, mamá.

—¡Claro que lo es! Te pasas los fines de semana con su familia.

—Mamá, por favor.

—Vete, vete, no vayas a llegar tarde con el chico ese. Si quieres un sitio para dormir, ya sabes dónde estamos.

—Mamá, te he dicho que no voy con él ahora.

Me hace un gesto brusco con el brazo, barriéndome lejos de su vista, se levanta haciendo un ruido chirriante con la silla y se va para la cocina.

—Mamá. —La persigo con la sensación de que ya he vivido esto—. No estoy saliendo con él, ¿vale? Lo dejé yo, pero…

Mierda. «Pero estoy mucho mejor en su casa que aquí.» No puedo decirle eso.

—Pero estás más cómoda en su casa y por eso la mitad de las noches no duermes aquí.

Me quedo de pie en mitad de la cocina. Ella ha apagado el fogón donde hervían las acelgas, que ahora humean empañando los azulejos, y me mira con los brazos cruzados sobre el pijama de franela descolorido por los lavados. El extractor de humos hace tanto ruido que me cuesta darme cuenta de que suena mi móvil. Es el taxista, que me espera abajo. Mi madre no se mueve ni un milímetro cuando le digo que me voy. Vuelvo sobre mis pasos para coger las bolsas de la habitación, dejo las llaves en el recibidor y salgo dando un portazo. Mientras espero el ascensor, mi padre abre la puerta de casa y con ella entornada me pide que no tenga en cuenta las últimas salidas de mi madre.

—Solo está celosa —dice tendiéndome las llaves del piso, pero no las acepto—. Al menos déjame esos bultos, te los acerco mañana adonde tú me digas.

Miro las grandes bolsas de papel que estorban junto a mis botas. Abultan porque llevo dos bolsos y un secador de pelo, todo en sus cajas. Tendría que pasar por la plaza de la Concòrdia para dejarlas en el Samovar, pero no me da tiempo. Se las doy a mi padre diciéndole que ya le enviaré un mensaje con la dirección y me meto en el ascensor.

El taxi me espera frente al portal cortando la circulación. Entro en el asiento de atrás tragándome la rabia y le doy la dirección de Mario. El taxista intenta iniciar una conversación y no consigue de mí más que monosílabos. Cuando llegamos a la calle Buenos Aires me desea suerte y me da su tarjeta. «Por si necesita chófer, señorita, disponible las veinticuatro horas.» Miro su perfil agitanado y meto la tarjeta en el *clutch*.

El portal de Mario no es muy diferente al de Elena Montsiol. Una finca modernista con ascensor antiguo y una escultura de mármol que representa a una divinidad clásica presidiendo la escalinata. El ascensor no funciona, así que subo por las escaleras hasta el tercero. Allí Mario me abre la puerta con una copa de tinto en la mano y me invita a pasar a un espacio que rompe todos mis esquemas. Las paredes de ladrillo visto están cubiertas hasta media altura de paneles de madera y han construido un falso techo a dos aguas en el salón. La decoración en tonos cálidos, con puntos de luz entre la madera, hace que parezca una mezcla entre refugio de montaña y arquitectura orgánica. Mario nota mi sorpresa.

—¿Te gusta?

—¿Tanto se me nota?

—A todo el mundo se le queda la misma cara cuando entra, supongo que es un *shock*. No se esperan algo así...

—En medio de Barcelona —termino la frase por él—. Es como si de repente estuviera en un bosque de, no sé, California.

—¿Has estado por allí?

—No, pero se parece tanto a una casa de Wright, o de Lautner…

Mario me indica dónde dejar el abrigo y el bolso.

—Nos has pillado. Tienes buen ojo. —Se ríe y se le marcan las arrugas alrededor de las gafas de pasta morada—. Sebastián está al caer, un cliente lo ha retenido a última hora.

Me lleva hasta el mueble bar que tienen en medio del salón. Es una pieza *vintage* que tiene pinta de costar más que las reformas de toda la estancia.

—¿Cómo estás? —pregunta, y entiendo que Blanca se ha ido de la lengua.

—Bien, bueno, lo sabes, ¿verdad? —Mario asiente y me pregunta qué quiero tomar—. Agua con gas, ¿tienes? Estoy tomando una medicación incompatible con el alcohol. —Me echa una mirada de preocupación y le aclaro—: Nada grave.

—¿Necesitas algo?

Niego con la cabeza.

—El seguro se ha encargado de todo, pero todavía estoy descolocada.

—No me extraña… Debió de ser terrible. —Me tiende un vaso largo con una rodaja de limón—. ¿Dónde vives ahora?

—De momento me quedo en casa de mis padres. Estoy buscando algo, pero es muy complicado que te hagan contratos para dos o tres meses —miento.

Todavía no nos hemos sentado cuando oímos ruido de llaves en la entrada.

—Aquí está —dice Mario, y la cara se le ilumina con una sonrisa de hombre enamorado.

Una figura irreal cruza el salón a grandes zancadas.

—Sebastián, te presento a Eva Valverde. Eva, Sebastián Salisachs.

—Por fin nos conocemos —me dice el hombre del Porsche estrechándome la mano.

Su mano es suave y cálida, y estrecha la mía firmemente, aunque sin apretar demasiado. Por suerte, todavía no me ha dado tiempo a empezar a sudar.

—Mario me ha hablado mucho de ti. Eres amiga de Blanca Alemany, ¿verdad? —pregunta.

—Estudiamos juntas.

—¿Te han contado lo que ha pasado esta semana? —interviene Mario guiándonos al mueble bar.

—No, todavía no.

—Estel se separa de su marido.

—¡No puede ser!

Cotilleamos un rato mientras Sebastián Salisachs se libra de la americana y el chaleco. Puedo ver la etiqueta de Cucinelli en las prendas, una marca con el punto adecuado de excentricidad que, además, le sienta como si se la hubieran cosido directamente sobre la piel. Deja la ropa doblada sobre el sofá y se va a la cocina. No quiero perderlo de vista.

—¿Qué ha hecho Rosa hoy para cenar? —pregunta.

—Bueno, Eva, discúlpanos si somos muy informales —dice Mario, y luego se dirige a Sebastián—: No lo sé, le dejé anotado que comprara un *micuit* y quesos, pero no he abierto la nevera.

—Sí, está todo —responde el otro desde la cocina—. Vosotros sentaos, lo iré llevando.

La mesa está puesta de manera sencilla, con un gran ramo de eucalipto a modo de centro. El aroma llega hasta el extremo donde nos sentamos Mario y yo. Pese a ser un diciembre bastante cálido, hay un fuego encendido en la parte más oscura del salón, tras un cristal que impide que nos llegue el humo. La presencia del hombre del Porsche me altera, pero el resto de los elementos de la casa ayudarían a apaciguar los nervios a cualquiera.

Sebastián vuelve con una gran bandeja en la que trae el *micuit*, pan y quesos franceses. Elogia mis botas y, tras darle un casto beso en los labios a Mario, se sienta entre nosotros dos.

—Entonces, ¿a qué te dedicas, Eva? —pregunta con un retintín que solo capto yo.

Paso toda la cena tensa, esperando a que alguno de los dos

saque el tema del chantaje, de las joyas, de la señora Montsiol, pero no sucede nada de eso. Charlamos de nuestros conocidos en común, de moda, de la galería de arte de Sebastián, de naderías. Más tarde Mario y yo nos sentamos en los sillones bajos junto a la chimenea y Sebastián se acomoda en la alfombra, sin zapatos y con un cojín bajo la nuca. Veo cómo lo mira Mario y por un momento olvido que ese hombre es uno de los culpables de mi situación; me olvido de despreciarlo. Pero enseguida me lo recuerda.

—Nos ha contado Blanca lo que ha pasado con tu piso.

Pregunto si puedo fumar y Mario me acerca un cenicero. Enciendo un Karelia.

—Sí, bueno, fue extraño. Los bomberos piensan que fue provocado, que los ladrones no encontraron lo que querían, fuera lo que fuera. Se ha quemado todo.

—Lo siento, debe de ser muy duro —interviene Mario.

Sebastián tiene la mirada perdida en el techo y no dice nada.

Quiero cambiar de tema y me fijo en que frente a mí hay una foto antigua enmarcada de una japonesa. Parece de estudio, de principios del siglo pasado, y la mujer posa muy seria, de perfil y con la boca cerrada. Pregunto quién es.

—Es Sada Abe —responde Mario—. Una japonesa famosa por haber asfixiado a su amante mientras estaban en la cama.

—¿En serio?

—Y no solo eso. Cuando vio que estaba muerto, grabó con un cuchillo su propio nombre en el muslo del cadáver, le cortó los genitales, los envolvió en una revista y huyó con ellos. Los conservó varios días, incluso se habla de necrofilia… Al final, claro, la atrapó la policía.

—¿Y qué le hicieron?

—Poca cosa, lo que querían era comprenderla, comprender por qué había hecho algo así. Ella decía que su necesidad por él era tan grande que tuvo que matarlo.

—Sada Abe —repito. Y pienso que parece un personaje de ficción al que le hayan puesto el nombre para encajar, adrede, con el del marqués de Sade—. ¿Y por qué tenéis una foto de ella en el salón? —pregunto estirando las piernas frente al fuego.

Sebastián se sirve la tercera copa de vino y responde:

—Nos parece una mujer fascinante. ¿A ti no?

El reloj de pared da las doce y cuarto y yo me levanto de un salto. Pongo la excusa de que me he dejado las llaves en casa y mis padres deben de estar a punto de irse a la cama. La pareja me acompaña a la puerta y nos despedimos. Bajo las escaleras y antes de llegar al portal recibo un mensaje de texto: «Soy Sebastián. Nos vemos en 20 minutos en el bar del Casa Fuster».

Toda la tensión acumulada durante la cena sale en este momento y empiezo a hiperventilar. Apoyo la espalda contra la fría pared de mármol, cierro los ojos, me clavo las uñas en las palmas y cuento hasta veinte. Cuando mi respiración se recupera, le envío un mensaje a Oleg:

🟢 Llegare tarde, lo siento, sigo en casa d Mario. No llevo llaves

Me responde al momento.

151

🟢 Estoy despierto. Avisame y bajo a abrirte

Salgo a la calle Buenos Aires y me asomo a la calzada en busca de un taxi, pero no pasa ninguno. Recuerdo la tarjeta que me ha dado el taxista y la recupero del *clutch*.

—¿Joaquín? ¿Joaquín Bosco? —digo leyendo el nombre.

—Dime, guapa.

—Me ha dado usted una tarjeta hace un par de horas.

—¡Hola, sí! La señorita de las botas bonitas, dígame.

No entiendo por qué esta noche todo el mundo se fija en mis botas.

—¿Recuerda dónde me ha dejado?

—Estoy ahí en cinco minutos.

Entro en el bar del Casa Fuster a la hora prevista y encuentro a Sebastián Salisachs sentado a una mesa frente al escenario. Hoy no hay jazz en directo, pero reconozco la trompeta de Miles Davis sonando por los altavoces. Me siento al lado de Salisachs y le pido al camarero un Silk Road sin alcohol, aunque mataría por un margarita. O por tres.

—¿Qué le has dicho a Mario? —pregunto.

—Mario sabe que estoy contigo. Sabe… algunas cosas. —Sus ojos, de un castaño tan oscuro que parece negro, sonríen con una malicia casi infantil.

—Pero no sabe que tengo que robar las joyas.

—Solo negociar por ellas.

—No sabe que me estáis haciendo chantaje.

Se remueve incómodo y se desabrocha un botón de la americana dejando al descubierto el final del chaleco.

—La parte del chantaje me ha parecido muy grosera por parte de Cano. No era necesaria.

El camarero trae mi zumo con nombre caro. Lo han servido en vaso largo, coronado por una hoja de menta. Salisachs tiene delante un Manhattan.

—No hubiera entrado en esa casa de otro modo…

—¿Por qué no? —Se sorprende—. Hay un beneficio para ti.

—¿Ah, sí?

—¿No te lo ha dicho Cano?

—No ha sido muy comunicativo.

—Bueno —dice esquivo—, ¿has encontrado algo ya?

—El lunes abriré la caja fuerte.

—Ojalá esté allí. —Suspira.

Tengo la sensación de que él también quiere quitarse este asunto de encima lo antes posible. Se deja caer con indolencia en la butaca. Tiene una actitud diferente de la que tenía con Mario hace unos minutos, más tensa.

—¿Fuiste tú quien hizo las fotos? —pregunto.

—¿Qué fotos? ¿Las del dosier? No, esas se hicieron antes de que yo estuviera en el piso.

—Antes de 2003.

—¿Cómo lo sabes?

—Te vi en una.

Se ríe con una carcajada casi salvaje y tamborilea sobre el cristal de la mesita.

—Las cámaras son infernales. —No sé si lo dice con mala intención o si de verdad no sabe que Cano me ha grabado—. Sí…, la primera y última vez que vi esas joyas fue en 2003, en la fiesta de despedida de Elena Montsiol. Quiero contártela, quiero contarte esa fiesta, aunque no sé si te será útil.

—¿Sois familia? —pregunto.

Él vuelve a reírse y los ojos le brillan como a un gato.

—No, no somos familia. Conocí a Elena Montsiol en aquella fiesta y no la he vuelto a ver desde entonces... Vete a saber por qué me invitaron, por mi apellido, porque mi amigo Emilio se dedica a esto de la edición, no lo sé. Pero aquel día conocí a Mario, ¿no sale en ninguna de las fotos que has visto? —Niego con la cabeza—. Una pena... Era tan guapo, todavía lo es. Para mí fue una noche importante, memorable.

Montsiol le puso el toque incómodo.

Apura su Manhattan y le hace una señal al camarero para que le traiga otro. Observo las limpias líneas de su perfil. Me sorprende que alguien que es bello de manera objetiva, tan cercano al canon, pueda ver belleza en alguien que, también de acuerdo con el canon, es mucho peor que él, en alguien como Mario. Eso debe de ser un tipo de generosidad.

—Dices que has visto las joyas. ¿Cómo son? —le pregunto.

—Las vi solo un momento... pero cuando mi cliente describió lo que buscaba supe que eran las mismas. Es un estuche ovalado, de piel clara y con el interior de seda blanca, algo amarillenta, más o menos de dos palmos de ancho por uno de largo.

—Marca el tamaño con las manos.

Lleva un bonito sello en el meñique en el que no me había fijado. Busco el anillo de Rita en mi anular y me doy cuenta de que no lo llevo. Vivo un instante de pánico, pero me tranquilizo cuando recuerdo que me lo he quitado en casa de mis padres para ponerme los guantes y lo he guardado en el *clutch*.

—Dentro hay una tiara de oro y ónices, cortados en plano, aunque lo más importante es el trabajo del oro. Ya lo verás... Es la pieza más bonita, inconfundible. También hay una gargantilla y un collar largo, del mismo material, dos parejas de pendientes, largos y cortos, un anillo, creo que un reloj, no lo recuerdo bien.

Coge el cóctel que el camarero ha dejado sobre la mesa y apura la mitad de un trago.

—Montsiol iba muy bebida... Creo que quería impresionarme. Me dijo que tenía algo importante que enseñarme, algo para mi negocio, y me arrastró hasta una especie de despacho. Allí empezó a coquetear conmigo. Yo no me lo podía creer, tenía al menos cuarenta años más que yo y, además, yo

153

había acudido a la fiesta del brazo del periodista con más pluma de Barcelona. En fin... Sacó una llave de no sé dónde y abrió una caja fuerte que había tras una horrenda imitación de Monet, ¿es esa la que has encontrado? —Asiento con la cabeza—. Estamos cerca... Abrió la caja y sacó el estuche. Me dijo que podía interesarme para la galería, aunque yo aún estaba empezando. Que era una bagatela que había encontrado en un anticuario de Turquía, que seguramente era todo falso, y me pidió que lo comprobara. Empezó a jugar con las joyas, a ponérselas y quitárselas, me puso a mí la tiara e intentó besarme. Ah, Dios, me llamó «príncipe azul». El perro no paraba de ladrar. Entonces llegó esa chica, su asistenta, y le pidió que volviera a la fiesta. Montsiol le contestó de muy malas maneras. Al final se cansó de mi negativa y empezó a insultarme. Hui de la habitación y ella se quedó, supongo que para meter las joyas en la caja fuerte.

—¿No recuerdas nada más?

—No lo sé..., yo también había bebido.

—¿Lo suficiente como para dejarte seducir por una anciana con obesidad mórbida?

—Para nada —responde—. Volví con ella a la fiesta. Supongo que la esperé. Ella iba mascullando *lladre, lladre...* Ladraba más que el perro. Yo no entendía nada. En cuanto pude, me libré de ella y salí del piso. Entonces fue cuando me tropecé con Mario, que también salía a tomar el aire.

—Y os fuisteis juntos.

—Sí. —Su expresión se dulcifica—. Eva Eva... Necesito que lo encuentres antes de Navidad. Mira, no me gusta Cano, no sé por qué recurrí a él. Ahora se está convirtiendo en un problema, es molesto, pero lo solucionaré. Y no puedo llegar a imaginarme cómo contactó contigo ni a qué te dedicas en realidad. No me interesa. Solo necesito el estuche. Por eso, cuando primero Cano y después Mario me hablaron de ti, no pude creerme que fueras la misma persona. Cano se cuidó mucho de decir tu nombre, pero Mario me enseñó una foto que os hicisteis cuando cenasteis en casa de Blanca y supe que eras la misma chica con la que me crucé en la joyería... Necesito ese estuche. Solo quería hablar contigo para pedirte que te des prisa.

Apuro el zumo.

—Esta mañana he encontrado otras joyas, un cajón lleno de piezas desordenadas en el dormitorio de Montsiol, pero creo que ninguna encaja con las que me pides.

—Compruébalo, por favor.

Salgo del Casa Fuster con la cabeza cargada y el portero del hotel me abre la puerta del taxi. Cuando llego a la plaza de la Concòrdia, Oleg me está esperando fuera del restaurante. Al verme, apura el cigarrillo y aplasta la colilla contra el pavimento. Lleva la fina Dainese de cuero marrón y, al tocarlo, noto que está helado, como si llevara mucho tiempo esperando en la calle. Mientras subimos las escaleras, le cuento la historia de Sada Abe.

28

*T*odavía no son las nueve de un sábado por la noche y, antes de salir a cenar, Silvia Magallanes tiene que hacer una llamada. Lleva días posponiéndola, pero no quiere empezar otra semana con el tema enquistado en el cerebro. Mientras se pone los pendientes, ve de reojo cómo el sol se oculta tras Collserola. El cielo es de un color rojo sangre, de finales de otoño, de *Lo que el viento se llevó*. Se sienta sobre la cama que acaba de hacer y se calza las Dr. Martens.

Sacude la melena para apartársela de la cara y echa un vistazo alrededor. Como siempre, la casa está hecha un desastre. Ropa por todas partes, vinilos sin su funda sobre los muebles de diseño, velas a medio consumir por el suelo. Se pone de pie y busca su mochila de cuero. Ha quedado con unas amigas para cenar algo rápido y después ir a un concierto de *covers* de Bruce Springsteen por la zona de Marina.

Desconecta el móvil del cargador. Durante todo el día ha ensayado mentalmente qué va a decirle a su padre. Y, sobre todo, qué no va a decirle. No va a decirle que no sería difícil comprobar si fue el grupo de Vasile Ionescu quien desvalijó el piso de Eva Valverde. Que la caporal Raquel Pastor conoce al dedillo los locales del centro en los que revenden el material robado, y que solo tendrían que pasarse por allí y buscar el portátil o la tablet o cualquier objeto que conste en la denuncia de la hija de Valverde. No va a decirle que no está segura de que a la misma Eva le interese que la policía haga algo así. Al fin y al cabo, el padre de la chica les ha pedido ayuda para protegerla pero, con cada paso que da, a Magallanes le queda más claro que esconde algo.

—¿Papá? Te llamo por el tema de Eva Valverde.

—…

—Sí, tu compañero puede estar tranquilo, me dicen que no es la primera vez que prenden fuego a un piso cuando no encuentran lo que buscaban.

—…

—Claro, pero piensa en cómo viste esa chica, seguramente creían que encontrarían un pastón en joyas, en material electrónico, en efectivo, y no había más que algunos bolsos caros que ni se llevaron, seguramente porque no sabían lo que valían.

—…

—Puede estar tranquilo, hemos pillado al individuo que la atacó, tiene antecedentes por robo con violencia.

—…

—No, no hay relación.

—…

—Sí, ahora salgo con unas amigas.

—…

—Claro que tendré cuidado, papá, por Dios.

—…

—De nada. Te quiero.

Silvia Magallanes se cuelga la mochila al hombro, corre las cortinas y apaga las luces. Atraviesa el salón, tan caótico como el resto de la casa. Pero tampoco cuenta con traerse a nadie esta noche.

Mientras cierra la puerta de seguridad vuelve a pensar en Eva Valverde. Intenta convencerse de que no le está colando una bola a su padre.

157

29

*D*esde fuera de la pecera solo ve medio cuerpo de Ricky. Está concentrado, con la mirada fija en la pantalla del ordenador. Para cumplir el encargo que le hizo Oleg hace dos noches, se ha puesto guapo, lleva el traje oscuro de las bodas y los entierros, y el tupé de futbolista bien engominado. Oleg cruza el taller hacia el despacho. Abre la puerta con brusquedad.

—¿Has hablado con él?

—Sí —responde Ricky sin mirarlo—, he ido a verlo esta mañana.

—Joder, me los está poniendo —dice Oleg dejándose caer en la silla reservada a los clientes.

—No creo. —Ricky aparta la vista de la pantalla—. Ese hombre está casado.

—Eso no quiere decir nada.

—Con un hombre, colega.

—¿Quién es? ¿Estás seguro de que es el que te dije?

—Rubio, alto, tan fino que me han salido almorranas y, según te contó el portero del hotel donde se vio con tu novia, dueño de una galería de arte en la calle Provença. No te voy a decir que haya sido fácil dar con él… De verdad, no sabes cuántas galerías de arte hay en Provença, pero ha sido muy divertido. Tienes que encargarme más trabajos como este… Lo de las piezas ya es muy fácil.

—Al grano, Ricky.

—Sí, tiene que ser él. Joder con el pijo, es una serpiente. He hecho como que me interesaba una pieza que tenían expuesta y casi me la vende, te lo juro. ¡A mí! —Con el gesto exasperado se le escapan algunos mechones del tupé y le caen a un lado de la frente—. Le he dicho que sigo interesado por si quieres que vuelva y le saque alguna información en concreto. Te recuerdo que tus instrucciones fueron bastante vagas, solo me dijiste que comprobara si era el mismo, pero no podemos saberlo si tú no tienes una foto.

—¿No hay nada en Internet?

—No hay ninguna red social con su nombre, al menos que coincida con la cara bonita que he visto yo.

—¿Cómo se llama?

Con gesto teatrero Ricky saca una tarjeta del bolsillo interior de la americana y lee:

—Sebastián Salisachs i Forcadell. ¿No te huele a dinero solo el nombre?

Oleg piensa que tal vez es uno de los amigos de Eva, de esos que vienen y van, conocidos del trío de niñas bien de Sarrià con las que estudió en la universidad.

—Vamos a probar suerte.

—¿Dónde?

—No lo sé, ¿dónde está esta gente? En Instagram.

—¿Qué busco?

—Busca a Eva.

Ricky vuelve la pantalla del ordenador para que puedan verla los dos, abre la página de la red social e introduce el nombre. Enseguida aparecen fotos de Eva, la mayoría con detalles de su vida cotidiana, casi nunca su cara. Las últimas están hechas por el propio Oleg, una es un detalle en blanco y negro de la espalda y la nuca de ella, con el pelo mojado. La ha tomado hace apenas seis horas y no sabía que ella la hubiera subido. Se siente incómodo, como si hubieran expuesto su vida privada.

—Qué buena está tu novia... —murmura Ricky.

—Entra en esa —dice Oleg señalando una con dos de sus amigas—. Ahí... Bien. Abre los *likes*. Pincha en ese, Mario Remo.

Ricky obedece. Aparecen varias fotos de un hombre algo mayor que ellos, moreno y con gafas de pasta de diversos colores, que van cambiando en cada foto. En la mayoría lo acompaña un hombre rubio que parece salido de un anuncio de perfume.

—Es ese, ese es el tipo de la galería —se excita Ricky—. ¡Te lo he dicho! Es gay, ese es su marido. Ha venido a buscarlo mientras hablábamos y le ha plantado un morreo que ni te cuento. Ahora que lo pienso, creo que estaba marcando territorio...

«Y el marido de Salisachs es Mario Remo —piensa Oleg—, el empresario con el que Eva había dicho que cenaría el viernes. Pero ¿por qué ella se fue a tomar algo a solas con la pareja de su amigo? ¿Por qué llegaron y se fueron del hotel por separado?» Oleg siguió al taxi al que Eva había llamado en la calle Buenos Aires hasta el Casa Fuster y la vio entrar. Desde Jardinets distinguía claramente el interior iluminado del bar. Eva y el tal Sebastián estuvieron hablando al menos veinte minutos, pero no había habido ninguna aproximación, ningún roce, más bien ella parecía envarada y él crispado.

Oleg había esperado a que ella se marchara para preguntarle al portero el nombre del hombre rubio que estaba sentado solo junto al escenario. Al parecer, era cliente habitual pero el portero no podía darle su nombre, solo dónde encontrarlo si le parecía demasiado brusco abordarlo en aquel momento. Ahora comprendía a qué se refería el portero. Pensaba que quería rollo con el rubio. Pese a haberse entretenido haciendo preguntas, había llegado a casa antes que el taxi de Eva.

Ricky sigue mirando las fotos de Mario Remo y Sebastián Salisachs y lanza comentarios sarcásticos. Con su voz de fondo, Oleg le da vueltas al comportamiento de Eva, a los robos, a las mentiras. «¿En qué follones está metida? ¿Por qué hace todo esto?» Piensa que ha de tener relación con el incendio, con el rumano Vasile, con la joyería de L'Hospitalet de la que le habló Javi.

La carcajada nerviosa de Ricky le hace volver al presente.

—El rubio tiene un Porsche amarillo.

—Un hortera.

—Tú lo has dicho —remata el amigo.

Poco después sale del taller y recorre los ochocientos metros que lo separan de la plaza de la Concòrdia a lomos de la Kawasaki. Dmitri ya está tras la barra, y su madre y Boris preparan en la cocina las bandejas para la cena. Esta noche el restaurante estará cerrado al público, pero gran parte de la colonia rusa de la zona, la mayoría viejos amigos de sus padres, vienen a cenar y a ayudar a colocar los adornos de Navidad. Igual que cada año. No faltarán quejas porque es demasiado pronto para la tradición ortodoxa, pero todos acudirán a la cita, repetirán las anécdotas de siempre y acabarán cantando viejas canciones con varias botellas de vodka entre pecho y espalda. Muchos de ellos rozan la bohemia, han viajado por medio mundo y tienen poco o nada que ver con los nuevos ricos que su tío Mijaíl le presentó durante los meses que Oleg pasó con él en Rusia. A Oleg le reconfortan estas reuniones, le hacen sentirse arropado por la seguridad ingenua de cuando era un niño.

Todavía quedan algunas horas para que lleguen. Ahora mismo el restaurante está lleno de madres merendando con sus hijos, que montan auténticas batallas en la plaza, o grupos de compradoras que bajan cargadas de bolsas de las zonas comerciales cercanas para tomar tarta y té. En el Samovar, abierto de las once de la mañana hasta la madrugada, las tardes son el reino de las burguesas de Les Corts.

Varias cabezas se vuelven a mirarlo. Oleg saluda a Dmitri y a los clientes habituales mientras saca un paquete de Lucky de la máquina. Coge una botella de kvas y algunas mandarinas de la cocina y sube a su piso. Eva está trabajando en la cama. Va sin maquillar y lleva el pelo suelto, encrespado en algunas partes, como en la foto que ha subido a Instagram. La calefacción está muy alta y en el ambiente flota un olor penetrante que identifica como de laca de uñas. Parece que no se haya movido en toda la tarde de la cama.

—Traigo provisiones —dice enseñándole la botella y la fruta.

—¿Y los vasos? —contesta ella mirándolo por encima de la pantalla.

Él se encoge de hombros.

—Tendremos que usar las tazas de esta mañana.

—Vaya barman estás hecho —ríe Eva apartando el portátil.

Se levanta de las sábanas gris oscuro, en las que destacan tanto el pelo negro como la piel blanca, y se ciñe la bata de seda. Lleva las uñas de un tono muy oscuro que hace que sus manos parezcan más pálidas y huesudas.

—¿Has dormido algo? —pregunta él desde el baño mientras lava las tazas.

—No, pero no te preocupes, estaré presentable esta noche.

Oleg deja las tazas y la fruta en el suelo, junto a la cama, y se tumba donde ella estaba hace un minuto. Las sábanas todavía conservan el calor de su cuerpo.

—Estás perfecta como estás ahora, podrías bajar así.

—Con algo más de ropa.

—Solo si insistes —responde, y empieza a pelar una mandarina.

Eva deja el portátil sobre el tocador y remolonea por la habitación. Se detiene ante el espejo, y Oleg ve la mirada crítica, intransigente, que dedica a cada detalle de su fisonomía.

—Ven.

Ella le lanza una sonrisa malvada a través del espejo, da media vuelta y rodea la cama lentamente, con pasos largos de estrella de cine.

—¿Y qué pasará si no voy?

—Tendré que ir a por ti —responde mientras abre los gajos de la mandarina fingiendo que no le interesa el juego.

—Estoy demasiado cansada para eso.

Eva se deja caer a su lado y se escabulle debajo del nórdico. Oleg le ofrece un gajo, pero ella lo rechaza con un gesto de la mano.

—Esta mañana ha llegado algo para ti —recuerda. La aparta, se incorpora sobre un codo y saca un paquete de debajo de la cama—. Pesa como un muerto.

—Gracias —responde Eva, y lo deja sobre la mesita de noche que queda de su lado, junto a los frascos de pintaúñas.

—¿No lo abres?

—Ya sé qué es.

—¿Mi regalo de Navidad? Yo ya tengo el tuyo, aquí mismo —dice señalando bajo la cama.

En realidad tiene dos, pero el primero, una gargantilla de Cartier que le ha costado el sueldo de un mes, le suena demasiado a compromiso y no quiere que Eva se escape otra vez.

—¿Lo guardas todo ahí debajo?

—Puede ser. ¿Quieres que te lo dé?

—¿Por si me muero antes del día de Navidad?

—¿Por qué te ibas a morir?

—Quizás me cae una maceta en la cabeza, quizás me explota el hígado, quién sabe…

—Quizás alguien te mata.

—Es posible.

—Entonces tendré que darte el regalo antes, por si acaso.

Oleg rebusca bajo la cama hasta sacar un pequeño paquete cuadrado. Es consciente de que parece un estuche de joyas, lo ha envuelto así expresamente, y ve el miedo que esperaba en los ojos de Eva. Un miedo similar al del día en que le habló de matrimonio, dos semanas antes de que ella lo dejara. Eva lo desenvuelve con cuidado, sin rasgar el papel. Dentro hay un estuche de piel negra. Ha recuperado el aplomo y lo mira levantando una ceja.

—¿Estás seguro de que quieres que lo abra hoy? Si lo hago, no hay vuelta atrás.

Él asiente y Eva abre el estuche. En el interior hay unas esposas rígidas, compactas, militares.

—¿Son auténticas? —pregunta.

—Claro.

—¿De dónde las has sacado?

—Un amigo.

—El mismo que el del puño americano.

—Más o menos.

Eva saca las esposas de la caja y las sopesa con la mano. Son pesadas, él lo sabe, y más incómodas que las que han estado usando hasta ahora.

—No llevan llave —observa Eva.

—La última vez no la necesitaste.

Ella se echa a reír, deja las esposas sobre la cama y levanta con esfuerzo el paquete que había dejado en la mesita de noche. Se lo tiende.

—Ábrelo.

Oleg desgarra el plástico del envoltorio y abre la caja de cartón. Entre el papel burbuja hay una gran funda de plástico transparente con muchas llaves antiguas, otra con decenas de bombines y una tercera, más pequeña, con varias ganzúas con mango de color negro.

—¿Para qué quieres todo esto?

163

Eva hace un gesto ambiguo y se deja caer sobre la almohada, apoya la cabeza contra su brazo y él la nota ardiendo. Deja la caja y las esposas en el suelo y la aprieta contra su pecho. Hace un buen rato que es de noche, pero no han encendido las luces. La luz amarillenta de las farolas entra por el ventanal y dibuja un rectángulo en la pared.

—Estás siendo muy fuerte —dice Oleg.

—¿Con el tratamiento?

—Sí.

A veces tiene la sensación de que Eva quiere morirse.

—¿Quieres curarte?

—Claro.

Pasan los minutos y ella se adormece. Su respiración es regular, cálida, y un sudor frío le moja la camiseta.

—¡Bajad a ayudarnos con los adornos de Navidad! —La voz de Rita retruena por la escalera y Oleg se despierta sobresaltado.

Eva no está a su lado. La luz lo ciega y le cuesta enfocar la mirada, pero no tarda en verla. Se ha puesto un vestido negro de manga larga y está en el tocador arreglándose el pelo. Lleva los labios tan oscuros como las uñas, el pelo y el vestido.

—Buenas noches —le dice.

—¿Cuánto he dormido? —logra decir levantándose de la cama.

—No lo sé, una media hora más que yo. —Se levanta del tocador y abre la puerta—. ¿Bajas?

—Sí, un momento, quiero ponerme un jersey. No sé, igual me doy una ducha… Pero a mi madre le gustará que vayas yendo tú.

Eva cierra la puerta tras ella y él oye sus tacones alejarse por el pasillo y luego escaleras abajo. Se tumba de nuevo en la cama.

—Joder… —Suspira y busca a tientas el paquete de Lucky sobre la mesita.

Enciende un cigarrillo, se levanta y busca el bolso que llevaba Eva la noche del viernes. Es una cuchifritada en la que apenas caben el móvil y un monedero. Lo abre. Está vacío. Lo deja donde estaba y abre la bolsa de deporte que trajo hace varios días. En la bolsa no tarda en encontrar un dosier con fotos y planos del piso en el que ha empezado a trabajar, y un móvil. Lee el texto en diagonal. Caja fuerte. Joyas. Ella está en esa casa para robar algo. Para robar unas joyas. En el dosier hay una tarjeta: «Alfonso Cano, joyero». Bajo el nombre está escrita la dirección de la joyería de L'Hospitalet donde la vio Javi. Apunta los datos en los restos de una cajetilla vacía de tabaco y la guarda en el bolsillo de la cazadora. Sigue leyendo hasta que los papeles le queman en los dedos. Los vuelve a colocar con cuidado donde los ha encontrado y se mete a la ducha.

Bajo el chorro de agua helada llega a la conclusión de que lo mejor que puede hacer es ayudarla a encontrar las malditas joyas lo antes posible.

Es una criminal. Una ladrona. Como él.

165

THE BEST IS YET TO COME

Who's fault is that, if it wasn't mom and dad
(Well it must be yours)
We'll have none of that (ooh).

Silk, WOLF ALICE

VEINTE DÍAS PARA NAVIDAD

30

—*T*odavía no he podido abrirla.

—…

—Claro que lo estoy intentando.

—…

—Escucha…

—…

—No, escúchame tú. Deja de llamar a casa de mis padres. No, sé que lo sabes. Claro que sabes que son ellos y además no estoy viviendo allí. Los estás asustando.

—…

—No he podido abrir la caja porque no he estado sola el tiempo suficiente. Es martes, solo hace una semana que trabajo en el piso.

—…

—Sí, hay otras joyas.

—…

—No puedo acceder a esa habitación. ¿Sebastián sabe esto? ¿Sabe lo que me estás pidiendo?

—…

—La secretaria me espera en la puerta, estoy llegando ya, tengo que colgar.

Guardo el teléfono y alcanzo a Cristina en el portal. Ella abre y entra rehuyéndome la mirada. La sigo escaleras arriba y le pregunto por qué no lleva abrigo ni bolso, pero no me responde. Tengo que correr por el pasillo para seguir sus grandes zancadas y mis tacones martillean las baldosas con cada paso, pero no me reprende por que vaya a despertar a la señora Montsiol. Llegamos al despacho y Cristina cierra la puerta con cuidado, como si ese sonido sí que fuera peligroso.

Desde que trabajo aquí, nunca la había cerrado. Entonces rompe a llorar.

—¿Qué ha pasado? ¿Es tu madre, está bien?

Su espalda resbala por la puerta hasta que queda sentada en el suelo. Me siento junto a ella y le paso el brazo por los hombros; la falda de cuero no cede y tengo que doblar las piernas hacia la derecha. Cristina apoya la cabeza sobre mi pecho y se aferra con las dos manos a mi camisa. La sacuden espasmos nerviosos y le sujeto con fuerza la frente y la espalda para que no caiga de lado y se golpee la cabeza. Su pelo, muy cerca de mi boca, huele acre, a miedo y a sudor.

—Despacio despacio…, respira despacio.

Pasamos abrazadas unos minutos, hasta que su respiración empieza a calmarse. Se me duermen las piernas. Estoy atenta a los ruidos de la casa, rogando por que el monstruo de Montsiol no empiece con sus exigencias hasta que Cristina se haya serenado. La observo de través. Tiene los ojos tan hinchados que apenas puede abrirlos y la cara de un color macilento; los labios, resecos, están cubiertos de una costra blanca y pastosa. La estrecho contra mí, tengo miedo de que haya pasado algo muy grave.

Amalia enciende la radio en la cocina y oigo sus pasos inquietos y pesados recorriendo varios tramos de pasillo. Sé que Cristina también los oye. Siento latir su corazón más deprisa. Sin decir nada, se incorpora. Tengo las piernas tan dormidas que me sujeto a la manilla de la puerta para poder levantarme.

Cristina se ha quedado inmóvil, de cara a la ventana. Tirados sobre su escritorio están el bolso y el abrigo, también una taza de café sucia y una caja de galletas, aunque desde el primer día me ha insistido en que no se puede comer en el despacho. Se vuelve, susurra una disculpa y sale precipitadamente, cerrando la puerta tras ella. Me quedo un tiempo quieta esperando a que desaparezca el cosquilleo punzante que me recorre las piernas. Tengo la blusa mojada y el olor penetrante de su pelo pegado a la nariz.

Observo el paisaje impresionista detrás del que está empotrada la caja fuerte, pero temo que Cristina vuelva a entrar en cualquier momento. Llevo unas veinte llaves en el bolso de Givenchy. Hace unos días compré *online* a un anticuario alemán cuarenta y seis llaves para la caja de seguridad Hartmann del año 52. Ha sido fácil porque en el papel que encontré en el cajón de Cristina, junto a la clave, también estaba apuntado el modelo.

Para ganar tiempo, decido ir al baño y por el camino intento localizar a la cuidadora y a la secretaria. La situación parece una partida de Cluedo y no puedo evitar preguntarme qué pintaré yo en esta farsa. En el baño, veo un pijama de algodón, hecho un gurruño, y un par de perchas dentro del bidé, como si alguien se hubiera cambiado a toda prisa. Quizás haya alguien más en la casa; voy a la cocina para preguntárselo a Amalia.

—No, solo nosotras tres y la señora.

—Ah…, es que he visto un pijama en el baño.

—Scrá de la señorita Cristina, no lo debió de recoger esta mañana.

—¿Ha dormido aquí? ¿Ha pasado algo?

—Nada, no pasa nada, la señora Elena ha tenido necesidades esta noche y la señorita Cristina ha tenido que venir un poco más pronto, nada grave, pero a veces a la señorita Cristina estas cosas se le hacen muy cuesta arriba.

—¿Qué necesitaba la señora Montsiol?

—Nada, bebé, nada, tú no pienses en eso.

No logro sacar nada en claro de Amalia y tampoco encuentro a Cristina. Podría estar en cualquiera de las habitaciones que quedan a ambos lados del largo pasillo cubierto de espejos o en el ala izquierda del piso, en la cueva de la vieja bruja. En realidad, solo he visto dos o tres habitaciones y el estuche puede estar en cualquiera de ellas. Vuelvo al despacho y, tras comprobar que el agua sigue corriendo en la cocina, descuelgo el horrible cuadro tras el que se esconde la caja de seguridad. Fotografío la posición de las agujas y la cambio por la combinación correcta. Tengo tres llaves en la mano. Introduzco la primera y la cerradura no cede. La segunda ni siquiera encaja en la ranura y la tercera vuelve a no girar. Me quedan cuarenta y tres. Coloco el cuadro en su sitio y voy a por más llaves. Oigo unos pasos acercarse, los reconozco como los de Amalia.

Cuando la cuidadora entra, vestida de calle y con el manoseado bolso de piel barata colgado del hombro, me encuentra ordenando unas carpetas polvorientas.

173

—Señorita Eva, voy a hacer unos recados, se queda sola.

—¿Y Cristina?

—No puede ocuparse de usted ahora, está con la señora.

Espero a que Amalia se haya ido, me quito los zapatos y salgo al pasillo. Llego hasta la cocina. Su bata cuelga de un gancho junto a los trapos y delantales. Vuelvo al pasillo y abro, con mucho cuidado, las puertas del lado derecho. Encuentro un baño mucho más grande y lujoso que el que usamos Amalia, Cristina y yo, dos dormitorios sencillos con las cortinas echadas y un salón con los muebles antiguos cubiertos de polvo. La última puerta, la que queda enfrente y a la izquierda del despacho, está cerrada con llave. Inspecciono la cerradura, es pan comido. Llevo varias ganzúas en el bolso, pero no creo que sea el día adecuado para abrir esa puerta. Primero la caja. De vuelta al despacho sacudo la mugre que se me ha pegado a las plantas de las medias y me pongo los zapatos. Vacío una caja de contratos lo más rápido que puedo y vuelvo a descolgar el cuadro. Pruebo diversas llaves más sin ningún resultado.

174

Solo se oye el tráfico que pasa por debajo de las ventanas. El silencio de la casa me pone nerviosa. Parece irreal, como si alguien estuviera conteniendo la respiración a pocos metros de la puerta. Me recorre un escalofrío. «No pienses en eso. No pienses en eso.» Como si me hubieran leído la mente, en algún lugar alejado de la casa empiezan a sonar alaridos. Reconozco la voz grave y cascada de Montsiol, que enlaza una serie de improperios con frases más largas, cargadas de ira. Casi puedo ver los salivazos volar por su dormitorio. Le grita a Cristina, y entre los insultos entiendo algo de «trampas»: ha tendido trampas, ha hecho trampas… Grita con tal ferocidad que temo que Montsiol la vaya a matar, hasta que recuerdo que no se puede levantar sola de la cama. Los gritos no cesan. No dejo de probar llaves, aunque me tiemblan las manos y no siempre acierto. Con tanto ruido no sé si oiré la puerta de calle o los pasos de Cristina.

La undécima llave gira, pero al mismo tiempo oigo carreras por el pasillo. Saco la llave y coloco el cuadro momentos antes de que llegue la secretaria. No tiene mejor pinta que hace una hora. Los ojos siguen hinchados y tiembla violentamente.

—Es mejor que te vayas, Eva —dice—. Coge tus cosas, te acompaño.

—¿Estás segura?

—Sí —dice con más autoridad—. Vamos, ahora, no te hagas de rogar.

Cojo el abrigo y el bolso cargado de llaves. Montsiol parece haberse calmado, pero todavía se la oye refunfuñar, cada vez más cerca.

—¿Nos vemos mañana? —pregunto en el vestíbulo.

—Sí, mañana estará más tranquila.

—¿No quieres venirte conmigo?

Cristina me sonríe y tengo el presentimiento de que esa sonrisa es lo último que voy a ver de ella. Cierra la puerta y me quedo sola en el rellano.

31

*Y*elena sale de la cocina cargada de platos y lo mira de reojo cuando pasa junto a la barra. Oleg conoce esa mirada, lo siguió muchas noches los meses en los que Eva jugó con él al gato y al ratón. Aunque es entre semana, el restaurante está lleno de cenas de empresa que quieren probar algo exótico, y Yelena tarda más de diez minutos en encontrar un hueco para acercarse a él.

—Grisha pregunta si al cierre te vienes de fiesta —dice señalando a la cocina.

A través del ojo de buey, Oleg ve el pelo negro y prieto en la nuca del cocinero, inclinado sobre los fogones.

—Me esperan arriba —responde, y coloca sobre la bandeja de plástico las bebidas que la camarera le acaba de cantar—. Pero avisadme otro día.

—Ah, la ex vuelve a la carga... —se burla ella—. Bueno, cuando se canse, ya sabes dónde estamos.

—Claro, Lena, cuando te necesite, ya sé dónde encontrarte.

Yelena lo insulta, recoge la bandeja y se aleja con la cabeza alta. Poco después Rita sale de la cocina secándose las manos con un trapo.

—Qué noche de locos... Tendría que haber aceptado que Borya se quedara. Lyoka, hijo, ponle algo cargado a tu madre. Ay, mis pies...

Oleg le sirve un *gin-tonic* en vaso de tubo y Rita bebe sentada en un extremo de la barra, junto al viejo Vladimir, que sigue el baloncesto con los ojos vidriosos fijos en la pantalla. Su madre analiza cada una de las mesas y hace señas a Yelena y al resto del personal para que pregunten qué tal a la pareja sentada junto a la puerta o retiren los segundos en la mesa para doce que hay al fondo. De vez en cuando su mirada se detiene en el gran abeto que hace unos días colocaron junto a la entrada.

—¿No creéis que este año ha quedado un poco recargado? —pregunta.

Oleg se encoge de hombros.

—Siempre ha sido así, ¿no es eso la Navidad?

—Tonterías, Rita —dice Vladimir sin dejar de mirar la tele—. Está muy bien, es un árbol de verdad, no esos de plástico que parecen envueltos en papel de váter.

Rita le agradece el comentario y apura el *gin-tonic*. Vuelve a quejarse de los pies y exclama en voz baja:

—Misha.

Oleg levanta la vista. Le ha dado un vuelco el estómago, pero no deja que la sorpresa se trasluzca en su cara. Acaba de aparecer un hombre con el pelo blanco y esponjoso peinado hacia atrás y las piernas gruesas como troncos enfundadas en un traje cortado a medida. Hace años que no lo ve en persona y le parece que ha envejecido. Lo siguen dos tipos con aspecto de matones, más jóvenes que su tío, pero mayores que él.

—Es muy pronto para la decoración de Navidad, Rita —dice Mijaíl cuando llega junto a su hermana.

—Aquí las cosas empiezan antes, Misha —responde ella seca—. ¿Qué quieres tomar?

—Ya he cenado, pero picaré algo, si no es molestia.

—Claro que no. ¿Te sigue gustando el pan de miel? Hoy ha quedado para chuparse los dedos.

—Me harías muy feliz, Rita.

Su madre desaparece en la cocina y Oleg saca una botella de vodka del congelador y la coloca junto a un vaso estrecho y alargado delante de su tío. Después sirve a Nikolái y a Leonid lo que sabe que suelen tomar.

—No has llamado —dice.

—¿Para qué llamar? Estaba por aquí, mejor en persona. —Mijaíl le sonríe mostrando una dentadura amarillenta y descuidada—. Esta ciudad está cada día más llena de búlgaros, de rumanos, de chinos. Creo que deberíais limpiarla.

—También estamos nosotros.

—No somos lo mismo, Olezhka.

—Depende de a quién le preguntes.

—Llevas mucho tiempo sin venir a casa —replica alzando la voz—. Te estás volviendo como ellos, estás demasiado cerca de ellos. Tengo que enseñarte otra vez cómo somos nosotros. No creas que son reproches... Eres lo mejor que podría haberme dado mi hermana, un mestizo pero de mi sangre, la llave para entrar en el mercado de este país. Pero todo esto —abarca con un brazo el local— te vuelve blando. Tengo que llevarte a casa.

Su tío alarga la mano sobre la barra y le aferra el antebrazo. La manga de la camisa deja al descubierto el reloj de oro macizo y un borrón de tinta negra a la altura de la muñeca. El contacto de su piel es eléctrico, casi siente su energía, el carisma que lo arrastró a los veinte años, volviendo a fluir por su brazo.

Mijaíl fue la primera persona a la que le contó que tenía el VHC. Lo llamó con la hoja de la analítica en la mano, en el pasillo del CAP al que había ido para recoger los resultados. El médico de cabecera le había tranquilizado: la hepatitis es una enfermedad lenta y por eso muy difícil de detectar. Así que esos análisis habían sido una buena idea. Lo había derivado al especialista sin darle más información. Oleg solo sabía que el VHC afectaba al hígado, que se transmitía por la sangre y que no mostraba síntomas hasta que estaba muy avanzado. Había sido su tío quien había insistido en que se hiciera las pruebas. Lo había llamado unas semanas atrás porque le habían soplado que varias de las prostitutas de uno de los locales en los que habían estado en Rusia tenían VIH. La prueba del VIH dio negativo, la de VHC positivo.

Tardó días en decírselo a sus padres. Lo hizo justo antes del tratamiento, cuando ya era inevitable, y se inventó una excusa que todos fingieron creer. Su tío dejó de llamarlo al teléfono del restaurante, su padre no le habló durante semanas y se crearon unas fronteras artificiales entre Mijaíl y él.

No, no les podía contar la verdad, aunque para entonces ya sabía cómo había contraído la enfermedad. Sabía el día, la hora y el momento exactos. Cuando cerraba los ojos, casi podía recordar el instante preciso en el que el virus entró en su torrente sanguíneo. El dolor, el orgullo, el miedo. Aquello también se lo había contado su tío por teléfono. Había estado haciendo algunas averiguaciones y sabía exactamente qué había pasado. E iba a tomar cartas en el asunto. Le prometió la cabeza del culpable y en aquel momento Oleg la deseó. Se lo agradeció. Pero más tarde solo sintió indiferencia. Después asco. Pasaban los años y se sabía un peón en el tablero de su tío Mijaíl.

La enfermedad había sido el detonante de una guerra en la que Oleg no tenía lugar. Se apartaron de él y, aunque al principio se enfadó, con el tiempo se sintió cómodo en ese aislamiento. En los últimos tres años solo ha hecho algunos trabajos: coordinar la logística en descargas de mercancías, mediar en unos pocos negocios en la costa, contactos inocuos con nativos que no sabían su nombre y con rusos con cara de malas pulgas que lo trataban con guantes de seda por ser sobrino de quien era. Y no ha visto a su tío ni una sola vez.

Pero ahora vuelve a estar aquí y le dice que quiere llevarlo a casa, que vuelva a ser como ellos. Ha pasado demasiado tiempo y Oleg ya no siente curiosidad por el mundo que le ofrece Mijaíl. Su mundo ahora lo espera dos pisos por encima del restaurante, quizás dormida, lo más probable es que viendo alguna serie en el ordenador; en la calle Nicaragua donde tiene el taller, con la música de mierda de Javi y a Ricky; tras la barra del Samovar sirviendo Coca-Colas y dando conversación a tipos como Vladimir.

—Tengo que hablar contigo, de negocios, vente a mi casa de la costa un par de días.

Oleg se limita a asentir. Sabe que no está en posición de negarse. Su tío sigue aferrándole el antebrazo mientras se sirve en el vaso con la mano izquierda.

—Lo has hecho muy bien estos años. Ya sabes por qué te he mantenido al margen, no podía exponerte. Pero es el momento de hacer las cosas bien.

Rita sale de la cocina con una gran bandeja de dulces que los tres hombres le agradecen efusivamente. Parece más alegre, menos rígida que hace unos minutos, pero Oleg sabe que ha estado preparándose en la cocina para enfrentarse a su hermano.

—¡Oh, Misha! —dice—. ¿Por qué tanto tiempo sin visitarnos? No me digas que no has venido a Barcelona en todos estos años.

—No te creas, he estado muy ocupado, hacía más de un año que no venía por aquí. Pero sí, te lo confieso, hermana, esta es mi segunda visita en pocas semanas.

—¿Pasarás las Navidades con nosotros? —pregunta ella.

—Me temo que a Víktor no le parecería una buena idea, Rita. Además, tengo negocios que atender, mucho que hacer. Solo pasaba a saludar.

Rita hace las lamentaciones de rigor.

—Y a hablar con tu hijo de negocios —la interrumpe Mijaíl—. Tiene que hacerme de intérprete con unos señores catalanes. Todo legal, todo limpio, no te preocupes —aclara levantando las manos en señal de paz.

32

$\mathcal{M}$e he pasado dos días ordenando cajas, con Cristina pegada a mi escritorio supervisando el material que he organizado en la semana que llevo aquí. Ella no ha dicho nada de lo que pasó el lunes y yo tampoco, pero desde entonces me habla de su vida fuera de estas cuatro paredes con una confianza que antes no tenía. Me ha contado que siempre ha vivido con su madre, y ahora que está a punto de morir, aunque se siente tremendamente egoísta, no puede soportarla. Planea dejarla con una asistenta e irse al norte por Navidad. Cuando le he preguntado quién se ocupará de la señora Montsiol si ella y Amalia están fuera, no me ha respondido. También sospecho que Cristina está liada con un tal Emilio, porque la ha llamado un par de veces estos días. Deben de haber empezado hace poco porque ella se pone nerviosa y le ha mentido a Amalia cuando la ha pillado hablando en el pasillo.

Mi trabajo de hoy consiste en manipular el quitagrapas una vez tras otra. A mi lado hay un montoncito de grapas que he ido sacando en las últimas tres horas. Me duelen las yemas de los dedos y tengo el esmalte destrozado, pero el montón de folios de mi derecha es cada vez más pequeño. Todo este papel es para destruir y reciclar. Las grapas, al contenedor amarillo. Me pregunto si todo el mundo será tan cuidadoso con lo que recicla. Pero Cristina, a través de la señora Montsiol, me paga por esto, por hacer montoncitos de grapas cobrizas y pilas de papel triturado. Y para esto he acreditado un máster en Edición que no tengo y cuatro años de falsa experiencia.

Miro de reojo a la secretaria, que aporrea su teclado con cara de concentración. Me tortura la idea de que Cristina sepa que he abierto la caja fuerte y que por eso se queda conmigo en el despacho. Paranoia, lo sé, no tiene sentido. Si quisiera pillarme con las manos en la masa, lo único que tendría que hacer es fingir que me deja sola.

El tono de su móvil hace eco en los altos techos. Ella se apresura a cogerlo y con el movimiento veloz tira varios papeles de la mesa.

—Emilio —susurra con voz entrecortada.

En el pasillo suenan los pasos de Amalia, que sin ningún disimulo se acerca desde la cocina para cotillear.

—Ahora no puedo hablar. —Cristina ahoga la voz tras una mano.

Le hago un gesto ofreciéndome para cerrar la puerta, pero ella niega con la cabeza.

—Allí en diez minutos.

Cuelga y la veo manipular el teléfono fijo. Vuelve a teclear con fuerza en el ordenador cuando Amalia pasa por delante de nuestra puerta. Calaf la llama:

—Amalia, tengo que bajar a por un par de libros, me han llamado de la agencia de transportes para decirme que ayer por la tarde no respondisteis al timbre.

—Aquí estuvimos toda la tarde, señorita Cristina, desde que usted se fue a las siete.

—Eso no lo dudo. Pero dicen que nadie les abrió.

—No debieron de llamar bien —se defiende la cuidadora—. Han llamado a su móvil, ¿verdad? Qué extraño…

—Mi móvil es el teléfono de contacto que salta cuando el fijo está ocupado.

—Pero el teléfono no está ocupado.

—Dicen que comunica. Tal vez han llamado cuando estabas hablando tú con el súper.

—Puede ser —concede Amalia, y vuelve sobre sus pasos.

Sigo el ruido de los zapatos de tacón bajo que se compró por orden de Montsiol hasta que se pierden en la distancia. Mientras, Cristina se pone el abrigo rápidamente. Antes de salir, vuelve a tocar algo en el teléfono fijo. Supongo que lo cuelga.

Me quedo sola y aguzo el oído. Amalia parece haber seguido hasta la otra punta de la casa, pero no puedo estar segura. Me pongo los guantes de látex, cojo la llave correcta del bolso, me quito los zapatos y me asomo al pasillo. No hay nadie a la vista y la luz de la cocina está apagada. Con mucho cuidado entorno la puerta del despacho y corro a descolgar la reproducción de Monet. La caja se abre sin hacer ruido. Dentro hay diversos compartimentos. En los tres más bajos hay mucho dinero en efectivo, y en el superior un par de álbumes que contienen sellos y algunas carpetas con documentos. Ninguna joya. Estoy tentada de coger uno de los fajos de cincuenta euros, pero me saltan las alarmas. Podría ser una trampa, podrían estar marcados. Aunque es tan fácil... Demasiado fácil. Echo un último vistazo y cierro con llave. Vuelvo a poner la combinación y coloco el cuadro. Después voy hasta la puerta del despacho y la abro. Al fondo del pasillo creo distinguir una figura oscura, con los ojos brillantes, pero no me permito quedarme plantada mirándola.

Vuelvo a mi escritorio y sigo con las grapas. Suena el clac-clac del quitagrapas, una vez tras otra. Me late el corazón muy deprisa. Por supuesto, esto podría ser la trampa que temía hace un rato. Y ahora aparecerá Cristina para acusarme de haber abierto la caja, de robar en esta casa que ha abierto sus puertas para mí, blablablá... Pero no sucede nada de eso. Al cabo de unos minutos, Amalia pasa por delante del despacho con un gran plumero. Me ignora y sigue hasta el fondo del pasillo, donde sé que hay un gran salón con galería y vistas al tranquilo interior de la manzana. Me voy relajando. La pila de papeles de mi derecha ha desaparecido y me tomo un descanso.

Cuando vuelvo de la cocina, entra Cristina en el piso. Efectivamente lleva dos paquetes bajo el brazo que desenvuelve distraída frente a su escritorio. No se ha acordado de quitarse el abrigo y parece diez años más joven.

—¿Buenas noticias? —le pregunto.

Me mira y parece valorar si puede confiar en mí.

—¿Por qué lo dices?

—Estás radiante.

Cristina se acerca a mi mesa y se sienta en la silla de plástico a mi lado. Mira hacia la puerta y por un momento su sonrisa contagiosa pierde fuerza. Se acerca mucho y me dice al oído:

—En enero empezaré en un nuevo trabajo.

—¿Era eso lo que estabas hablando con el tal Emilio? —susurro juntando mi cabeza con la suya.

—Sí, pero no digas nada. Cuando firme, te invito a comer y te cuento.

Me presiona la rodilla con la mano y vuelve a su sitio. Ahora parece más un gorrión que un milano. Poco después viene Amalia diciendo que la señora Montsiol quiere ver los libros que ha traído Cristina. Es la primera vez que Montsiol llama a su secretaria desde que la hizo venir de madrugada por una urgencia que no me han querido explicar. Ella coge los ejemplares y desaparece hacia la otra punta del piso.

Quedan poco más de veinte minutos para mi hora de salida. El maldito estuche de joyas no estaba en la caja de seguridad y puede estar en cualquier rincón de la casa. Por suerte, hoy es el último día de trabajo para Amalia. En unas horas estará volando hacia Colombia y, a partir de mañana, confío en tener vía libre para revisar todas las habitaciones del ala izquierda. Tengo la esperanza de que Monstiol mantenga ocupada a Cristina y de poder entrar en la sala cerrada con llave que hay frente al despacho.

A las dos recojo y busco a Amalia para despedirme. La encuentro enfundada en su eterna bata azul, al fondo del pasillo, en el salón con galería.

—¿Qué quería?

—Solo despedirme y desearte un buen año. Te vas hoy, ¿verdad?

La cuidadora suelta el plumero y me abraza. No me lo esperaba y tardo un poco en reaccionar.

—Ay, señorita Eva, feliz año para usted también. Vendrá en Nochevieja para hacerle compañía a la señora Montsiol, ¿a que sí? Me ha dicho Cristina que las dos vendrán…, eso está muy bien, es una acción muy noble, muy noble por su parte. La señora está tan triste desde que no está aquí Andrés…

—¿Su marido?

—No no…, no diga tonterías. Andrés era mucho más que eso, y murió hace dos años ya. Pasó sus últimos meses muy malito, en su cuarto, frente al despacho en el que trabaja usted ahora. En los últimos tiempos no estaba muy bien y ya no podía dormir con la señora, por eso le pusimos el cuarto ahí, la señora no quería oírlo llorar.

Compongo una máscara de comprensión y asiento esperando a que me dé más pistas.

—Y luego, cuando tuvimos que llevarlo al veterinario... Bueno, no la entretengo más. Yo estaré de vuelta el día 12 de enero y le traeré algo de allá, ¿le gustan las arepas?

Salgo del edificio aturdida, sin haberle podido preguntar a Cristina qué es eso de pasar la Nochevieja con Montsiol. De camino a la moto, pienso que tengo que darme prisa. Después de comer he quedado con el arquitecto y más tarde quiero buscar a Moussa para enseñarle una foto de Sebastián Salisachs. Hace días que no responde a mis mensajes y me preocupa que esté enfadado o que le haya pasado algo. Junto a la Vespa, saco el móvil y veo un mensaje de Oleg:

> Estare un par de dias fuera x temas d taller. Duerme en casa.
> Te he dejado unas llaves en el Samovar

Mierda... Lo llamo, pero tiene el móvil apagado. ¿Qué le pasa a todo el mundo con el teléfono? Me peleo con el baúl de la moto para sacar el casco y llamo otra vez. Nada que hacer, apagado. Cuando estábamos juntos (y al pensar esto una voz en mi cabeza se pregunta: «¿Lo estamos ahora?») Oleg desapareció de esta manera tres o cuatro veces. Por eso sé que «un par de días» pueden ser dos, ocho o quince, y no quiero pasar tanto tiempo sola con sus padres durmiendo en el piso de abajo. Y menos en Navidades. Empiezo a escribirle un mensaje, pero lo borro. ¿Qué le voy a preguntar? «¿Cuándo vuelves? ¿Pasarás la Navidad conmigo?» No quiero pedirle algo así.

Guardo el móvil y monto en la Vespa. Cojo Balmes dirección mar y cruzo la ciudad. Cuando llego a Gran Via, giro hacia Via Laietana y en el paseo de Colom entro por la calle de la Fusteria. En veinticinco minutos estoy en el portal de casa. El arquitecto todavía no ha llegado. Vuelvo a llamar a Oleg, sin respuesta. Lo he estado pensando durante el trayecto. Si no consigo contactar con él, no tengo más remedio que volver a casa de mis padres. Tal vez, con mucha suerte, pueda solucionar las cosas con mi madre.

185

33

Apenas he dormido. Mi cama de adolescente es demasiado estrecha y deberían haber cambiado el colchón hace años, por no hablar de la almohada. No me había dado cuenta de que el cuerpo de Oleg me ayuda a conciliar el sueño. Con él al lado, duermo tres o cuatro horas, y eso ya es mucho más de lo que he logrado estas dos noches.

He abierto todos los bombines que compré para practicar. Me he estado peleando con catálogos y más catálogos de gres catalán, de parqué y de mecanismos eléctricos, con los lugares en los que situar los puntos de luz y los dos mil materiales y pequeñas decisiones que hay que tomar para que pueda empezar la obra del piso. Blanca me ha confesado, chateando por WhatsApp a las tantas de la madrugada, «la traición» de Estel con Marc, que ya me había adelantado Mario. He empezado a seguir a blogueras a las que pensé que nunca seguiría porque a las cuatro de la mañana tengo la cabeza demasiado espesa para hacer algo que no sea mirar fotos de *outfits* y *reviews* insulsas. Me sé las revistas y las colecciones de diciembre de memoria, y también el dosier de Cano, que de tanto leerlo se ha convertido en un amasijo de folios sobados y arrugados. He llamado a Moussa y a Oleg tantas veces que la compañía de teléfonos me va a bloquear por acosadora. Y me espera un fin de semana entero encerrada en casa de mis padres con la fiebre y el resto de efectos secundarios del interferón.

No sé por dónde empezar a celebrarlo.

No me alegro de que sea viernes. Dejo la moto a pocos metros del portal de Sant Gervasi, escondo las ojeras tras las gafas de sol y me arrastro hasta donde, como siempre, espera Cristina. Antes de llegar, el móvil del joyero me vibra en el bolsillo del abrigo. Es un SMS de Cano. Me pone enferma. Lleva tres días llamándome para preguntar si he encontrado ya las joyas. Pero esta vez quiere algo diferente: «Tráeme algo esta tarde, lo que sea, algo de valor, o no esperaré más». El teléfono me tiembla entre las manos mientras lo guardo en el bolsillo. Cristina no parece darse cuenta y me asalta antes de que llegue al portal:

—¿Sabes lo que te dije el miércoles? —susurra, aunque estamos en la calle.

—Sí, ¿ya has firmado con Emilio?

—Todavía no, pero lo haré la semana que viene.

Me siento feliz por ella y parte de mi cansancio desaparece.

—¿Y entonces se lo dirás a Montsiol?

—Claro, pero cuando esté todo cerrado.

Vuelve a tener esa sonrisa que la rejuvenece y parece menos un pájaro asustado y peligroso.

—Será difícil encontrar a alguien para sustituirte... —digo.

Cristina baja la cabeza, parece azorada.

—No te lo recomiendo, Eva, de verdad.

—¡No, no! —Enseguida temo haberlo dicho demasiado alto, que se lo tome a mal—. Yo no podría quedarme aquí..., tengo otros planes.

—¿Ah, sí? Después de Navidades nos vemos y me cuentas... Al final me voy a Oviedo, ¿sabes?

Abro la boca para preguntarle por lo que me dijo Amalia sobre el tal Andrés —¿el perro del que me habló Salisachs?— y la promesa de pasar Nochevieja con Montsiol, pero Cristina mira su reloj de pulsera y me apremia a entrar.

—Vamos, rápido, ya pasan dos minutos.

Me parece oír un ruido metálico y un bufido, como si alguien colgara un teléfono. Sigo a la secretaria escaleras arriba y entramos en el piso. Sin Amalia, la casa está extrañamente silenciosa. Cristina respira hondo, parece sentirse liberada. Entonces empiezan los gritos. Montsiol llama a su secretaria mientras insulta a alguien con una virulencia que me deja paralizada:

—*Tu, xarnega de merda, no em toquis, no em toquis! Porca, bruta, truja! Ets una truja! Cristina!*

La vieja aúlla y Cristina ni siquiera me mira, corre hacia el ala izquierda de la casa y yo me encamino sin prisas hacia la derecha. Creo que podré aprovechar el escándalo para revisar alguna habitación.

Y así es. Los gritos continúan mientras abro puertas y cajones de las antiguas vitrinas que hay en la galería donde me despedí de Amalia. Busco el estuche, pero también alguna otra joya que le pueda interesar a Cano.

No sé si llamar a Salisachs para decirle lo que está haciendo su contacto, pero tengo la impresión de que no podrá hacer nada al respecto. Es Cano quien me está chantajeando, quien tiene los vídeos, y empiezo a pensar que no parará cuando haya conseguido el estuche. Si lo consigo.

Pero si pudiera entrar allí, en la joyería, y borrar las grabaciones... Coloco en su sitio una antigua mantelería. Según las instrucciones de la cámara, las grabaciones se pasan al ordenador por wifi, pero no se suben a Internet. Así que, con suerte, solo necesito acceder al portátil de Cano, encontrar los archivos, borrarlos para siempre. Y ya está.

Suena fácil. Todo siempre suena tan fácil.

Los gritos han cesado y se oyen pasos acelerados en el pasillo. Abandono la galería y voy hacia el despacho, pero Cristina me hace señas para que me acerque. En el vestíbulo la secretaria intenta tranquilizar a una chica bajita, con uniforme de enfermera, que llora a lágrima viva.

—Ya no está en sus cabales, lo siento mucho, de verdad... Te pagaremos el sueldo de todo el mes. ¿Seguro que no quieres que llame a un médico?

La chica se mira el brazo, que sujeta contra su costado, y veo que tiene arañazos en la piel. Niega con la cabeza, no parece capaz de hablar. Cristina todavía lleva el abrigo, tiene los puños crispados y no queda en ella ni rastro de la alegría de hace unos minutos.

—Eva..., menos mal que estás aquí. Voy a acompañar a esta chica a que la vea un médico y luego la llevo a su casa. La señora Montsiol ahora está dormida, le hemos conseguido inyectar un tranquilizante. En teoría, no tiene que darte problemas, y yo vuelvo lo antes posible, pero si se despierta, llámame al móvil, ¿vale?

Cristina pasa un brazo por el hombro de la chica y se meten en el ascensor.

Por la ventana del despacho veo como se suben a un taxi. Por fin estoy sola. Decido empezar por la sala cerrada. Estudio la cerradura, escojo una de las ganzúas más pequeñas y la fuerzo en un par de minutos. Dentro huele mucho a humedad y también a algo dulzón que no puedo identificar.

Enciendo el interruptor y la lámpara de lágrimas ilumina una pequeña urna de cristal en la que reposan los restos de lo que imagino que fue Andrés. Alrededor de la piel reseca y los huesos sucios de un perro, hay un gran charco denso y negruzco de lo que debieron de ser sus fluidos. Lo dejaron aquí para que se pudriera. Me tapo la boca con una mano y aparto la vista. La sala parece que fue el dormitorio de una niña. Todo es rosa. Hay una pequeña cama de nogal con dosel y juguetes antiguos.

Repaso la cómoda y solo encuentro ropa de cama amarilleada. De reojo, no puedo dejar de mirar lo que queda del cadáver del perro. Debió de ser pequeño, quizás un teckel. Abro el gran armario de madera noble y sale una nube de polvo que me hace toser. Freno una arcada. Sé que es algo psicológico, el animal hace demasiado tiempo que está muerto para que el olor sea tan fuerte como para afectarme, pero no puedo con ello. Salgo de la habitación y abro la ventana del despacho para que me dé el aire. Fuera las criadas filipinas pasean cochecitos por los jardines de la Tamarita.

Respiro hondo. No pienso volver a entrar en ese cuarto.

Pasan unos minutos y me veo con fuerzas para probar otras habitaciones. Ni en el salón ni en los dos dormitorios que vi el otro día encuentro nada. Ni estuche ni joyas. Solo kilos y kilos de baratijas acumuladas en cajones, cajitas, vitrinas, armarios y cómodas. Montañas de papel por el suelo. Cojines, alfombras, muebles, botellas, figuritas, fotos. La mierda que acumulamos durante toda una vida.

Hace más de una hora que Cristina se ha marchado, no debe de quedarme mucho tiempo, pero sé que no se me presentará otra oportunidad como esta. El estuche debe de estar en el ala izquierda de la casa. Me arriesgo a cruzar el gran arco y, con los zapatos en la mano, me asomo a la cueva de la bruja. Montsiol duerme con su enorme cuerpo desparramado, ajena al caos que ha desatado. El barreño de agua está volcado sobre

189

la alfombra y el contenido de las dos enormes mesitas de noche esparcido por el suelo. Lo único que ha respetado ha sido el teléfono, donde parpadea una luz roja.

Me fuerzo a acercarme a Montsiol y escucho su respiración. Ronca y parece relajada. Le doy la espalda y me dedico a la cómoda. El quinto cajón se abre con un chirrido suave. De reojo veo que el monstruo sigue con los ojos cerrados. Cojo tres piezas grandes de oro y un anillo con un solitario de granate del fondo del cajón.

Me doy cuenta de que he dejado de oír los ronquidos de la vieja. Cierro el cajón con cuidado y me vuelvo. Tiene los ojos cerrados, pero sé que no está dormida. O está despierta o está muerta. Me muevo despacio para salir, cuando oigo la puerta de la calle. Tengo las joyas en una mano y los zapatos en la otra. No sé qué hacer con las joyas, la falda no tiene bolsillos. Me calzo y aprieto las joyas en una mano. Son demasiado grandes y se vislumbra el oro entre mis dedos. Escondo en el sujetador una larga cadena de oro. No quiero darme la vuelta, prefiero que me vea Cristina a enfrentarme a la mirada de la vieja. Sé que me observa.

—Tú eres Eva —dice su voz a mi espalda.

Tengo que hacer un esfuerzo para volverme.

—Sí, señora Montsiol.

Tiene la cara hinchada y húmeda, y me mira como si estuviera drogada.

—Has conocido a Andrés, ¿verdad?

—No sé quién es Andrés…

—¿Qué haces aquí? —ladra de repente.

—He venido a ver si se encontraba mejor.

—Mentirosa —canta, como si fuera una niña burlándose de otra. No se lo discuto, me limito a sostenerle la mirada y sonreír—. ¡Cristina!

La secretaria se acerca corriendo.

—Llévate a esta niña de aquí, no me gusta que ronden por mi habitación. Y que la charnega esa no vuelva nunca más, nunca más, ¿me entiendes? Hasta que vuelva Amalia, tienes que quedarte tú aquí. Te necesito.

Cristina se fija en el puño en el que escondo las joyas. Yo no lo miro, sería un reconocimiento que daría pie a una tensa conversación. En su cara veo sorpresa y, casi inmediatamente, la expresión neutra, profesional, del primer día.

—Espérame en el despacho, Eva.

Recorro el pasillo intentando controlar la respiración. Las joyas me queman en el puño, contra el pecho. Tengo que encontrar un sitio donde a Cristina no se le ocurra buscar. Si ha visto lo que creo que ha visto, revisará mi bolso, mi abrigo, los cajones de mi escritorio; si es lista, incluso buscará en el suyo. Casi me tropiezo con las bolsas llenas de papel para reciclar que tengo que bajar cuando salga. Envuelvo las joyas en folios arrugados y las escondo en el fondo de una bolsa. Después marco uno de sus bordes con una pequeña cruz negra y me pongo a fingir que trabajo.

La secretaria no vuelve en lo que queda de mañana y Montsiol grita casi sin interrupción. Oigo golpes, imagino que objetos volando por el dormitorio del monstruo, y Cristina alza la voz. Eso es nuevo, tal vez saber que el fin está tan cerca le da valor. Aprovecho para abrir una ventana privada en el navegador de Cristina y buscar fotos de la calle del joyero. Amplío la puerta de la tienda y la del taller hasta donde me permite el programa. No logro ver qué tipo de cerraduras tienen, pero esta tarde voy a llevarle las joyas de Montsiol, así que podré estudiar el terreno. Visualizo exactamente qué voy a hacer y cómo. Voy a entrar en el taller de Cano para borrar las grabaciones. Y no voy a volver nunca más a esta casa. Si Sebastián Salisachs quiere las joyas, que venga él a por ellas.

Cierro la ventana del navegador y me salta el gestor de correo de Cristina. Veo mi nombre en el asunto del último mensaje recibido. Ella todavía no lo ha leído. Lo abro y leo:

Asunto: RE: Referencias Eva Valverde
De: Eugenia Campanals
Para: Cristina Calaf
Viernes, 14 de diciembre, 13:33

Hola, Cristina:
Te lo he consultado con Personal y no tenemos ningún contrato en prácticas o sin prácticas con esta chica. No ha trabajado aquí. Da

un poco de mal rollo, ¿no? O tiene mucha cara, no sé... También he hablado con Carina y ninguna Eva Valverde ha hecho el máster de la UPF. Tienes ahí un fantasma.

Nos vemos en el Premio Nadal, ¿verdad? Yo también tengo novedades... Este año va a ser muy muy diferente.

Un besazo,

E.

Asunto: Referencias Eva Valverde
De: Cristina Calaf
Para: Eugenia Campanals
Miércoles, 12 de diciembre, 09:11

Hola, Eugenia:

¿Cómo va diciembre? Tengo cosas que contarte, ¿nos vemos en enero para tomar un café?

Te escribo para pedirte un favor. Nos ha entrado una chica nueva para ayudar con la gestión del archivo de Elena y tiene un CV bastante completo para una becaria, ya me entiendes. Hasta aquí todo bien. Pero nunca había oído hablar de ella... y aquí empieza lo malo. Me explico, ¿verdad? Este es un mundo pequeño. Adjunto su CV por si puedes comprobar las referencias que os conciernen.

¡Muchos besos!

Cristina

Marco el correo como no leído y cierro el gestor. Faltan diez minutos para las dos de la tarde. Necesito un cigarrillo. Recojo el bolso, el abrigo y las bolsas para reciclar y salgo del piso. Cristina y Montsiol parecen haberse dado una tregua. Bajo las escaleras a la carrera. No quiero volver a ver al perro muerto. No quiero volver a oír al monstruo de Montsiol. No quiero enfrentarme a Cristina acusándome por todas las mentiras que le he dicho. No voy a volver a esta casa. Y para eso, necesito las grabaciones.

34

Llega a Tossa de Mar antes que el coche de Mijaíl con sus hombres y busca refugio en el único bar abierto, frente al castillo. Pide un café solo y, mientras se lo traen, escribe un mensaje para Eva:

> Ⓢ Estare un par de dias fuera x temas d taller. Duerme en casa.
> Te he dejado unas llaves en el Samovar

En temporada baja el centro es un pueblo fantasma. Tan solo algunos turistas se aventuran a enfrentarse a la rampa resbaladiza que lleva al interior de las murallas y unos pocos autóctonos se apresuran por el paseo con las manos embutidas en los bolsillos y la mirada fija en el suelo.

El mar está embravecido y el viento gime en las callejas pintadas de un blanco marinero que se retoca todos los años para satisfacer a la maleducadas colonias de turistas alemanes, ingleses o rusos, a los *pixapins* con segunda residencia. Han colocado montañas de arena frente al paseo para que el temporal no se lo lleve por delante, como suele suceder en los pueblos de la Costa Brava en los que han construido paseos marítimos a menos de veinte metros de la orilla. «Por algo la llamarán Costa Brava», piensa Oleg midiendo la altura de las olas desde el bar. El café es malo y caro pero la calefacción lo ayuda a entrar en calor. Pese a ir bien equipado, más de una hora de conducción bajo la lluvia lo ha dejado aturdido y entumecido. Desde la ventana vigila la Kawasaki, apostada en la acera como un gran animal exótico, y la carretera por la que pasará el Chrysler de su tío.

Todavía no se ha secado el impermeable cuando el coche

que conduce Nikolái para frente al semáforo. Oleg sale del bar y monta en la Kawasaki. Sigue al todoterreno por las callejas del pueblo hasta el garaje de un chalé. Aparca la moto a cubierto y se quita los guantes, la chaqueta y los pantalones impermeables. Debajo, los tejanos, la cazadora e incluso las botas están secos.

—Bienvenido a mi castillo —dice Mijaíl, y le hace un gesto para que lo siga.

Nikolái sostiene un paraguas negro tras el jefe y las gotas de lluvia resbalan por su rostro descarnado y cubierto de marcas. Oleg rechaza el paraguas que le ofrece Leonid y los cuatro hombres rodean el chalé por un sendero. Al llegar a la terraza que se asoma a la ensenada, comprende el comentario de su tío. Desde allí se domina Tossa de Mar al completo, incluso las torres del auténtico castillo. Varios pinos doblegados por el viento ocultan la casa a los curiosos. El rojo del barro cocido que cubre el suelo de la terraza se ha vuelto más intenso con la lluvia y la maleza rala de la zona ha crecido más allá de las parcelas del jardín y ha invadido el sendero. Se resguardan de la cortina de agua bajo una pérgola con columnas de piedra arenisca. La barandilla que cierra la terraza, las sillas y la mesa son de forja pintada de blanco. Sobre la mesa hay vasos y botellas vacíos y restos de comida rápida.

—Los chicos… —se justifica Mijaíl señalando a su escolta, y le da la espalda a la ensenada—. Kolya, ¿cómo ha pasado esto? —le pregunta a Nikolái, con un fingido tono de reprimenda.

Al contrario que el castillo amurallado, el chalé está desprotegido contra el temporal, aunque el mar queda a más de cincuenta metros en picado. La gran terraza tiene salida al camino de ronda que une Tossa con Lloret de Mar; la cancela trasera, también de forja pintada de blanco, es tan baja que un niño podría saltarla. Sería una estupidez privarse de estas vistas para protegerse de la indiscreción de los escasos paseantes. Mijaíl sale al sendero y se dirige hacia el porche de la casa subiendo un corto tramo de escaleras. Desde ahí echa un vistazo a la terraza superior, que tiene un acceso con forma de arco encalado.

Oleg piensa que a Eva le gustaría ese chalé y su ubicación. Tiene la sencillez elegante de las casas de Cadaqués de las que ella le hablaba antes de que todo se torciera. Nikolái abre la puerta y entran en la casa. El contraste es tan intenso que tiene que contener la risa y mirar por la ventana para asegurarse de que sigue en Tossa de Mar y de que a menos de treinta metros cuesta abajo está una de las playas más bonitas en las que se ha bañado.

La decoración es una horterada. El recibidor está cubierto de espejos con pátina dorada que multiplican su imagen hasta la náusea y desde él parte una escalera de cristal que parece flotar en el aire. Sigue a Mijaíl hasta un salón donde las paredes están revestidas de tela granate con detalles dorados. Mire donde mire, todo es dorado, incluso el sofá verde oscuro y acolchado en el que se sienta su tío tiene las patas de ese color.

—¿Te gusta la casa? —pregunta mientras Leonid deja dos tazas frente a ellos—. A mí no demasiado... Es pequeña. Pero supongo que no es eso. La eligió mi primera esposa, hace muchos años, y no me trae buenos recuerdos. Por eso no he arreglado el exterior.

Oleg se muerde la lengua para no decirle que se alegra de que al menos eso no lo haya destrozado. De reojo ve como Nikolái se quita la sobaquera y deja el arma en un mueble junto a la chimenea. Sobre el mueble hay cuatro pistolas más. Si él estuviera al cargo, no les dejaría llevar armas en un país en el que tienes más posibilidades de que te pare la Policía Local que de que un enemigo te vuele los sesos.

—No está mal. Pero es cierto que necesita ciertos cambios. Sobre todo, si quieres pasar desapercibido en el pueblo.

—¿Qué quieres decir?

—No puedes traer aquí a un empresario, a un concejal... En realidad, no puedes invitar a nadie a esta casa. No encaja con lo que ellos quieren ver —mide las palabras—. Es sospechoso.

Su tío lo mira con unos ojos idénticos a los suyos.

—Entiendo. ¿Y tú puedes hacer que no sea, cómo has dicho, sospechosa?

—Conozco a alguien que podría hacerlo.

—Bien —dice Mijaíl sirviéndose de la tetera que ha traído Leonid—, entonces no se hable más. Puedes vivir aquí. Te necesito por esta zona, Barcelona queda demasiado lejos. Los negocios están en la costa, aquí y por debajo, en esos pueblos llenos de niñatos ingleses. También vivirás allí, por Tarragona. Un tiempo aquí, un tiempo allá. No hay problema.

—¿Qué me estás proponiendo?

—Todo a su debido tiempo. —Se ríe mostrando la dentadura amarillenta—. Ahora no vamos a hablar de esto. Poco a poco. Hoy quiero que vuelvas a casa. Quiero que te lo pases bien con los muchachos. Tienes la lengua de trapo, Olezhka. Te has olvidado de la lengua, hablando solo con tu madre de verduras y cocidos. Tienes que volver a ser uno de los nuestros. Por eso te he traído aquí. Sé que esta casa es fea, es pequeña, es barata. Pero es lo que tenemos. Ellos verán si te llevan a otro sitio —dice señalando a sus guardaespaldas—. Quiero que vuelvas a tener una buena relación con Kolya, con Leonid. Fueron ellos los que te iniciaron en la *bratvá*. Pero yo estoy viejo para estas cosas —dice arreglándose la raya del pantalón—. Así que volveré en unos días, y la semana que viene hablaremos de negocios. Primero tengo que arreglar algunas cosas. Y tú ahora necesitas estar con hombres más jóvenes.

Se levanta haciendo un gesto a Oleg para que se quede donde está. Aparece un tipo que Oleg no conoce. Es más alto que todos ellos, lleva la cabeza rapada y tiene el cráneo tatuado.

—Vámonos, Seriy.

El tercer guardaespaldas coge una pistola del mueble junto a la chimenea, se la enfunda en la sobaquera y sigue al jefe hasta el recibidor.

Los siguientes tres días son una sucesión de recuerdos borrosos tras los cristales empañados del chalé, del Chrysler y de los clubs a los que lo llevan Nikolái y Leonid. Tras la tercera raya, el tiempo toma la consistencia pringosa de un mal sueño. Entre los colores oscuros de la mancha en la que se convierte su cerebro ve fogonazos nítidos de cuerpos que parecen amputados, medias prietas y ojos muy abiertos, como muertos, sonidos y olores tan intensos que le dan arcadas.

Pitan a las putas de carretera, instaladas bajo parasoles

para protegerse de la lluvia que anega las cunetas. Leonid las graba con el móvil y Nikolái frena en seco cuando ellas les enseñan el dedo. Ni siquiera tienen que salir del coche para que las mujeres huyan corriendo.

Lo arrastran a lugares en los que nunca hubiera puesto el pie. Pasan la primera noche, interminable, visitando pisos donde hay mujeres que hablan la lengua de su madre pero que tienen voz de pájaro, la piel violácea y los dientes sucios. No están en Rusia, ya no tiene veinte años y, sin el plus de exotismo, esos antros le dan asco. Las drogas hacen su trabajo para que pueda follarse a la primera. Su olor le revuelve el estómago. Tiene la sensación de que le está contagiando algo, de que dentro de ella anida una purulencia que entrará en su flujo sanguíneo y que lo convertirá en un ser trastornado como Nikolái y Leonid. Porque esa podredumbre no está en ellas, está en los hombres que las montan como si fueran animales y las bambolean como a muñecas de plástico.

«El tío Mijaíl tiene razón», piensa mientras se enjuaga la boca con vodka para lavar el vómito. Se ha vuelto un señorito, un niño bien de Les Corts, un burgués catalán. Pero su tío no sabe que eso es lo que siempre ha sido y lo que quiere ser. Lo más arriesgado que ha hecho en los últimos tres años ha sido la piel prohibida de Yelena contra los azulejos de la cocina, las bravuconadas con Ricky y Javi cuando salen de fiesta, las pequeñas peleas en bares del extrarradio, casi siempre por una gilipollez, la puta mandíbula del rumano, las manchas verdosas en su cuello la primera vez que Eva lo ató con un pañuelo de más de mil euros.

No. No quiere ir más allá.

Llevan a algunas de las chicas al chalé de Tossa y tienen que parar en el Burger King de Lloret para comprarles hamburguesas y en un *paki* a por un ron que huele a demonios y que ellas piden a gritos. En el salón hortera ponen reguetón y el suelo de mármol se convierte en un campo de batalla.

Sabe que Nikolái, con su estilo aséptico, está trabajando, que el jefe le ha pedido que haga que el delfín se corra una buena juerga, que lo reviente a polvos y a pastillas y a alcohol, y que se lo devuelva blandito, sometido, fiel. Por eso a Oleg le cae bien. En cambio, Leonid parece disfrutar con el poder de

197

juguete, con el pánico que despierta en las putas de carretera y en las esclavas asustadas de los clubs.

Cuando empieza a amanecer alguien corre las cortinas y el tiempo deja de tener sentido. Lo último que recuerda es la cara de Eva que su mente ha superpuesto a la actriz de la peli porno en el televisor de ochenta pulgadas.

Lo despierta un zarandeo. Está en el suelo y tiene frío. Siente las baldosas heladas contra las nalgas.

—Esto es aburrido... —le dice Leonid—. Llévanos a algún sitio de Barça, se dice así, ¿no?

Le cuesta mantenerse consciente. Quiere decirle que no, que solo los guiris garrulos como él confunden la ciudad con el equipo de fútbol.

—Ya no conozco sitios en Barcelona.

—¿Ah, no? ¿Qué te pasa, chaval? Tienes cara de perro y pasas de las tías. ¿Te han pillado o qué?

Piensa todo lo rápido que puede en algo parecido a un puti-club al que pueda llevar a estos tíos. Recuerda un sitio del que le habló Ricky, un piso caro en la zona de Sant Gervasi donde había ido algunas veces con su hermano.

—Sois unos mierdas, los sitios que conozco son demasiado para vosotros —escupe.

El impacto hace que su parietal choque contra el suelo y la cabeza rebote. La quijada le arde y empieza a hincharse. Abre los ojos y ve como Nikolái chasquea la lengua por encima de él. Los mira con desgana y recoge la pistola.

—Vamos de todos modos —dice.

Media hora después salen de Tossa. Es de madrugada, pero no sabe cuántos días han pasado desde que se fue de casa. Han dejado a las chicas en el chalé, con órdenes de esperarlos si quieren cobrar, y Oleg insiste en llevar su moto. Recuerda conducir por la Diagonal, junto al coche de los otros dos, viendo amanecer tras una de las noches más largas del año. La avenida está desierta y el cielo es un espectáculo irreal tras tantas horas encerrado en el chalé saturado de oro.

Desayunan en un bar de viejos y van a un piso en la zona alta, a menos de veinte minutos de casa de sus padres. Las habitaciones son individuales. Tras un rato de toqueteo insulso le dice a la chica, rubia, impersonal, que lo deje dormir,

198

que se duerma a su lado, que ponga algo en la tele, que haga ruido por si alguien pega la oreja a la puerta. La rubia pone cara de comprender.

Cuando despierta, el piso está en silencio. Cree que ha dormido varias horas. La rubia lleva una bata idéntica a las que se pone Eva y escribe wasaps recostada a su lado. Las uñas largas y gruesas repican en la pantalla. Le sonríe, profesional. Él se viste deprisa, cada gesto duele y la ropa le pesa horrores. Sale de la habitación y no encuentra a nadie. Aprovecha que los demás están ocupados para escaquearse.

Se dirige al taller. Supone que todavía es fin de semana porque todo está cerrado. Se da una ducha y vomita los restos del alcohol, patatas y grumos de hamburguesa a medio digerir. Tiene el móvil sin batería. Lo pone a cargar para cuando Nikolái y Leonid despierten de la cogorza y empiecen a temer por su vida. Aunque ha sacado el móvil y la cartera, los bolsillos de la chaqueta impermeable siguen pesando más de lo habitual. Palpa el derecho y encuentra el puño americano y una pistola. Joder. Comprueba el cargador. Lleno. Es la misma con la que le enseñaron a disparar hace más de seis años. La suya.

Da vueltas por el taller como un animal encerrado. Vuelve a dejar las armas en la chaqueta. Cuando se tumba en el catre para dormir un poco más, revisa el bolsillo de la cazadora. Aún tiene la cajetilla de tabaco vacía con una dirección escrita a boli: «Alfonso Cano, joyero».

Despierta de madrugada con una idea fija. Va a ver al joyero, quiere saber por qué Eva trabaja para él. Quiere respuestas.

35

$\mathcal{M}$is pasos no hacen ningún ruido. Llevo deportivas y una sudadera con capucha que he comprado esta tarde en Decathlon y me he maquillado como cuando entro en los pisos de turistas. No me reconocería ni mi madre.

Pasan las dos de la mañana cuando llego a la joyería. La calle apenas está iluminada, muchas farolas se han fundido o están tan sucias que a la luz de las bombillas le cuesta abrirse paso entre el barro y los insectos muertos. La iluminación más potente proviene de los focos del escaparate de Cano y eso me pone en desventaja. Pueden verme desde los balcones que quedan frente al taller. Miro hacia arriba y analizo las ventanas. No hay ninguna luz encendida, solo el tenue resplandor de un televisor en una encima de la joyería. No es problema, desde justo encima no podrán verme. No logro situar el balcón de los niños…, estaba a la izquierda, sobre la tienda de cocinas y baños. Es igual, esos niños deben de estar arropados en sus camas desde hace horas. Pero el tipo de rostro descarnado no, ese tal vez sí que está al acecho, como un fantasma, fumando en el portal. Miro a la derecha y veo el portal vacío. Estoy sola en la calle. Pero no me atrevo a dar el paso.

Me resguardo contra una pared. He venido a pie desde casa de mis padres, dando rodeos por las calles más oscuras del barrio. «Un minuto más», me pido, y descuelgo del hombro la mochila con las herramientas para colocarla delante de mí. Pasa un coche a más de ochenta por la calle transversal. El reguetón llega hasta aquí y lo oigo derrapar unos metros más adelante.

Empiezo a tener frío aquí plantada, a diez metros de mi objetivo. Me obligo a acercarme a la puerta del taller, que me permite una entrada más segura. No me llevaría más de treinta segundos forzar el candado de la persiana que cierra la joyería, pero al subirla podría alertar a los vecinos y aún me quedaría la puerta, con una cerradura de seguridad en la que tendría que recurrir a la fuerza bruta y hacer todavía más ruido. Por otro lado, la del taller parece complicada, pero es mucho más sencilla. O lo sería si no tuviera las manos heladas. Las froto entre sí para recuperar la sensibilidad y meto los puños en los bolsillos de la sudadera. Cuando han entrado en calor, dejo la mochila abierta a mis pies, me pongo los guantes y enciendo un frontal.

Tardo cuatro minutos en alinear los pestillos y dar las tres vueltas que tiene la cerradura. La hoja de la puerta se mueve sin demasiado ruido, echo un último vistazo a la calle desierta y entro. Me quedo quieta y escucho. Nada. Solo mi propia sangre bombeándome en los oídos. En el taller hay humedad y está a oscuras. Llevo el frontal apagado. Prefiero ser precavida. Sé que Cano no puede estar aquí. Antes de que se convirtiera en un gilipollas, cuando yo todavía era la señora Hernández, me contó que él y su difunta esposa habían comprado un piso a dos calles de la tienda. Pero hay algo que no me deja cerrar la puerta y me mantiene clavada en la entrada. Un olor fuerte y desagradable. A sudor. A tabaco reciente. A algo más. Algo que no encaja.

Avanzo unos pasos por el suelo de cemento. Sé que el espacio es como un garaje sin apenas muebles o trastos. Veo luz al otro lado de la cortina de cuentas. Es la del escaparate, que llega hasta el taller. La joyería queda a mi izquierda, solo tengo que seguir la pared. Una vez allí, solo será encender el ordenador y borrar los archivos. Llevo un USB con *software* que me he bajado de Internet. En el foro prometían que *crackeaba* la mayoría de las contraseñas en menos de diez minutos. Espero que no se equivoquen o tener la suerte de que el joyero no tenga protegido el ordenador.

¿Y si se lo lleva a casa? Mierda. No había contado con eso. «¿Dónde va a chatear con las cincuentonas calientes, Eva, un señor como ese? ¿Crees que va a tener más de un ordenador?» Respiro profundo un par de veces y avanzo hacia la cortina. Aparto las cuentas, que hacen un ruido ensordecedor, y me da un vuelco el estómago. La luz azulada que se cuela en el taller no es solo la del escaparate. El ordenador está encendido y hay un vídeo en reproducción. Soy yo, vestida como la señora Hernández. Tengo la certeza de que Cano está aquí. Me quedo inmóvil y controlo la cámara en su rincón. Tiene el piloto rojo apagado, pero eso no garantiza nada. Cano sabe que alguien ha entrado y me espera agazapado. Estoy segura.

Una oleada de adrenalina me satura la cabeza. Cierro los ojos y me pego contra la pared. «No respires», me digo. Oigo un ruido sordo en el taller, algo metálico y pesado moviéndose rápido por el suelo, como si alguien hubiera tropezado. Luego otro muy tenue, como un balanceo.

«Muévete. Muévete.» Cojo el portátil y de un tirón lo desconecto de la corriente. Vuelvo al taller a la carrera. La luz del escaparate ilumina el espacio frente a mí. Cano cuelga del techo y se balancea en el vacío.

Ahogo un grito. Creo ver una sombra que se desliza a mi lado y corro con el ordenador aferrado contra el pecho. Tropiezo con algo pesado y metálico, algo que rueda hasta la puerta e impacta contra la chapa haciendo que retumbe por todo el taller. Salgo y sigo corriendo sin rumbo.

Al cabo de mucho rato caigo de rodillas y el hedor de mi propio vómito se me mete en la nariz.

36

*E*stá sentado en un gran trono de hierro, sabe que lo ha visto en alguna parte pero dentro del sueño no recuerda dónde. Todo lo demás, desde los hombres adustos y pálidos que lo rodean hasta el aire de funcionario del tatuador, es tal y como recordaba. Pero él no es el mismo. Los *bosses* lo miran con una fiereza que ya no le incomoda y les sostiene la mirada uno a uno, deseando que lo maten. Por desgracia, no lo hacen.

Está desnudo de cintura para arriba y el tatuador con aires de funcionario trabaja en las estrellas de sus hombros. Es su cuerpo a los veintiún años, cuando estaba orgulloso de estar ahí. Lleva ya el motor de la Kawasaki que todavía no ha podido comprarse y los nombres de sus padres en el antebrazo izquierdo. Lleva perfilado el dragón de la cadera, pero todavía le falta el color. A su padre no le hizo ninguna gracia cuando llegó con el primer tatuaje, su nombre, y le prohibió enseñarlos delante de él. Vuelve la cabeza hacia los hombres. Se pregunta cuál de ellos untó al tatuador para que usara una aguja infectada. No recuerda sus caras y ahora las ve con demasiada nitidez. Lo rodean.

Mijaíl no le dijo cuál de ellos era, solo le dijo que estaba muerto.

Cree que lo despierta el silencio. Y un olor agrio que le hiere la nariz y luego una bocanada de humo, muy cerca. Siente frío, agujas perforándole la parte trasera de los ojos y un dolor intenso en la nuca y en la mandíbula. Abre la boca, pastosa, y nota la garganta al rojo vivo y un regusto metálico. Intenta abrir los ojos, el sol en su cénit entra por la ventana. Se sorprende al ver su brazo izquierdo. Lleva un tatuaje nuevo. Una serpiente que se enrosca en la muñeca. No recuerda habérselo hecho.

Por fin se ubica en una habitación del piso de arriba en la casa de Tossa. Está seguro de que desde la ventana se ve el mar. Se lleva la mano al estómago, a las ingles, está desnudo y sucio de sudor y fluidos ajenos, de semen y perfumes baratos. Entra en un estado de duermevela. Algo frío y liso roza su muslo derecho. Se ve reflejado en el espejo que hay sobre la cama de sábanas moradas. Está hecho una piltrafa. A su alrededor hay dos botellas vacías, varios clínex y condones usados. Le parece distinguir una mancha redonda de sangre en un cojín. Ve reflejada la cicatriz blanquecina de la clavícula, los tatuajes ya curados desde hace años. Se fija en sus manos, otra vez cubiertas de heridas. En la muñeca, la piel sensible donde ha tocado la aguja. Un golpe en la mandíbula, morado. Se lleva la mano al pecho. Echa en falta la cruz de plata de su padre. Se incorpora y ve a su tío en un sillón junto a la ventana. Un cigarro le cuelga de los labios y tiene su cruz entre las manos.

—Buenos días —dice, y su voz suena demasiado alta—. Ya veo que te lo has pasado bien. Pero seguro que tu madre te echa en falta. Ahora aséate y tómate un respiro. Vendrás a verme el sábado a mi hotel. Kolya te pasará a buscar. Leonid irá hoy a Barcelona contigo. Y haz honor a esto —dice lanzando la cruz sobre el revoltijo de sábanas.

Mijaíl se levanta, aplasta la gruesa colilla del cigarro en un cenicero y se va.

Efectivamente, desde la ventana se ve el mar.

204

—*V*aya manera de empezar un lunes.

Silvia Magallanes hace caso omiso del comentario del inspector Jesús Salvador y se acerca al cordón policial para saludar a la jueza Moreno. Dos agentes levantan la cinta para que la jueza pueda pasar.

—Díselo, Marianella, dile que esta es una manera cojonuda de empezar la semana —se le adelanta Salvador.

—¿Cómo quieres empezarla, Jesús, en el juzgado conmigo?

—No, al juzgado ya tengo que ir mañana —dice él, y sale del perímetro para responder a una llamada.

Las mujeres se saludan y la subinspectora acompaña a la jueza al taller. El cadáver sigue colgando del cinturón, con los pies a dos palmos del suelo.

—Lo ha encontrado su sobrino. Entre semana desayunan juntos a unas cuantas calles de aquí y el tío hoy no se ha presentado. Tampoco estaba en casa, así que el sobrino se ha acercado a la tienda y se lo ha encontrado ahí colgado. Alfonso Cano Ortiz, viudo desde hace dos años, sin hijos. Por la paliza que le han dado, no parece un suicidio. Aunque si lo han matado, no ha sido por dinero.

—No, aquí hay un dineral en oro —murmura la jueza.

—Ese es uno de los problemas. Le dieron una buena y luego lo ahorcaron, o se ahorcó. Pero si no se han llevado todo esto, o bien buscaban algo concreto, o bien solo querían matarlo.

—O asustarlo.

—A ver qué dice el médico. ¡Rovira! —la jueza llama a un hombre bajito—. Así, de lejos, ¿tú qué crees?

El doctor Rovira saluda a Moreno estrechándole la mano y les da instrucciones a los técnicos para que bajen el cuerpo. Con cuidado, manipulan el peso muerto hasta dejarlo sobre una camilla.

—Tiene toda la pinta de asfixia, tendremos que comprobar si ya lo habían asfixiado cuando lo colgaron.

Jesús Salvador pasa a la joyería y hace sonar las cuentas de madera que separan los locales. Moreno le está preguntando a Magallanes sobre los accesos cuando el inspector regresa junto a ellas.

—En principio, no hay nada forzado. El joyero tuvo que abrir a su agresor.

—¿Y no se han llevado nada?

—Nada parece fuera de lugar. Tampoco han reventado la caja fuerte. Hemos encontrado los códigos escritos en un pósit.

—Tan en orden que apesta a salfumán… —dice la jueza.

—Se han llevado el portátil —interviene Salvador—. Y hay unos niños ahí fuera que tienen algo que contarnos.

206

—*E*va, Evita, ¿estás bien?

No respondo. No me muevo. Mi padre abre la puerta y finjo dormir. Siento en los párpados la luz del pasillo como un fogonazo rojizo que no se apaga.

Hace dos días que no salgo de la habitación con la excusa de que tengo migraña. Creo que son dos días, he perdido la noción del tiempo. Tengo la persiana echada y el móvil en el bolso, sin batería. No me desmaquillé cuando volví de la joyería e imagino que mi cara es un desastre. Solo he salido una vez para ir al baño. La luz rojiza desaparece. Mi padre se ha rendido. Oigo sus pasos alejándose por el pasillo y la puerta de la entrada. ¿Se va a trabajar? ¿Ya es lunes?

Vuelvo al duermevela y me despierta un rostro desencajado y unos ojos horribles tras él. Cano está muerto y yo tengo su ordenador, bajo un montón de ropa de deporte, en casa de mis padres. Cano está muerto. Un muñeco colgado de una cuerda, inerte, horrible.

—¡Arriba, Eva, vamos!

La voz de mi madre me sobresalta. Empieza a zarandearme, como cuando era pequeña y los sábados no quería levantarme pronto para hacer la limpieza. Musito algo, pero ella no me escucha y no para de hablar.

—Llevas más de veinticuatro horas sin salir de ahí, vamos, a la ducha. No puedes encontrarte tan mal como para no aguantar una ducha. Y si es así, vamos ahora mismo a urgencias. ¡Vamos!

Me vuelvo contra la pared y me pongo en posición fetal, pero ella tira de las mantas hasta arrancarlas de la cama.

—Pero ¿cómo? ¿Cómo puedes estar vestida? ¡Eva, por Dios! ¿Quién te ha educado? ¿De dónde has salido? —Levanta la persiana, abre la ventana y el aire helado me congela la ropa—. A la ducha ahora mismo. Mientras tanto, te cambiaré las sábanas. Es una orden, Eva.

Me levanto a regañadientes. No hay nada que hacer, como hace quince años. Me arrastro hasta el baño y evito mirarme al espejo. Mi madre tiene razón. La ducha me sienta bien. Cuando salgo, me llama desde el comedor. Entro y por un momento no sé dónde estoy. Hacía mucho tiempo que no veía el exceso de espumillón de los chinos, el árbol de plástico esmirriado y doblado bajo el peso de los adornos con la pintura desportillada, los metros de luces de colorines centelleando a un ritmo epiléptico. Me paro a observar la colección de *caganers* políticos de mi padre; este año ha crecido con dos nuevas adquisiciones.

—Siéntate —me dice mi madre. En la mesa hay tostadas, café y zumo de naranja natural—. Tu habitación todavía se está ventilando. Ahora te traeré algo de ropa para que puedas vestirte en el baño.

Tengo hambre y ganas de vomitar al mismo tiempo. Bebo un poco de agua envuelta en el albornoz y con el pelo mojado. Esto es algo que nunca podría haber hecho en el piso de mi abuela Isa, con mis estufas eléctricas y de butano que caldeaban justo el espacio que tenían alrededor. Aquí hay calefacción central y el edificio no baja de los veintidós grados en todo el invierno. Mi madre vuelve con un pijama limpio y mi ropa interior de La Perla.

—Tendrás que decirme dónde te compras estas cosas. —Se ríe mientras deja el tanga bien visible sobre el pijama dos piezas de seda blanca.

Yo intento reírme con ella, aunque me sale forzado, y mordisqueo un trozo de manzana.

—Gracias —le digo.

Ella me acaricia el pelo y me tiende el blíster de ribavirina.

—No te olvidaste de tomártela ayer, ¿verdad?

—No, claro que no —miento.

Tampoco tomé el anticonceptivo. Es la primera vez que me olvido en diez años. Fiesta. Por suerte, era uno de los últimos días de placebo.

Mi madre me pone la mano sobre la frente.

—Tienes fiebre. ¿Estos son los efectos secundarios? Madre

mía, es terrible…, no sé cómo te dejamos hacer esto sola la primera vez… ¿Ese chico te cuida bien?

—No necesito que me cuiden, mamá.

—Mírate, estás hecha un desastre. Encontré en la basura el inyectable de… ¿cómo se llama?

—Interferón.

—Eso. Es lo que tienes que pincharte una vez a la semana, ¿no? No me extraña que lo hagas los sábados, si los domingos no te puedes mover de la cama. Espero que te cuide bien, solo digo eso, que no te deje sola.

—No me deja sola. Él ha pasado por lo mismo.

—Es verdad. —Me besa el pelo. Hace mucho que no hacía todo esto—. ¿Cómo te encuentras?

—Mal.

—No vas a trabajar, ¿vale?

—No, no voy.

—Muy bien, no pasa nada. Pero no vuelvas a la cama. Quédate en el sofá leyendo, te he dejado comida en la cocina, por si tienes hambre a media mañana. Nos vemos a las tres, ¿de acuerdo?

Le digo que sí y bebo un sorbo de zumo. Poco después mi madre se va a trabajar y la casa se queda en silencio.

La certeza de que Cano está muerto vuelve a golpearme y me cuesta respirar. Enciendo el portátil de mi padre y abro un periódico digital. Entro en las noticias locales y repaso los titulares. Tengo que saber si me lo he inventado. Si son imaginaciones mías. Pero no es así. Hago clic en el titular: «L'Hospitalet de Llobregat. Encuentran muerto a un joyero en su taller». Una foto de la joyería de Cano con un cordón policial. No saben si se ha suicidado. Me entran náuseas y cierro la pantalla.

Su ordenador está en mi habitación. Voy a buscarlo. Mientras me duchaba, mi madre lo ha revuelto todo y ha dejado el portátil de Cano sobre la mesa de estudio, junto al mío, el que robé hace unas semanas. La ropa de deporte ha desaparecido, supongo que está en la lavadora, que se oye centrifugar en la cocina. Compruebo que el bolso con los guantes de látex y las ganzúas sigue a salvo, bajo la cama.

Pongo a cargar el móvil y vuelvo al comedor para terminar de desayunar. Con mis padres trabajando, la casa parece menos una zona de conflicto. Paseo por las habitaciones con una tostada en la mano. Intento no pensar en Cano. Me unto en crema hidratante, me pongo una mascarilla en la cara, me visto y me seco el pelo. Sigo con los ojos abotargados, pero tengo mejor cara.

El ordenador del joyero sigue esperándome sobre el escritorio. Tengo que deshacerme de él, pero no sé cómo, y no lo puedo averiguar en Internet, al menos no desde casa. Busco el frasco de alcohol en el baño. Me pongo unos guantes desechables y cubro la mesa de papel de periódico. Desinfecto la carcasa del portátil y la abro con varios destornilladores de precisión. Saco el disco duro y la RAM. Estas son las piezas más peligrosas. Al menos, eso leí en los foros de Internet. Desmonto lo que queda pieza a pieza y limpio a conciencia las que voy a tirar al contenedor de plástico. Guardo todas las que me parecen peligrosas en una bolsa de congelar, la cierro herméticamente y la escondo al fondo del armario. Recupero el móvil del joyero y el dosier. Estoy haciendo trizas los folios cuando suena mi móvil.

—Eva, tienes que ir. Casi lo tienes —dice Salisachs al otro lado de la línea.

—¿Cómo sabes que no he ido?

—Eso no es importante ahora.

—Sí que lo es.

—Tienes un detective vigilándote. Hoy no has ido al piso.

—Estás loco…

—No, no lo estoy. He hecho bien.

—¿Por qué?

—Tienes que volver, Eva.

—Respóndeme a la pregunta.

—No por teléfono. Ve mañana a trabajar.

—No, no voy a volver ahí. ¿No has visto las noticias? Cano…

—¡Calla! Por aquí no…

—Y Cristina lo sabe, sabe que estoy allí buscando algo y está ese monstruo… ese monstruo, y la habitación rosa.

—¿Rosa?

—Voy a colgar.

—Espera, espera, Eva. ¿Has dicho que hay una habitación rosa? ¿Como de muñecas?

—Sí. Y no voy a entrar ahí.

—Tenemos que hablar en persona... Yo ahora estoy en Madrid, pero el jueves podemos vernos. Eva, escúchame. Si encuentras lo que busco, podrás poner el negocio que quieres.

—No.

—Escucha..., no necesitarás ningún inversor. Piénsalo. Hoy por hoy no tienes nada. Sin intermediarios, somos socios.

Cuelgo, pongo el móvil en silencio y lo dejo boca abajo para no ver la pantalla iluminarse. Vuelvo al dosier. Mojo los restos de papel en el fregadero hasta hacer una pasta. Luego la tiro por el váter. Intento no pensar en lo que acaba de decirme Sebastián. ¿Estará compinchado con el tipo de la cara marcada y lo habrá contratado para quitar de en medio a Cano? Me suena muy peliculero. Tal vez sea él el detective privado. Aunque no era nada discreto...

Salgo a la terraza y enciendo un cigarrillo. Hace mucho frío y se me erizan los pezones bajo el pijama. Dejo la bolsa de plástico donde he guardado el móvil del joyero en el suelo y lo destrozo a martillazos. La bolsa evita que los pedazos salgan disparados. Me recuerda a cuando machacaba galletas con mi madre y mezclaba las migas con mantequilla para hacer la base de una tarta. Pongo los restos del móvil junto a las piezas peligrosas del ordenador. Necesito destruirlo todo. Convertirlo en cenizas. O en trozos tan pequeños que sean irrecuperables.

«No necesitarás ningún inversor.»

39

*A*unque no son todavía las seis de la tarde, hace horas que Silvia Magallanes ha encendido la luz de su despacho. Tiene los ojos irritados y se los frota con insistencia por debajo de las gafas.

Jesús Salvador se apoya en el marco de la puerta con dos tazas en la mano. Su figura osuna, maciza, casi toca el dintel.

—Se te ve cansada.

Ella reconoce que lo está mientras el inspector hace un hueco para su taza entre un montón de papeles cubiertos de polvo y vasos de plástico con restos de café.

—Es la luz de la pantalla —dice Magallanes cogiendo el café negro.

«Y que ya no tengo veinte años», piensa. Ese fin de semana su hermana ha estado con los niños en la casa que tienen sus padres en Canet y Silvia se ha pasado dos días haciendo de tieta guay.

Salvador se ha sentado frente a ella y observa las fotos que hacen equilibrios sobre montañas de papeles.

—¿El joyero muerto?

Magallanes asiente mientras se quita las gafas y vuelve a frotarse los ojos, que muestran un color más intenso que su melena rojiza.

—¿Sabemos ya de qué murió? —continúa el inspector.

—Le dieron un golpe con algo contundente, metálico, que lo dejó inconsciente, y después lo colgaron. Murió por asfixia. Y además, lo dejaron todo pulidito. El taller estaba que parecía que había pasado por allí una empresa de limpieza especializada...

Salvador coge la carpeta y va pasando los folios impresos a color.

—Y no han encontrado con qué lo golpearon.

—No, pero por las marcas tiene toda la pinta de un puño americano —responde ella.

—Eso perfila bastante el tipo de ataque. Pero ¿por qué no se llevaron nada?

—¿Tú qué crees?

—Lo mismo que tú.

Salvador sigue pasando folios, hasta que llega a las fotos ampliadas de unas joyas.

—Son las que había sobre la mesa de trabajo. Y creo que cuando le abrió la puerta a su agresor estaba trabajando en esta pieza —dice ella señalando un gran solitario de granate desprendido de un anillo de oro—. También estaban esta cadena y estos broches, aunque lo más fácil de identificar es el anillo. Llevo toda la tarde llamando para comprobar si estaban aseguradas. Blanc me estaba echando un cable hasta hace un rato. Si las estaba desmontando y fundiendo es porque creía que podían estarlo, que podían ser robadas. Si no, no destrozas una obra como esta. Vale mucho más la pieza que el oro.

—Parece antigua, ¿no?

—Sí, es otro punto a favor para que estén aseguradas.

—¿No habéis encontrado a quien se las vendió?

—El libro de cuentas es muy confuso. Está claro que Alfonso Cano no le hacía ascos a ciertas compras. El último nombre anotado es una tal señora Hernández, pero no logro sacar nada en claro, tal vez hubiera más en el ordenador que desapareció.

—Déjame el libro para echarle un vistazo, siempre se me han dado mejor que a ti estas cosas.

—Eso es porque tienes letra de médico.

Aprovechan para apurar sus tazas de un trago. Las dos son de Salvador y en la que ella sostiene puede leerse «Tengo un héroe y lo llamo papá».

—Y tú, ¿cómo ha ido con los niños?

—Me han contado lo mismo que dijeron ayer. Viven en un piso frente a la joyería y pasan mucho tiempo solos, se entretienen haciendo el indio por la casa. La niña, presionada por su hermano, dice que ha visto a una señora muy elegante y un coche amarillo. Cuando le he preguntado cómo eran, ella no ha querido responder, pero el hermano ha especificado que era un porche.

213

—¿Un porche?

Salvador ríe entre dientes.

—Un Porsche.

—¿Por qué te ríes?

Él niega con la cabeza.

—Por nada, cuando ha soltado lo del Porsche, la niña le ha pegado un sopapo.

—Espero que en casa no le rías esas gracias a tu hijo, por la cuenta que te trae.

Salvador deja su taza con el logo de Batman junto a la de Magallanes. Sabe que tiene que llevárselas o se quedaran ahí, con los restos de café resecos, hasta las vacaciones de verano.

—Un Porsche no es un coche que encaje en ese barrio —comenta ella.

—Y por eso estamos dando algunas voces, quizás alguien ha tenido el detalle de apuntarse la matrícula.

40

*L*e despierta el ruido del teléfono. Medio adormilado, Oleg alarga el brazo y coge el auricular del fijo que está en el suelo, junto a su cama.

—Mmm…

—Eh, jefe, ¿oye?

—Qué… —Un rugido seco le sale del fondo de la garganta.

—Ah, hola. Que ha llamado tu padre porque tiene un encargo urgente para antes de Navidad.

—Lo que dice mi padre va a misa.

—Ya le he dicho que sí, la traen esta tarde, pero sin ti iremos justitos. Falta nada para Nochebuena y Javi va a tope.

Suelta un bufido. Todavía le duele el golpe de la mandíbula y cree que el tatuaje de la muñeca se le está infectando.

—¿Por qué me llamas, Ricky?

—Nada, colega, para comprobar que todo va bien.

—Te envié un mensaje ayer diciéndote que había vuelto, ¿qué quieres, un beso de buenas noches?

—Ya, pero los mensajes los puede escribir cualquiera.

Así que es eso. Oleg escucha durante un rato la respiración de Ricky al otro lado de la línea.

—Ok, pues ya sabes que estoy vivo. Nos vemos en un rato.

Cuelga y se cubre la cabeza con la almohada, que huele al pelo de Eva. Inhala con todas sus fuerzas. Supone que el olor quiere decir que tiene que cambiar las sábanas, pero no piensa hacerlo. Levanta su peso sobre los codos. Joder. La habitación está llena de cosas de ella. Ropa por el suelo, colgada en perchas, doblada sobre el amplificador que no enciende desde hace años, bolsos alineados en la alfombra, cajas de zapatos y bolsas de cartón que por sí solas valen más que la mitad de sus camisetas. Si se le ha quemado todo, ¿cómo ha podido acumular tanta basura en tan poco tiempo? Porque hay más, un montón de potingues en el baño, su tabaco y joyas en la mesita de noche… Coge un Lucky y lo prende con el bic de ella. Usa una piel de mandarina como cenicero.

Aún no le ha dicho a Eva que ha vuelto. Antes de meterla en casa quiere que las cosas se calmen con su madre después de la discusión de anoche. Todavía le parece oír sus gritos en medio de la plaza. No esperaba encontrarla allí esperándolo, pasadas las tres de la mañana.

Llegó en taxi, después de dejar a Leonid inconsciente en la suite de su hotel, y Rita se le apareció como un fantasma, en bata y sin maquillar, en el portal de casa. Nunca la había visto tan cabreada. Le prohibió volver a ver a Mijaíl. Le arrancó la ropa en busca de más tatuajes. Le gritó que no se había arrastrado hasta salir del barro para que su hijo se metiera en él hasta las cejas. Que mataría a su hermano con sus propias manos antes de dejar que le pasara algo a él. Terminó llorando en el restaurante, junto al árbol de Navidad. Él intentó tranquilizarla, mentirle, pero solo empeoró las cosas.

—¿Tú te crees que porque soy tu madre soy tonta? —le soltó ella—. Yo ya he estado donde el cabronazo de mi hermano te ha llevado, yo y tu padre ya hemos estado allí, y no has visto nada que no hayamos visto. Sí, sí, lo que tú quieras… Ahora hay Internet, hay móviles, se le pone a todo otros nombres, que suenan más bonitos, y ha habido todos los cambios que tú quieras en el negocio. Pero es lo mismo, Lyoka. Le pongas el nombre que le pongas, si quieres comer, algo hay que matar. Aunque sea una lechuga. Deberíamos haberte arrastrado de vuelta la primera vez. Pero no, el hijo de puta nos la coló bien colada.

Su madre se sirvió un dedo de ginebra y lo apuró de un trago. Tras sonarse ruidosamente con trozos de papel de cocina, le dijo que, si no tenía ninguna verdad que contarle, se iba a acostar. Pero ¿qué le iba a decir? Estuvo a punto de hablarle del joyero, de lo que le sonsacó y de lo que hizo él después. Estuvo a punto de contarle lo que le había confesado Leonid hacía menos de una hora, y la sensación de frío, rabia y miedo que se le había colado en los huesos. Estuvo a punto de decirle que no creía que nunca más pudiera vivir una vida normal, la vida que había imaginado con Eva y que ella había rechazado con una carcajada cínica antes de echar a correr, la vida para la que todavía creía que podía convencerla. Pero, en vez de todo eso, dijo:

—No hay nada que hacer, Rita.

—Ya lo sé. Ahora solo hay que prepararse para recibir el golpe. Porque vendrá, Lyoka, vendrá.

Aplasta la colilla contra la piel blanca de la mandarina, que desprende un olor agradable al quemarse. Junto a los restos de fruta, Eva se ha olvidado el anillo de su madre. Oleg se lo pone en el meñique. Rita se lo regaló a Eva cuando ellos dos cumplieron un año juntos. Observa el grabado sobre la piedra negra, la cruz, la corona de laurel. Se lo quita y lo deja de nuevo en la mesita. En el meñique le baila, pero en el resto de los dedos no le entra; en cambio a Eva le encaja perfectamente.

El anillo es un recuerdo de familia, lo único que le quedaba a Rita de su madre, una mujer manipuladora y vanidosa con la que no tenía muy buena relación. A Rita le hacía ilusión que Eva tuviera ese anillo; siempre decía que le quedaría mejor que a ella, que quería verlo en unas manos cuidadas que no se pasaban el día en remojo o cortando cebollas. Por eso cuando lo dejaron no quiso que se lo devolviera. Tampoco quiso volver a verla. Antes de que ella llegara, su madre había intentado liarlo con todas las hijas solteras de sus amigas y con la mitad de las hijas, nietas o sobrinas de las clientas del Samovar, pero hacía un par de años lo había dado por perdido. Unas Navidades le dijo que ya había aceptado que nunca tendría una pareja estable. Y para las fiestas siguientes, Eva se sentaba a su lado en la cena de Nochevieja.

Sobre las sábanas, la pantalla del móvil se ilumina con un mensaje de Leonid. «Al menos está vivo», piensa. Reprimiendo un bostezo, desbloquea el móvil y abre el mensaje. El bostezo se convierte en una tos. Le envía una foto de su Kawasaki aparcada delante de la puerta de una iglesia ortodoxa y un montón de emoticonos sacándole la lengua. «Pero qué coño…» Se levanta y busca la ropa de anoche. Revuelve en los bolsillos de la cazadora, de los vaqueros. Las llaves de la moto no están por ninguna parte. Leonid se las ha robado y ahora vete a saber dónde la ha dejado.

Entra en el baño dando un portazo y se mete bajo el chorro de agua fría. Aprieta los dientes y un latigazo le recorre el cuello y parte del brazo. Se palpa las muelas traseras con la punta de la lengua. Una se mueve, en el lado que tiene hinchado, y nota unas aristas alrededor de la base. La boca le sabe a sangre. Sube el termostato de la ducha hasta los cuarenta y cinco grados. El baño se llena de vapor y la piel empieza a quemarle. Aguanta unos minutos. Se mira la muñeca, la serpiente enroscada. ¿Por qué se ha hecho eso? La piel herida por la aguja también se está hinchando. Baja la temperatura del agua a diecisiete grados y aguanta bajo el grifo hasta que los dientes le castañean.

218

La bronca con su madre no fue la peor parte de la noche. No, la cena con el guardaespaldas de su tío fue el auténtico infierno. Leonid y él volvieron de Tossa a media tarde, sin Nikolái, y el sicario había insistido en que lo llevara a cenar a una marisquería de Gràcia de la que le había hablado un amigo de Moscú. Lo que quería Oleg era perderlos a todos de vista y dormir hasta que hubieran muerto, pero el otro montó una escena en medio de Gran Via y al final él llamó al restaurante para pedir un reservado.

Llegaron pronto, con unas ojeras y unas pintas que cantaban como una almeja, y Leonid, como un niño pequeño colocado de azúcar, se entretuvo en mirar las langostas, bogavantes y centollos en los viveros. Pidió que le sirvieran el crustáceo más grande y, cuando cerraron la puerta del reservado, en el que cabían al menos ocho personas más, se encendió un cigarrillo. Oleg lo imitó y con el humo se tragó las palabras que quería gritarle. A ese tipo de excentricidades se refería cuando le dijo a su tío Mijaíl que debían mantener un perfil bajo, que no llamara la atención. Solo con un movimiento de ese tipo estaban señalándose con luces de neón ante toda la Policía catalana.

Entraron dos camareros uniformados de blanco para anotar el pedido. Oleg les echó una mirada crítica. ¿Por qué enviaban a dos tipos a anotar el pedido de dos personas? No le gustaba cómo estaban dispuestas las mesas ni la horterada del carrito de postres. O quizás solo estaba de un humor de perros y quería irse a casa.

Ayudó a Leonid a pedir la mitad de los platos de marisco de la carta y tres botellas de vino. Mientras los camareros salían, se preguntó cómo se las apañarían los hombres de su tío cuando él no estaba por allí, sin saber una palabra de español ni de inglés.

Enseguida empezaron a llegar fuentes de ostras, cigalas, gambas, cualquier cosa que no fueran mejillones, que son de pobres. Las fuentes entraban y salían del reservado casi sin tocar. Oleg apenas probó bocado. Tras una hora allí encerrado, el olor a marisco le revolvía el estómago y era incapaz de beber nada que no fuera agua. Cuando llegaron a los postres, Leonid ya se había bebido tres botellas de vino. Los camareros dejaban tras de sí una estela de sudor. Por la puerta entreabierta, podía ver que el restaurante estaba hasta los topes.

Entre vapores alcohólicos, Leonid le explicó lo que quería y Oleg pidió por él dos botellas de orujo blanco.

—¿Dos botellas? —preguntó el más joven de los camareros.

—Eso es lo que quiere.

—Pero, chaval, dile que le traemos otro —dijo el mayor—. Este que pides tiene sesenta grados.

—Yo solo soy el intérprete.

Pasadas las doce, tres camareros lo ayudaron a embutir el inmenso cuerpo de Leonid en un taxi. El gilipollas se había metido las dos botellas de orujo entre pecho y espalda y prácticamente no podía hablar. Oleg abrió la ventanilla para que le diera el aire. Fue allí, entre balbuceos, donde se lo dijo: insinuó que había sido el mismo Mijaíl quien le había infectado con el VHC para empezar la guerra. Primero pensó que no lo había

219

entendido bien, pero mientras el taxi bajaba a toda pastilla por Pau Claris, Leonid siguió con su perorata: que lo pensara bien, que si de verdad hubiera querido hacerle daño, lo habría matado o le habría metido…

—Yo qué sé, sida. Yo te hubiera metido el sida, qué quieres que te diga, pero ¡¿hepatitis?! ¿Algo que se cura y que, para cuando te dieras cuenta, podías tener cincuenta años? Mijaíl pecó de blandengue, te quiere demasiado como para matarte.

Oleg se apresuró a burlarse de él y quitarle hierro al asunto. No se tragaba que Leonid hubiera llegado a esa conclusión él solito, no tenía tantas luces. Y era muy consciente de que incluso insinuar algo así los ponía en peligro a los dos.

—Vamos, eso suena a paranoia soviética de película americana.

—¿Qué?

—Que de dónde cojones has sacado esa chorrada.

La mole de Leonid se removió en el asiento y el taxista los miró nervioso por el retrovisor.

—¿Te crees que no soy capaz de pensarlo yo solo? —preguntó el otro con la cara irradiando un calor grasiento, muy cerca de la suya. Olía como si hubiera corrido una maratón.

Oleg se marcó un farol:

—Creo que te lo ha contado Kolya.

—¿A ti también?

—Claro —dijo sonriendo—. No te preocupes, tío, son mentiras. Pronto lo verás.

El taxi paró delante del Majestic, donde el botones lo ayudó a sacarlo. Oleg sabía lo que tenía que hacer para que Leonid no se acordara de lo que había dicho. Lo acompañó a la suite y se apostaron chupitos a los dados hasta que cayó redondo. Con suerte, entraría en coma etílico y no volvería a despertarse nunca.

Pero ahí tiene la foto. Sale de la ducha, coge el móvil y la amplía. Parece hecha desde la acera de enfrente y eso supone que la calle es estrecha. Las baldosas son características de Barcelona, así que no la ha sacado de la ciudad. La Kawasaki está aparcada en batería junto a tres motos más frente a la puerta de la iglesia. Sabe que es una iglesia porque sobre la puerta negra y acristalada han pintado una gran cruz ortodoxa de color rojo y rodeada de blanco. La foto está encuadrada en vertical y eso hace que en el piso de arriba del edificio se distinga a un hombre gordo y moreno encendiendo un cigarro y, en la ventana vecina, a un gato durmiendo en el alféizar, al sol, junto a una maceta con geranios.

Ninguno de esos detalles lo ayuda a ubicar la calle. Busca en Google «iglesias ortodoxas en Barcelona». Solo en Les Corts hay varias. Tiene que cribar de algún modo. Se acuerda de cuando usaron Instagram para localizar al galerista Sebastián Salisachs. Se tumba en la cama, abre la aplicación y busca por el *hashtag* #doorsbarcelona. Quinientas fotos. Las pasa a toda velocidad hasta que encuentra la puerta con la cruz roja. La abre y mira la localización. Está a cinco minutos de su casa en moto. Consulta la ruta para llegar en transporte público. Veinticinco minutos. «No puede ser tan lento.» Lanza el móvil contra la almohada, se viste y coge las llaves del taller. Allí tiene una copia de las de la Kawasaki. Solo reza por que siga allí cuando llegue.

41

*L*a luz blanquecina del invierno no logra entrar en el piso de Aribau donde Cristina vive con su madre. Hace meses que no abren las ventanas, y en el dormitorio principal, unas cortinas tupidas que han estado allí desde que ella tiene uso de razón contribuyen a aumentar la opresión.

Nota que la mirada de la doctora del PADES se fija en su brazo. Va en manga corta y la cicatriz bulbosa y rojiza, recuerdo de cuando era niña, le sube por el codo hasta esconderse bajo la manga. Cristina cambia de postura y la oculta. Su madre creyó que obligarla a secar las sábanas en el fogón de gas de la cocina era un castigo justo por mojar la cama. Accidente doméstico. Por otro lado, nunca la pegó, aunque Cristina hubiera preferido que la moliera a palos. Al menos, así habría tenido una oportunidad para escapar, para volcar en ella el odio que se merecía. Pero no, su madre siempre ha sido manipuladora y dependiente, autoritaria y victimista, pero nunca más la ha obligado a hacer nada peligroso. Aunque tampoco era necesario, le tenía demasiado miedo.

—¿Cristina?

—Perdone.

Intenta estar serena, inexpresiva, no reírse a carcajadas, no parecer desquiciada.

—No, no se preocupe, sabemos que esto es muy duro.

La doctora de Atención Domiciliaria está frente a ella en el estrecho pasillo. Lleva un chaleco rojo, sin mangas, unos guantes desechables de color lavanda, y tiene cara de buena persona. En algún momento ha dicho su nombre y el de su compañero, pero Cristina no los recuerda. Piensa que deberían llevarlo grabado en una plaquita, como en los hospitales.

—Ahora ya es cuestión de horas. Lo que tiene que hacer es mantener a raya el dolor, ocuparse de que permanezca sedada.

Cristina asiente.

—Tiene puestas bolsas de morfina y de midazolam en el gotero pero, cuando se acaben, podrá usted misma administrarle los medicamentos con las jeringuillas que le hemos dejado preparadas. Recuerde, una de midazolam cada cuatro horas para que no recupere la consciencia y una de hidromorfona para que no sienta dolor. ¿De acuerdo? —La doctora le palmea el hombro suavemente—. ¿No puede llamar a alguien que le acompañe en estos momentos?

«No», piensa, pero asiente con la cabeza.

—Ahora llamaré a una amiga.

Tal vez podría contárselo a Eva, a la que ha pillado revolviendo los cajones de Montsiol y de quien no tenían ni idea en ninguna de las empresas que había puesto en su currículum. Eva Valverde, que con su carisma arrollador la sedujo desde el primer momento. ¿Cómo habría sido su vida si se hubiera comportado como Eva? ¿Estaría aquí, en este momento, esperando a que su madre muriera, cambiándole los pañales, soportando sus estertores? Pero sabe que esa no es la pregunta. Sí, es posible que Eva estuviera aquí en las últimas horas, se la imagina asegurándose de heredar el piso, cien metros cuadra dos en la calle Aribau, a dos minutos de la universidad. Pero ¿se hubiera quedado aquí durante todos estos años, seguiría durmiendo en la misma habitación en la que había jugado con muñecas, en la que le había bajado la regla? No, claro que no. Aprieta los puños. Lo que realmente le duele es no poder arreglar lo que ya está hecho, recuperar los años que ha vivido encerrada entre estas paredes.

—Nosotros nos vamos ya, Cristina —interviene el enfermero.

Los acompaña hasta la puerta y se despide con una profesionalidad impostada, como si estuviera en el despacho.

Oye que su madre la llama. Apoya la espalda contra la puerta cerrada. No se puede creer que la vieja se haya despertado. Supuestamente está tan colocada con tranquilizantes que le es imposible hablar. Reposa sobre almohadones amarillentos con diminutas rosas chinas bordadas en blanco y rosa. Busca detrás de Cristina al equipo del PADES y dibuja una mueca pérfida.

—Mala hija…, tú quieres que me muera.

Cristina casi no la oye tras el respirador. Y no entiende cómo puede seguir consciente, cómo su maldad puede ser tan fuerte.

—Quieres librarte de mí porque ya soy vieja y no te sirvo para nada, quieres matarme. Egoísta…

—No, madre.

—Yo de aquí no me voy, y tú conmigo, como una buena hija.

Un móvil suena en la otra punta de la casa y Cristina mira de reojo a la puerta.

—Ni se te…

Un ataque de tos violenta deja la frase a medias. Cristina enfila el pasillo. Su madre empieza a gritar, pero apenas tiene voz y solo escupe un ronquido desagradable que le pone la piel de gallina. Parece una bestia.

224

Para cuando encuentra el móvil, Emilio ya ha colgado. Le devuelve la llamada mordiéndose las uñas.

—Cristina, ¿puedes hablar?

Ella entreabre una ventana. El tráfico a estas horas es denso y el día amenaza lluvia. Boquea respirando el humo de los coches y la humedad. El aire frío le sabe a gloria.

—Sí, claro, dime.

—Mira, no sé cómo decirte esto.

—¿El qué?

—Montsiol ha llamado a la editorial esta mañana. Sabía que íbamos a contratarte…

No hace falta que continúe. Cristina siente cómo las lágrimas le mojan la cara y ruedan hasta el cuello de su camiseta.

—Ha hablado con el director general… Ha amenazado con mover todos los hilos que aún maneja, con llevarse a autores. Ya sabes cómo es. Y lo siento, Cristina, lo siento de verdad, quería contar contigo en mi equipo, pero no podemos firmar tu contrato.

Cristina oye un golpe y un jadeo ahogado al otro lado de la casa y mira hacia el pasillo. Se aleja de la ventana con pasos lentos.

—Cristina, ¿sigues ahí?

—Sí, perdona, Emilio. Hablamos luego, estoy con mi madre y, bueno, es cuestión de horas.

—Lo siento, yo…

Cuelga. No quiere saber si siente que su madre se esté muriendo o no poder sacarla del infierno de Montsiol. Vuelve al dormitorio sin darse prisa. Ya qué más da. Allí el denso olor a cerrado la golpea en la cara y arruga la nariz.

La cama está vacía y su madre en el suelo. Se ha arrancado la vía y gotitas de sangre más negra de lo habitual manchan el cubrecama, pero la mascarilla de oxígeno sigue en su lugar. «La hija de puta no quiere morir, claro que no. No se mueve, pero respira.» Ha perdido el conocimiento y el brazo derecho forma un ángulo extraño. La levanta a pulso, la coloca sobre la cama y la arropa con las mantas. Coloca los brazos en paralelo al cuerpo y el brazo roto cruje. Las uñas están empezando a ponérsele moradas, pero el pecho se mueve y gime con voz queda.

Cristina se queda a los pies de la cama. No puede dejar de mirar su cara chupada, macilenta. La boca es un agujero negro sin dientes, en forma de «o»; el pelo ralo, con calvas, pegado al cráneo. En unas horas se ahogará, han dicho los médicos. La causa última de la muerte será la asfixia. O tal vez antes, si los pulmones se colapsan, se ahogue en su propia sangre. Pero entonces debería llamar a una ambulancia. ¿O debería llamarla ya? El asunto del brazo parece feo. Pero se va a morir igualmente. Sin dolor. Sin enterarse de nada. En paz.

Se acerca a la cama y cierra la llave del catéter que regula el sedante y la morfina. Vuelve sobre sus pasos y busca en el armario del recibidor donde guardan las herramientas. Encuentra un rollo de cinta aislante y vuelve con él a la habitación. Su madre abre los ojos. Cristina no está segura de si sigue ahí, pero prefiere pensar que sí, que ha visto un brillo de miedo en su mirada.

—Es para que no te hagas daño, mamá.

Antes de salir de la casa, abre todas las ventanas, coge los inyectables de midazolam y los guarda en el bolso, junto a las llaves de Montsiol.

WHITE CHRISTMAS

O en una cárcel olvidarte si yo pudiera
verte extinguirte en esta tan cómoda celda
de una casa, de un trabajo, de una pareja
destinada a la socialdemocracia y a la tibieza

Canción total, MARIA ARNAL Y MARCEL BAGÉS

CUATRO DÍAS PARA NAVIDAD

42

*U*n día más aparco la Vespa a pocos metros del paseo de Sant Gervasi, junto a las clínicas privadas de la avenida del Tibidabo. Cristina me evita desde que volví el martes, tras faltar el lunes con la excusa de una gripe intestinal. Mejor así. No quiero que me pida explicaciones por las referencias falsas, por el bulto que la semana pasada le pareció ver en mi mano. Que me deje acabar mi trabajo y desaparecer lo antes posible. Pero, por supuesto, sé que no me está dando tiempo. Lo que pasa es que está demasiado ocupada como para preocuparse por las referencias de la becaria. Montsiol ha ahuyentado ya a tres enfermeras más.

Las discusiones entre Cristina y la vieja bruja se repiten día tras día y eso me limita la capacidad de movimiento. Todavía no he tenido oportunidad de buscar el estuche en el ala izquierda de la casa. La situación parece estancada. *Zugzwang.* No podemos movernos sin perder la partida. Pero Cristina no da el brazo a torcer en su batalla contra Montsiol. Cada enfermera nueva que trae es más fuerte, más grande, con más pinta de guarda de institución psiquiátrica que la anterior.

Llego tarde y me acerco al portal casi a la carrera. Siento un vacío en el anular y me asusto. He perdido el anillo. Pero no, me lo dejé en casa de Oleg, antes de que él saliera de viaje, junto a la mayoría de las joyas, las cremas, el maquillaje y la ropa. He pasado por diversas tiendas a buscar muestras de cosmética y me apaño con las piezas de ropa que tengo en casa de mis padres, pero todavía no me he acostumbrado a no llevar un anillo en ese dedo.

Podría pasar por el Samovar, recoger las llaves y subir a por algunas cosas, pero no quiero hacerlo mientras Oleg siga fue-

ra. No quiero tener la tentación de quedarme allí sin él. Las cosas con mi madre han mejorado desde que me sacó a rastras de la cama y estos últimos días mis padres se han esforzado en cambiar un poco su rutina para hacerme un hueco en ella. Vivir con ellos sigue siendo parecido a estar encerrada en un ascensor, pero al menos hemos logrado hablar sin gritarnos e imponer ciertas normas de convivencia entre personas adultas.

Tengo claro que, en cuanto vuelva Oleg, me instalaré de nuevo en su casa, pero también que eso no puede durar para siempre. En las horas muertas de la madrugada he mirado pisos de alquiler. Más bien estudios. Cuchitriles con *kitchenette* en portales sacados de una peli posapocalíptica. Me he dado dos semanas más de descanso y entonces tendré que empezar a tomar decisiones. Y a hacer daño a la gente. A mí madre, que cree que voy a ir a comer todos los domingos. A Oleg, que cree que estamos juntos. Quizás el que más me conozca sea mi padre. Él ya sabe lo que voy a hacer antes siquiera de que yo lo piense.

Cruzo hacia la plaza Kennedy buscando el móvil en el bolso y están a punto de atropellarme. Me ha enviado algunos mensajes, sobre todo de madrugada. Es bastante raro, porque nunca lo hizo cuando desaparecía mientras estuvimos juntos. En el último me pedía que lo perdonara. Seguramente estaría muy colocado y tendría razones para sentirse culpable.

Tanto como Moussa, que desapareció de la circulación durante días y que por fin ha respondido a mis mensajes. Estará en casa de unos primos, en Francia, hasta el domingo, y hemos quedado para el día de Nochebuena. También me ha dicho que, en el barrio, con los rumanos, todo está tranquilo. Antes de que él se fuera, enviaron a un tipo para decirle que «mientras la niña esa evite las zonas en las que ellos actúan —el metro, el centro, Sagrada Familia—, no habrá problemas». Y esas nunca han sido mis zonas.

Tengo la sensación de que todo está bajo control y entonces, cuando cierro los ojos, se me aparece la imagen del joyero balanceándose en el taller. En esos momentos procuro calmarme y pensar en los planes que estoy montando para mi nueva vida. El joyero ya no es un problema, o es un problema mayor, depende de cómo se mire. Los estudios que he estado mirando están en la zona de Verdaguer. Son insultantemente caros, pero tengo el dinero para pagarlos. Mi madre se enfadará si le digo que me voy de alquiler. Aunque siempre puedo obviar el dato. Mentir.

Llego al portal y Cristina no está esperándome. Vuelvo a buscar el móvil en el bolso y veo un mensaje suyo en la pantalla bloqueada: «No hace falta que vengas hoy». No puede ser. Tengo que entrar en el piso. Hoy es la última oportunidad antes de Navidades para encontrar el estuche y Salisachs me ha dado una pista que puede que sea la definitiva.

Ayer quedé con él en una antigua coctelería de la calle Aribau e intentó reconstruir el final de la noche en la que Elena Montsiol le enseñó las joyas.

—No había estado nunca aquí —digo al entrar en el estrecho local de madera.

Sebastián Salisachs me guía hasta el extremo de la barra y me ayuda a quitarme el abrigo de Ava Gardner.

—¿No? A nosotros nos queda cerca de casa.

El encuentro fuera del local había sido tenso, incluso más que la vez que nos vimos en el Casa Fuster. Tal vez porque a solas, sin la eterna sonrisa de Mario, ninguno de los dos tiene que fingir cordialidad, o porque los dos pensábamos que el otro se había cargado a Cano.

En cualquier caso, en la coctelería, pequeña y silenciosa, sí que tenemos que fingir. No hay mesas, solo una larga barra oscura donde varios señores vestidos a la antigua paladean copas de whisky o cócteles. Frente al espejo, dos barmans en traje clásico de color marfil y corbata carmesí preparan con lentitud y elegancia combinados para una pareja de extranjeros. Nos sentamos en banquetas de terciopelo, en la curva que marca la barra al fondo del local. Detrás de mí, la puerta de los baños; enfrente, a poco más de diez metros, la salida. Suena el *swing* suave, poco invasivo, de Benny Goodman. Si Woody Allen hubiera aparecido por la puerta, no me habría sorprendido.

—¿Qué vas a tomar? —me pregunta Sebastián cuando un barman se acerca.

—¿No hay carta?

233

—No, te harán lo que quieras.

—Me traes a un sitio como este y no puedo beber... ¿Qué podéis hacerme sin nada de alcohol? —le pregunto al barman.

De cerca compruebo que es más joven que yo y el traje le queda grande.

—¿Nada nada de alcohol?

—Si bebo algo, saldré de aquí en ambulancia —digo—. Es una pena, pero es así.

—Entendido. Nada de ambulancias.

Me pregunta si prefiero los sabores ácidos, amargos o dulces. Escojo el amargo. Sebastián le pide lo de siempre y el chico se aleja. Me doy cuenta de que le acabo de dar a Salisachs la oportunidad de acabar conmigo. Solo tiene que obligarme a beber media botella de ginebra y sentarse a esperar. Sería más fácil que colgar a Cano de un cable eléctrico o de lo que fuera que estuviera colgado.

—Mucho mejor que el Fuster, ¿verdad? —comenta, pero no logra aliviar la tensión.

—Cuéntame, por favor.

—¿Tienes prisa?

—Prefiero ir al grano.

—El otro día, cuando hablamos por teléfono, recordé algo. Pensaba que era un sueño, pero estando como están las cosas, creo que vale la pena probar. A ver... Cuando salimos del despacho...

El barman vuelve con nuestras copas y las deja delante con una profesionalidad que, sumada a su juventud y a cierto aire de barrio, le hace atractivo para alguien como Salisachs. El rubio se lo come con los ojos y llego a pensar en si viene aquí por las bebidas o por otros placeres.

—Creo recordar que me llevó a otra habitación —continúa tras la interrupción—. Todo era rosa. Como una casa de muñecas. Creí que lo había soñado... Te lo juro, hasta que el otro día me hablaste de ella.

—Sebastián, tengo que decirte algo —le interrumpo.

Se congela con el Manhattan en la mano.

—No sé si quiero oírlo.

—Me da igual —respondo—. Hay un perro muerto ahí.

—¿Cómo?

—En la habitación rosa, hay un perro... Está en una urna de cristal, es como una momia. No quiero volver a entrar.

Con el rabillo del ojo le veo sonreír aliviado y pensé en cuánto me gustaría verlo entrar en esa habitación con su traje tres piezas y su suave perfume de cedro. Pruebo el cóctel y le dedico una ojeada agradecida al barman. No sabe a zumo de frutas, es amargo, fuerte y cítrico. El único problema es que no tiene alcohol, pero eso no es culpa suya.

—Pero el estuche está allí. Lo sé —dice Salisachs.

—¿Dónde? Ya lo he buscado. La maldita habitación rosa estaba cerrada con llave; la forcé, pero no encontré nada.

—Déjame recordar.

Pasamos unos minutos en silencio. Él apura el Manhattan y, sin que tenga que decir nada, le sirven otro.

—Las guardó en el armario —dice al fin—. Recuerdo un armario grande, de madera de nogal, y a Montsiol arrodillada delante. La falda se le subió y...

—Ahora soy yo quien no quiere oír eso, Sebastián.

Me sonríe de medio lado.

—Busca en ese armario. Puede que estén ahí. Pero no tiene sentido que no las haya tocado en todos estos años...

Me encojo de hombros y apuro mi copa.

—No están en la caja fuerte ni en la cómoda donde guarda todas las joyas. Puede que estuviera tan borracha que se olvidara de ellas.

Y ahora tengo que volver al piso y comprobar si las joyas siguen ahí. Llamo al timbre y nadie responde. Entro directamente y el portero me saluda. Le pregunto si está Cristina arriba. Me dice que sí, que ha venido muy temprano esta mañana. Subo las escaleras de dos en dos y llamo al timbre varias veces. Por fin Cristina abre la puerta. Tiene ojeras, los ojos hinchados y enramados, el pelo sucio recogido con una pinza de peluquería. Lleva una camiseta ancha y unos vaqueros.

—Te he escrito que no hacía falta que vinieras, que hoy era un follón con la chica nueva —dice con voz compungida sin apartarse de la puerta. La cara enrojecida y sin maquillaje acentúa su perfil de pájaro de presa.

—No he visto el mensaje hasta que estaba abajo, lo siento...: Pero no creas que voy a dejarte sola con esto antes de Navidades.

Se rinde, suspira y me franquea el paso. El característico olor de la casa vuelve a golpearme de lleno. Me viene a la cabeza el perro muerto. El tufillo dulzón de la habitación rosa, mezclado con el de verdura hervida, polvo, medicamentos y vejez. Hoy el olor a orines es más fuerte.

Sigo a Cristina hasta el despacho. Enciende las luces y la torre de su ordenador. No están aquí ni su abrigo ni el bolso y, dado su aspecto, sospecho que ha tenido otra noche dura con Montsiol.

—No sé qué trabajo darte... —me dice mordiéndose la uña del meñique—. A ver, déjame pensar.

—Estaba ordenando las cajas de 1998 a 2001.

—Ay, sí, perdona, no sé dónde tengo la cabeza.

—No te preocupes... ¿Quieres que te traiga algo, un té, hacemos café?

—No, no —dice con brusquedad—. No te molestes... Estaba pensando, ¿te acuerdas de lo que te preguntó Elena el primer día?

Se sienta en su mesa mientras yo trato de recordar.

—¿Si era feliz?

—Si eras quien querías ser.

Asiento.

—¿Lo eres?

—Creo que no.

—¿Te arrepientes de algo?

No entiendo a qué viene la pregunta.

—No, el problema es que no sé lo que quiero...

Cristina no dice nada, me mira sin mover un músculo, retándome a que continúe. Y empiezo a hablar tratando de explicármelo incluso a mí misma:

—Cuando era pequeña, mi madre me ataba muy corto. Tenía claro el futuro que quería para mí, lo que me convenía. No digo que fuera una niña infeliz, pero sí ingenua, y..., no sé cómo decirlo, no tenía margen de maniobra. No podía pensar por mí misma. Mi madre marcaba lo que podía gustarme y lo que no, controlaba cada una de mis horas del día. Gracias a esa rutina tengo una pequeña colección de trofeos en mi habitación.

—De ajedrez, ¿no? Supongo que algo de talento habría.

—Claro, pero también muchas horas. Cuando cumplí ocho años tuvimos un accidente de coche. A ellos no les pasó nada, pero a mí un trozo de carrocería me seccionó la femoral. Casi no lo cuento. En realidad, no me acuerdo de nada. Pero me salvé de puro milagro. No sé si fue eso o que ya empezaba a ser más consciente de mis decisiones, pero cuando salí del hospital dije basta. Me costó varios años, pero empecé a llevarle la contraria a mi madre en todo y me obsesioné con lo que más rabia le daba en el mundo, lo que más odiaba —Cristina me mira expectante—: la moda.

Explota en una carcajada, luego me pregunta con curiosidad:

—¿Y dejaste lo que le gustaba a tu madre sin plantearte si también te gustaba a ti?

—Más o menos.

—Y ahora lo echas de menos.

—No, no, para nada. No me arrepiento de nada. Estoy aquí por las decisiones que he tomado. Las que he tomado yo, no otra persona. Pero ahora…, ahora no estoy segura de nada. —Suelto la idea que, como un abejorro, hace semanas que me ronda por la cabeza; la razón tras las peleas en casa de mis padres, de mi rechazo al barrio—. Creo que me he construido alrededor de una reacción contra algo, mi ambiente o algo que no quería. Sé lo que no quiero, pero no sé lo que quiero. Creía que quería esto, mira, creía que quería ropa, que quería poner un negocio… Te estuve hablando de mis proyectos, pero ya no lo tengo tan claro. Creo que me he estado escondiendo debajo de un montón de excusas y ahora siento un vacío horrible en el estómago. No sé contra qué estoy luchando, ni quién soy.

Noto que estoy llorando. No entiendo por qué acabo de soltarle todo esto. Cristina se levanta y me abraza.

—Todos estamos igual —me susurra al oído—, no te preocupes. Parece que nos hacemos mayores, pero seguimos siendo los mismos niños, ¿verdad? Con los mismos miedos y los mismos problemas.

Le digo que lo siento, que ella tiene problemas mucho más graves, y ella me asegura que sus problemas están a punto de acabarse. Me da las gracias por algo que no entiendo y me deja sola. Desde que he entrado, no he oído a Mont-

237

siol quejarse; tengo la intuición de que Cristina ha logrado inyectarle algún calmante.

Me retoco el maquillaje con un espejo de mano y recojo cajas durante unos minutos. Tengo que arriesgarme, es mi última oportunidad. Guardo unos guantes de látex en la palma de la mano y cruzo el pasillo de puntillas para no hacer sonar los tacones. No se oye nada. Respiro hondo y me lanzo. La puerta de la habitación rosa sigue abierta. Nadie la ha tocado. Entro, cierro tras de mí y alumbro el espacio con el móvil, directa al gran armario de doble hoja. Lo abro y me imagino a la señora Montsiol arrodillada delante, enseñándole las bragas a Sebastián Salisachs. La imagen está a punto de hacerme reír. Abro los cajones inferiores. En el tercero encuentro un estuche ovalado de piel clara. Lo abro.

Bingo.

Aquí están las joyas. La tiara, los pendientes, dos colgantes de diferentes longitudes, las pulseras, un anillo… y un hueco vacío. Falta un anillo. Enfoco el grabado del sello de ónix con la linterna. Falta *mi* anillo. El que está en la mesita de noche de casa de Oleg. En todas las piezas está grabada la misma figura, la cruz ortodoxa y la corona de laurel.

Oigo un ruido en la otra punta de la casa y me doy prisa en vaciar el estuche en los bolsillos de la chaqueta de cachemira. Lo dejo donde estaba, cierro el armario y salgo al pasillo. No hay rastro de Cristina. Entro en el despacho, traslado las joyas al bolsillo interior del bolso Antígona y guardo los guantes en el abrigo. Los tiraré en algún contenedor lejos de aquí.

Sigo trabajando durante una hora larga hasta que Cristina vuelve de atender a Montsiol. Lleva su abrigo colgado del brazo, está pálida y parece a punto de llorar.

—¿Estás bien? —le pregunto—. Pareces agotada.

—Sí, sí… —responde—. No he dormido mucho esta noche.

—¿La chica nueva no llega?

—Acaba de avisarme de que no va a venir.

—¿Y qué vas a hacer?

—Voy a la empresa de trabajo temporal a buscar a otra persona. —Apaga el ordenador y se acerca a la puerta—. Perdona, Eva, pero no te quiero dejar aquí sola, es mejor que vuelvas pasadas las fiestas.

—Claro.

Bajamos juntas por las escaleras. En el Antigona llevo las joyas de Montsiol, sin estuche, y sé que no volveré a entrar en esta casa nunca más. En el portal le pregunto a Cristina si finalmente irá al norte por Navidad.

—Sí, si consigo encontrar a alguien hoy, me iré mañana mismo.

—¿Seguro que no quieres que te ayude? Puedo buscar en otras agencias...

—No, muchísimas gracias, Eva, has hecho un gran trabajo.

Me mira como si supiera que es la última vez que nos vemos.

—Esto no es una despedida, ¿eh? —miento.

Le doy dos besos y Cristina me abraza. Su pelo desprende el mismo olor acre que cuando la sostuve llorando hace unos días. La aprieto contra mí y las dos decimos lo mismo, al mismo tiempo: que lo sentimos, que todo irá bien. Nos reímos, nos deseamos felices fiestas y echamos a caminar en sentidos opuestos. Paso por delante de los jardines de la Tamarita y de sus criadas filipinas. También me despido de ellos. No pienso volver por aquí en mucho tiempo.

De camino a la moto, saco el móvil del bolso. Tengo una llamada perdida de Silvia Magallanes y un mensaje de Oleg diciéndome que ha vuelto.

239

43

*T*ras días de llamadas y excusas educadas, Silvia Magallanes
ha conseguido una cita con Amador Salisachs i Forcadell, el
propietario en Barcelona de una de las aseguradoras más importantes del estado. Aparca el coche de servicio en un *par-
king* de Rambla Catalunya en el que clavan tres cincuenta la
hora y camina hasta el edifico de la Diagonal donde la empresa tiene sus oficinas. Por las noches empieza a hacer frío de
verdad, pero el sol del mediodía hiende los ocho carriles como
si abriera una herida en el asfalto.

La acera, amplia y remodelada hace poco por un pastizal
que le costó su cargo al alcalde, es incómoda para caminar.
Los zapatos de tacón bajo se traban en los huecos que crean las
baldosas y la subinspectora tropieza un par de veces. Hace un
gesto brusco para esquivar a un mensajero en bici, se tambalea
y piensa con poco cariño en el artista al que se le ocurrió el
diseño en forma de hojas de plátano que tiene bajo los pies.
Antes de entrar en el 511, levanta la vista y le sorprenden
los dos edificios que se elevan al otro lado de la calzada, hacia la
parte alta de la ciudad. Blanco y rojo, piedra y metal, parecen
los castillos de las brujas a las que jugaba con su hermana
cuando era una cría, allá en Canet. Hace ya más de veinte años,
cuando se mudó a Barcelona para estudiar la carrera, le fasci-
naron esos grandes palacios que se sucedían, uno tras otro, de
Jardinets hasta General Mitre y Via Augusta. Años más tarde
empezó a entrar en esos portales con el uniforme de los Mossos y deseó no haber salido del pueblo. En ellos había exactamente la misma basura que veinte calles más abajo, tal vez
mejor iluminada y ventilada.

En el vestíbulo de las oficinas siente un frío repentino. El

240

sol fuera calienta más de lo que logra aquí dentro la escasa calefacción. Un portero uniformado le indica desde la garita el piso y, sin dedicarle una segunda mirada, sigue jugando al Candy Crush. La subinspectora sube en una cabina moderna y aséptica, que contrasta con el aire modernista de la fachada y el vestíbulo, todo mármoles y bronce reluciente. En el ascensor, consulta el correo en el móvil. Chasquea la lengua. Anoche se olvidó el cargador en casa y después de toda la mañana solo le queda un cuatro por ciento de batería. Eso le pasa por ligar con imitadores de Bruce Springsteen y dejarse enredar un jueves por la noche.

Entra en las oficinas y una recepcionista muy joven le hace esperar en una sala de reuniones vacía. Es casi tan aséptica como el ascensor, con falso techo modular, sillas de plástico blanco, mesa de contrachapado del mismo color y una pizarra estrecha, de pie, con mensajes a medio borrar. Tiene buenas vistas, divisa las azoteas hasta Francesc Macià, pero eso no logra borrar la sensación de trampa, como si la estuvieran observando desde una cámara. Amador Salisachs no tarda en llegar. Es un hombre entrecano, de un rubio desvaído y mirada incisiva. Supera la cincuentena y parece haber sido un hombre atractivo, pero ahora hay algo en el rictus de su boca que echa la cara a perder. Magallanes ha visto esa mueca en otras personas, gente que cree que ha cometido un error pero que es demasiado tarde para dar marcha atrás.

—Buenos días, agente Magallanes.

—Subinspectora.

—Subinspectora, entonces. Disculpe, no sé mucho sobre sus rangos, comisario es el que está más arriba, ¿no? Por encima de ustedes. Eso y agente es lo único que sé.

«Ya estamos con el ceno-todos-los-martes-con-el-*conseller*-de-no-sé-qué», piensa Magallanes.

—Más o menos —responde—. Aunque los fines de semana hacemos cursos informativos. Si le interesa, le puedo enviar un folleto.

—No, gracias —zanja Salisachs—. Preferiría ir *per feina*, ya sabe. La verdad es que debería haber salido ya para La Ametlla. Acompáñeme a mi despacho, estaremos más cómodos.

Ella lo sigue y pasan por delante de la recepcionista, que

sonríe con timidez. El despacho de Salisachs tiene un mobiliario mucho más caro que el de la sala de reuniones y está forrado de fotos suyas con varias figuras políticas y mediáticas. Por la expresión, parece que lo hayan obligado a hacérselas. El gerente se sienta tras una mesa maciza, de madera oscura, y Magallanes ocupa la butaca de enfrente. Saca una carpeta del bolso y de ella varias fotos de las joyas.

—Me dijo su secretaria por teléfono que tal vez podría decirme algo sobre esto.

Amador Salisachs mira por encima las fotografías.

—Sí, reconocimos las joyas —dice subiéndose las gafas por el puente de la nariz, tan recto que a Magallanes le sorprende que se sostengan—. Ayer hablé con mi cliente y accede a colaborar con ustedes en la investigación. Efectivamente, fueron sustraídas de su casa y está muy dolida por su pérdida. Debe de haber sido un robo reciente porque no había echado en falta las piezas.

—Entonces no forzaron la puerta.

—No. Nuestro cliente asegura que solo pudo ser alguna de sus empleadas. Nadie más ha entrado en la casa en los últimos meses.

—¿Pondrá una denuncia?

—Entienda, señora Magallanes —ella tuerce el gesto—, que nuestro cliente es una persona mayor, impedida, hace años que no sale de casa y confía todas sus gestiones a sus empleadas. Por eso está preocupada. Si una de ellas ha robado las joyas y nuestra clienta da la voz de alarma, la delincuente puede sentirse acorralada y agredirla, o peor, llevárselo todo.

—¿Cuál es el nombre de su cliente?

Salisachs finge dudar.

—Es la señora Elena Montsiol.

A ella no le suena de nada.

—¿Hace mucho que trabajan con ella?

—Más de treinta años —suspira el gerente. Y parece muy arrepentido de que sea así.

—¿La señora Montsiol sospecha de alguien en concreto?

Ahora es Amador Salisachs quien tuerce el gesto y desvía la mirada hacia el ventanal que se abre al chaflán orientado al Tibidabo.

—De nadie en concreto. —Le alarga un folio pulcramente doblado en tres—. Aquí tiene sus nombres y datos de contacto. La señora Montsiol estará encantada de hablar con usted siempre que mantenga la discreción. Ya le he dicho que no quiere que sus empleadas sospechen nada, de momento.

Salisachs da la entrevista por terminada, se levanta y le tiende la mano. A la subinspectora todo le ha parecido demasiado fácil. Salisachs la acompaña y ella se arriesga con una última pregunta:

—¿Conoce a alguien que tenga un Porsche amarillo?

El gerente interrumpe el gesto de abrir la puerta de caoba.

—¿Un Porsche amarillo, dice?

—Sí, no sabemos el modelo, pero tenemos un testigo que identificó la marca del deportivo.

—No lo sé, debería pensarlo, seguramente conozco a varias personas que lo tengan, pero no me fijo mucho en los coches, no me interesan. ¿Cómo decía que habían encontrado las joyas?

—No lo he dicho. Las encontraron en la mesa de trabajo de un joyero, en L'Hospitalet de Llobregat. Estaba a punto de fundirlas cuando lo mataron.

Los rasgos de Amador Salisachs muestran sorpresa y repulsa.

—No le suena nadie que pueda tener ese coche, ¿una mujer tal vez?

Esta vez el gerente niega con firmeza.

—No podría darle nombres ahora sin mentirle, subinspectora, pero me informaré y mi secretaria se pondrá en contacto con usted.

Magallanes reprime una mueca. Así que ahora ha pasado a subinspectora. De camino al aparcamiento sigue pensando en las joyas, el Porsche y la mujer elegante. En el coche, saca del bolso el papel que le ha dado Salisachs y lee los nombres:

Cristina Calaf Sabaté.

Amalia Gómez Abejo.

Eva Valverde Martí.

No puede ser. Busca la dirección entre el resto de datos. Sí, solo puede ser ella, está empadronada en la calle Ample. Ahí está otra vez Eva Valverde… La chica del incendio a la que perseguían los rumanos. A la que era mejor dejar de investigar si no quería darle un disgusto a su padre. Pero ¿qué tiene que ver con todo esto?

Tal vez nada, tal vez todo.

Rebusca el móvil en el bolso y envía un mensaje a su padre. Tres por ciento de batería.

🟢 Eva Valverde no tendrá un Porsche deportivo amarillo, verdad?

Mientras espera su respuesta, marca el teléfono del domicilio de Elena Montsiol. Quiere verla cuanto antes y hablar con todas sus empleadas, diga lo que diga Amador Salisachs. Da tres tonos y salta el contestador. Son las dos de la tarde de un viernes, pero el gerente ha dicho que hace años que Montsiol no sale de casa. Vuelve a probar. ¿A quién se le ocurre poner el contestador a los tres tonos? Probablemente tiene la telenovela tan alta que no se entera de nada. Enciende el motor y va a maniobrar para salir del aparcamiento cuando su padre responde:

🟢 Para nada, Eva puede ir muy bien vestida pero no tiene para un coche así

Apaga el motor y hace un gesto de disculpa al conductor que quería ocupar su plaza. Coge el móvil:

🟢 Y su novio? Algún amigo?

Pasan un par de minutos y su padre sale en línea, escribiendo, en línea…

—Vamos, papá…

🟢 El padre de Eva me dice que al novio le van más las motos. Puede que ella conozca a gente con ese tipo de coches, sobre todo por la universidad. Por qué? Sabes algo del incendio?

No le gusta volver a mentirle, pero escribe:

🟢 Tal vez. Sigue viviendo en casa de sus padres, no?
🟢 Creo que sí

Vuelve a arrancar y maniobra para salir. Con el manos libres, llama una vez más a casa de Montsiol. Esta vez comunica. En la rampa de salida, le entra un correo de Jesús Salvador. Solo puede leer el asunto antes de que la pantalla se apague.

«Señora Hernández.»

44

*F*altan tres días para Nochebuena y el Passeig de Gràcia es un hervidero de inmensas bolsas de marca bajo las ostentosas luces de Navidad. Oleg para la Kawasaki en el semáforo del cruce con València y, cuando el semáforo se pone en verde para los vehículos, la multitud interminable sigue invadiendo el paso de cebra. Los coches de detrás pitan y Oleg, junto a otras motos, se abre paso entre peatones que protestan como si tuvieran razón. Una señora con una gran bolsa de Loewe le levanta el puño y él contiene el amago de aceleración que está a punto de escapársele de la mano derecha. Se pregunta si Eva también robará esas bolsas. Con menos tráfico, no habría sido difícil darle un tirón desde la moto y llevársela València arriba.

Aparca a dos manzanas del hotel Majestic y comprueba en el retrovisor que su aspecto sigue en orden. Bajo el abrigo tres cuartos de lana, de vestir, asoman las solapas del traje de Hugo Boss que Eva le compró el primer verano que estuvieron juntos. Recuerda cómo le citó en la tienda para que se lo ajustaran. Mientras los empleados clavaban agujas a su alrededor, ella lo observaba con mirada crítica. Él le dijo que no era su estilo y ella le contestó que no pretendía que lo fuera.

«Si fueras de los que llevan traje todos los días, no estaría contigo. Pero tienes que tener como mínimo uno, para fiestas, para entierros, para bodas, para cenar conmigo en depende de qué sitios, para darle una alegría a tu madre en Navidad.»

«Ya tengo un traje», se defendió.

Los empleados se retiraron y dejaron que ella le ajustara la corbata. Una corbata gris pardo. Ni se le había pasado por la cabeza que existiera un color con ese nombre.

«No, ya no. Ahora tienes este.»

Eva había apretado el nudo más de la cuenta, cortándole la respiración durante unos segundos. Luego lo deshizo y lo volvió a hacer con parsimonia. Hoy él se ha pasado un cuarto de hora haciéndoselo y ha tenido que probar tres vídeos de YouTube hasta encontrar uno en el que entendiera el proceso.

En aquella tienda Eva dio algunas vueltas a su alrededor valorándolo. Observó los zapatos, brillantes, que había traído en una caja y dijo que no le convencían, pero que podía tirar con ellos unos meses. Él la miraba con un aire entre insolente y curioso. «Así que ese era su trabajo —recuerda que pensó—, vestir a la gente, no conformarse con lo que ya estaba bien.»

«Falta el abrigo», dijo ella.

«Estamos en agosto.»

«Pero lo necesitarás.»

Mientras camina, el bajo del abrigo que ella le trajo poco después le golpea la parte trasera de los muslos. No está acostumbrado a llevar prendas tan largas y tiene una sensación incómoda, como si fuera a tropezar. Ha usado el abrigo muy pocas veces. Como predijo Eva, para las fiestas de Navidad, para el entierro de uno de los antiguos socios de su padre, para la boda de Javi, para cenar con ella un par de veces. Y hoy. Para ir a ver a su tío a uno de los hoteles más caros de la ciudad se ha puesto el abrigo y el traje de Eva, el único decente que tiene, y pregunta en la recepción en catalán. Después de la escenita de Leonid en la marisquería, no quiere parecer un matón.

La recepcionista le dice que el señor Voronov ha dejado nota de que estará en el bar. Oleg hace un barrido y no lo encuentra. Cuando vuelve al vestíbulo, ve a Mijaíl al fondo del pasillo que conduce a los ascensores. Está sentado en una silla de madera más alta de lo habitual y tiene un pie sobre una plataforma inclinada que se eleva desde una caja de madera. Un limpiabotas está asomado sobre sus zapatos, sacándoles brillo con un cepillo embetunado. El hombre es mayor que su tío y lleva una boina pasada de moda. Trabaja rápido, concentrado en limpiar unos zapatos que nunca han llegado a estar sucios. Oleg se acerca y les da las buenas tardes.

—¿Qué piensas de esto, Olezhka? Tienen un limpiabotas a sueldo del hotel, y nos llaman a nosotros nuevos ricos.

247

—Su tío se ríe mostrando la dentadura incompleta—. Ya casi estamos, ahora ponte tú. Debes acostumbrarte a tener a la gente a tus pies.

El limpiabotas se dirige a ellos en castellano. Mijaíl no entiende una palabra y Oleg aprovecha para despacharlo.

—Dice que ya estás listo, y que tiene que irse a atender en algunas habitaciones. —Mijaíl se levanta con mala cara—. No te preocupes, tío. Mis zapatos están limpios.

Se dirigen al bar y eligen una mesa apartada desde la que se ve la puerta. Casi al instante se acerca el camarero. Mijaíl pide ostras y una botella de *champagne* de más de doscientos euros, y él un café doble. Le apetece encenderse un cigarrillo, pero el cartel de prohibido fumar que hay junto a la barra hace que se trague las ganas.

—¿No quieres nada más?

—Acabo de comer —miente—, ya sabes cómo es mi madre con la comida.

—Rita Rita… —Sonríe su tío. Parece contento, como si acabaran de darle una buena noticia, o quizás ha sido el trabajo del limpiabotas con su ego—. Has cambiado. Pero Kolya me dice que para bien, que te has templado, eso está bien.

El camarero vuelve con una cubitera y la deja junto a la mesa. Descorcha la botella de Dom Pérignon y sirve la primera copa. Oleg va a negar con la cabeza cuando Mijaíl ordena en un inglés macarrónico que sirva la otra.

—Tenemos que brindar. Por las buenas noticias —dice alzando su copa.

Su sobrino lo acompaña y apura la suya sin respirar. El sabor del *champagne* nunca le ha gustado.

—Nikolái también me ha dicho que te escapaste unas horas.

—Fui al taller a darme una ducha y a dormir un poco.

Su tío lo mira como si no creyera una palabra de lo que dice mientras un camarero sirve las ostras y otro trae el café.

—Bueno, Olezhka —continúa cuando se han ido—. Es el momento. Han pasado cuatro años y quiero que vuelvas con nosotros. No eres tonto, ya te habrás dado cuenta. Ya te dije que quiero que te ocupes de los negocios en la costa. La persona que ha estado haciéndolo hasta ahora caerá pronto, me han informado de que la policía está armando un caso contra él por untar a un alcalde o algo parecido. Todo muy idiota. Todo una excusa. Pero caerá, es cuestión de semanas. —Mijaíl se calla para comer la primera ostra—. Quiero que lo sustituyas, y que lo hagas bien. Tenemos unos treinta locales, entre las chicas y los negocios para turistas. Esto está funcionando y solo necesita control. Pero no te quiero para eso. Eso es de negros muertos de hambre. Quiero que te muevas con cifras más grandes, construcción, concursos públicos. Sé que no tienes ni idea, por eso te traeré a gente que sabe, no te preocupes. Tú solo tienes que hacer de puente, hablar, como antes con el limpiabotas. Y decirme lo que no funciona, como con la casa de Tossa de Mar.

Cae la segunda ostra y el camarero se acerca a servir más *champagne*, pero Mijaíl lo rechaza y llena él mismo las copas hasta el borde. Oleg apura su café.

—De momento, te dejaré a Kolya y a Leonid. Ellos tampoco tienen ni idea de los grandes negocios, pero te pondrán al corriente, te enseñarán los locales, te presentarán a las chicas, aunque creo que ya conoces a alguna. Pasados un par de meses, volveré y hablaremos de negocios mayores. Por supuesto, si tú tienes a alguien de confianza que pueda ayudar, solo tienes que decirlo.

Oleg quiere a Javi y a Ricky para que se ocupen de que ningún ruso *de confianza* vaya a meterle una bala entre ceja y ceja. Quiere la mente de Eva para que controle que no acaben todos con sus huesos en la cárcel por untar a un alcalde. Pero al mismo tiempo no quiere meterlos en esta mierda. Mijaíl sorbe la tercera ostra con un ruido estridente y la baja con media copa de *champagne*.

—Para ocuparte de nuestros negocios vas a tener que dejar el taller y el restaurante de tu madre. Sé que se enfadará, pero hay cosas que las mujeres no entienden, ¿verdad?

Oleg asiente.

—Y también es mejor que dejes de vivir allí, por seguridad, ya me entiendes. A tu padre no le va a gustar tener a los chicos por allí todo el día y ellos tienen que estar cerca de ti. Todo está tranquilo, pero no queremos que pase algo parecido a lo de la otra vez, ¿entiendes?

249

Entiende. Él tampoco quiere que pase nada parecido a lo de hace casi cinco años. «Lo de la otra vez.» Esas palabras le suenan a amenaza, pero sabe que no es así. Su tío no puede sospechar que él sabe algo porque, si lo hiciera, ya estaría muerto. Aunque quizás es lo que Mijaíl está planeando.

—Hablas de la casa de Tossa, pero también buscaré algo por aquí, quiero seguir teniendo un piso en Barcelona.

—Bien, me gusta saber que me escuchas cuando hablo.

Mijaíl devora la última ostra y le insta a terminar su copa. Después vuelve a llenarlas y deja la botella vacía en la cubitera, con la parte más ancha asomando por la servilleta. Brindan por segunda vez y su tío le palmea la pierna.

—Escucha, Olezhka. Va a ser difícil al principio. En enero los chicos te llevarán a ver a nuestros principales contactos. Te explicarán cómo funciona. No es complicado, pero al principio entiendo que se te haga duro.

—Es algo que ya hablamos hace tiempo, tío, sabes que estoy de tu lado.

—Bien, ve pensándolo. Mañana quiero que pases por aquí otra vez, tengo que darte algo. —Saca una estilográfica del bolsillo de la americana, anota algo en un posavasos del hotel y se lo tiende—. Mi número de habitación.

Su tío se levanta y se ajusta la corbata. Oleg se pone el abrigo.

—Das el pego vestido así —observa Mijaíl—. Pero lo ha elegido una mujer. ¿Hay algo que deba saber?

—Nada que no pueda esperar.

Mijaíl lo abraza para despedirse y lo acompaña hasta el vestíbulo, donde espera Nikolái.

—Recuerda que no te estoy preguntando —le dice antes de volver al bar seguido de su segundo.

Oleg sale al frío de diciembre. Ya es completamente de noche y las luces de Navidad gritan sus colores sobre las cabezas de la multitud. En cuanto pisa la acera enciende un cigarrillo. Las niñas pijas que se pasean con sus bolsas gigantescas lo miran con otros ojos, más tímidas, como si se lo plantearan como un posible marido y no como un polvo. Sacude la cabeza. Eso no le pasa cuando va en vaqueros.

De camino a la moto, guarda el paquete de tabaco y se le atraviesa la sonrisa. Lucky. Pero a él la fortuna lo ha dejado de lado. Piensa en la última frase de su tío. No hay nada que preguntar. Se sabe un peón desde el principio. Si Mijaíl lo infectó para iniciar una guerra, puede acabar con él para iniciar otra. Aunque de momento, le es útil. Es un puente. Y su tío tiene razón, ya no es un crío. Pero no se ha templado. Ellos no estaban allí con el rumano, con el joyero. Aunque es más sabio que antes. Sabe lo que quiere y lo que no. Sabe que ya no quiere ser el delfín de la corona. Ahora es consciente de sus cartas. Tiene que aprender a jugarlas rápido. Y no cometer más errores.

Junto a la Kawasaki saca el móvil del bolsillo interior del abrigo. Tiene una perdida y un mensaje de Eva.

🕓 Tengo q pedirte algo

Ella propone que se vean en el taller esa misma noche. Oleg acepta, pero antes quiere hacerle una visita a Sebastián Salisachs.

251

45

Son más de las doce cuando llego al barrio. El viento es helado, pero el sol de mediodía hace que el viaje en moto todavía no sea desagradable. Me he pasado la mañana en el piso de mi abuela discutiendo puntos de luz y tabiques de separación con el arquitecto, pero ahora floto mientras subo con la Vespa por la calle Olzinelles. Cada segundo estoy más lejos de todo esto. Mañana he quedado con Sebastián Salisachs para entregarle las malditas joyas y Cano ya no podrá chantajearme, a menos que lo haga desde la tumba.

Es hora de recuperar el control. Incluso desaparecer, irme lejos, empezar de nuevo en otra ciudad. O no… Barcelona es mi casa, no estoy segura de querer alejarme de ella. Al fin y al cabo, los rumanos no vendrán a por mí si no me meto en su territorio, y nadie sabe que vi al joyero muerto. No me interesa saber qué lo llevó a colgarse, o a que lo colgaran, del techo.

Aparco la Vespa sobre la acera y guardo el casco en el baúl. Con las llaves del piso de mis padres en la mano, consulto Instagram de camino al portal. Tengo un mensaje de Blanca.

—¿Eva?

Levanto la vista del móvil y tardo un momento en situar a la mujer que tengo delante.

—¿Lorena Díaz?

—Sí.

—Madre mía, estás muy cambiada.

Cómo no va a estar cambiada si no la veo desde el instituto. Empuja un carrito de bebé y arrastra a un niño de unos seis años de la mano. Sus ojos, preciosos, azules, que me pasé envidiando toda la secundaria, están sin brillo e hinchados, y lleva una parca ancha, llena de bolas y de un color pardo que le apaga la cara. También tiene la piel seca y fláci-da, y ha ganado al menos quince kilos. De pie, a su lado, imagino que su marido. Le agarra la nuca con la mano. Sí, es el tipo de hombre que te coge de la nuca cuando caminas junto a él, para que no te escapes, para guiarte. Tengo la sen-sación de que la guía al matadero.

—¡Tú también! Pero ¿cómo lo haces? ¡Estás guapísima!

—Gracias. —Sonrío mientras pienso que ella no, que ella está fatal—. Que niños tan mayores, ¿son tuyos?

—Claro, este es Izan —responde levantando la mano del mayor, que tiene atrapada en su puño—. Y este Lucas. Hace un montón que no te veo por aquí, pensaba que te habías ido a vivir fuera…

—Sí, pero he vuelto un tiempo a casa de mis padres.

Lorena suelta una exclamación y pone cara de compren-der. Luego coge la mano de su marido, que ahora reposa en su hombro. Con el paso del tiempo, el peso del brazo del tipo ahí encima, en su espalda, acabará haciendo que le salga una joroba.

—Hay muchos peces en el mar —deja caer. Me muerdo la lengua para no decirle que no, que para ella no—. Bueno, pues estás impresionante, guapa, pareces salida de una revista.

—Gracias, a vosotros también se os ve genial, felices —digo haciendo tintinear las llaves—. Pero os tengo que dejar, me esperan arriba. Ya sabes, vuelvo a casa por Navidad, como el turrón.

Entro en el portal y subo las escaleras. «Estás impresionan-te.» Claro. Pero no, Lorena, yo no soy guapa. Soy la misma niña con bráquets, granos y pantalones de pana que conociste en el instituto. Esa niña que se tragaba todos los mediodías los dos capítulos de *Sexo en Nueva York* que echaban en Cos-mopolitan y quería los zapatos de Carrie. Pero ahora llevo ácido hialurónico en los labios y por eso, incluso sin pintar, los ves llenos y jugosos, no como los tuyos, que año tras año van perdiendo colágeno. Ahora me hago limpiezas faciales y me inyecto vitamina C dos veces al mes para que la piel tenga esta textura que ves, para que esté bonita sin apenas maqui-llar, para que pueda mirarme al espejo y no sentir que me estoy disfrazando, que llevo una máscara de maquillaje que

253

oculta mi cara. Ahora me mato en el gimnasio tres tardes por semana para que mi cuerpo no esté fofo y flácido como el tuyo. Bueno, al menos lo hacía antes de que mi vida se fuera a la mierda. Ahora gasto seiscientos euros al mes y dedico más de quince horas a la semana en tratar a mi cuerpo como si fuera algo sagrado, algo que cuidar, que mantener, como si fuera yo misma y no simplemente algo que uso. Y he salido del mismo barrio que tú.

Yo he escogido esto, igual que tú has escogido tener niños y retener a tu lado a ese tipo que te agarra de la nuca. Pero no me levanto así por las mañanas por arte de magia. No soy Cenicienta, que brilla con unos zapatos de cristal. Detrás de todo esto hay mucho mucho trabajo. No es genética. Es mi decisión, mi voluntad. Ser mi cuerpo. Y si te contara todo esto tomando un café, te daría pena, te parecería un fracaso, una estafa, porque la belleza tiene que ser algo natural, ¿verdad? Y me tacharías de superficial. Pero me da igual. En esto sí que no me siento una intrusa. Mi cuerpo, que soy yo, del mismo modo que soy mi mente, es la obra de la que estoy más orgullosa.

Entro en el piso y mi madre me sale al encuentro.

—Eva, mira qué suerte, Silvia estaba a punto de irse.

¿Qué Silvia? La sigo hasta el comedor y me encuentro de cara con la subinspectora Silvia Magallanes.

—Hola, Evita. Mira, es Silvia, la hija de Carles, mi compi de oficina. Hablasteis por lo del incendio, ¿no? —dice mi padre desde el sofá. Juguetea con la trompeta, la funda está abierta sobre la mesa del comedor—. Le estaba enseñando cómo se quita la boquilla, no lo había visto nunca.

Intento no cambiar de expresión. Mantenerme neutra. Silvia Magallanes se levanta del sofá y nos damos dos besos.

—Pasaba por el barrio y quería preguntarte qué tal estabas —dice.

Mi madre la interrumpe para preguntarle si quiere un vermut:

—Está muy bueno, nos lo traen de Reus.

—Muchas gracias, Anna.

—A ti ya ni te ofrezco, Eva. ¿Te traigo un Vichy? —me dice de camino a la cocina.

Le contesto que no me apetece nada.

—¿Eres abstemia? —pregunta Silvia.

—No, es por una medicación.

—Nada grave, espero.

—No, qué va —respondo en piloto automático, para ahorrarme el «eres una luchadora», «tú puedes», «ya verás que lo conseguirás» y el resto de chorradas que la gente te dice cuando tu enfermedad va más allá de un resfriado.

Me siento en una silla, frente a ella, que ha vuelto al sofá. No me creo que haya venido a ver cómo va todo. Procuro no pensar en las joyas que tengo en una cajita sobre el escritorio ni en el disco duro del joyero que está en el fondo del armario, dentro de un bolso.

—Eva, en realidad he venido porque quería decírtelo en persona: tu caso es especialmente difícil.

Mi madre vuelve con las bebidas y unos boles con patatas fritas y aceitunas.

—Ya lo supongo… Si se quemó todo, no creo que podáis encontrar mucho de dónde tirar, ¿no?

—Exacto —dice con el vaso en la mano—. Además, los cacos no suelen quemar los pisos que roban; seguramente estarían enfadados porque esperaban encontrar algo más. ¿Guardabas algo especial?

—No, bueno, mis cosas. A no ser que fuera algo de mi abuela…

—¿Tu abuela coleccionaba joyas? ¿Tenía piezas de valor?

Mi padre se ríe. Yo lucho por no revolverme en el asiento.

—Para nada, mi madre era una persona humilde.

Magallanes cambia de tema:

—¿Con el seguro bien?

Empiezo a ver adónde quiere llegar y me asusta. Me aterra no saber qué sabe y qué no, hasta dónde ha llegado.

—Sí, ya hemos empezado las obras —le digo.

—Y Eva es muy exigente —interviene mi madre—. Justo vienes del piso ahora, ¿no?

Asiento cogiendo una aceituna rellena de anchoa. Nunca he entendido por qué las rellenan.

—Estoy cambiando la distribución, haciéndola más moderna.

Silvia Magallanes apura el vermut. Lleva una camiseta de

los Rolling Stones que le marca el pecho y le queda mejor de
lo que a mí me quedará nunca, la melena rojiza y rizada suelta sobre los hombros y unas Ray-Ban en la cabeza. Tiene más
pinta de policía así que vestida de traje, como la vi en la comisaría de Les Corts.

—También quería hacerte algunas preguntas por otro caso
que puede estar relacionado con el tuyo.

—Adelante —digo.

—¿Conoces a alguien con un Porsche amarillo?

Ahí está. Acaba de soltar la bomba. «Concéntrate», me
digo. Finjo pensarlo durante unos segundos.

—¿Qué clase de Porsche?

—Un deportivo.

Lo sabe. Me esfuerzo por no mirar hacia la puerta de mi
habitación.

—No… Conozco a un par de personas que tienen un Ca-
yenne, pero ningún deportivo, y menos amarillo, me acor-
daría.

—Claro, qué pena, es que lo vieron cerca de tu casa la tarde
del incendio.

—¿Ah, sí? —se me escapa—. ¿Y es algo sospechoso?

—No es un coche que encaje en el barrio.

—Bueno, no sé, tan cerca del puerto no es algo tan raro
—dice mi padre—. Pero ¿han incendiado otro piso?

—De momento, no tenemos nada claro. Otra pregunta, ¿te
suena una tal señora Hernández?

Mierda.

—No, al menos no a bote pronto, aunque seguro que conozco a alguien que se apellida así. ¿Qué tiene que ver eso
conmigo?

—Seguramente nada, pero tenía que preguntarlo —dice
ella.

Silvia Magallanes se levanta del sofá y deja el vaso vacío
sobre la mesa. Entonces coge una aceituna y se dirige a mi
madre:

—Muchas gracias, es cierto que está muy rico. Pero tengo
que ir tirando para comer, si no, mis padres me matan.

—Claro, claro, no quiero que Carles me eché la bronca por
hacerte llegar tarde —dice mi padre levantándose también.

Magallanes coge su cazadora de cuero y mis padres la acompañan hasta la puerta. Cuando se ha ido, mi madre comenta la amabilidad de la chica y mi padre me mira con una pregunta en los ojos. Mientras ellos hacen la comida, me encierro en la habitación. Tengo que destruir las piezas del portátil esta misma noche, pero no sé cómo. Le envío un mensaje a Oleg:

🔵 Tengo q pedirte algo

No contesta, no debe de tener el móvil a mano. Llamo, pero no me lo coge. Mientras como con mis padres y más tarde, cuando ellos ven la película y yo finjo que ojeo algunas revistas, pienso en cómo puedo destruir las piezas. Lo más seguro es hacerlas desaparecer, carbonizarlas. Pero no sé dónde podría hacerlo. Tal vez cortándolas en piezas muy pequeñas…

A media tarde contesta Oleg.

🔵 Dime
🔵 Nos encontramos en el taller esta noche?
🔵 Pq en el taller?

«Porque creo que allí tendrás las herramientas para acabar con mis problemas», pienso. Pero escribo:

🔵 Es una sorpresa

257

46

*P*asan veinte minutos de la hora acordada y Eva todavía no ha llegado. No es algo que le sorprenda, pero esta noche no está para plantones. Apaga el ordenador de la pecera y juguetea con las cajas de chicles que Ricky acumula sobre la mesa. Fresa explosiva. Mandarina picante. Huele un paquete y lo aparta, con asco. Acaba cogiendo un chicle de menta y se lo mete en la boca.

Ha encendido las estufas eléctricas del vestuario, que tiene ducha y catre, como una celda, y las de la pecera, pero fuera, en la nave, está a diez grados y sabe que Eva pasará frío. No sabe por qué ha querido citarlo aquí, pero no presiente nada bueno. Se recuesta en la silla giratoria y da un par de vueltas. Todavía tiene en la cabeza la propuesta de su tío y no sabe cómo salir del embrollo. Piensa en su madre, en lo que le dijo Leonid, en lo que le contó Alfonso Cano, y se nota espeso, incapaz de conectar los hilos. Tampoco ha encontrado a Salisachs en la galería de Provença. Cuando ha llegado, ya estaba cerrada.

En el gran reloj que marca la jornada del taller pasan veinticinco minutos de las nueve. Se ha quitado el abrigo, pero no la americana, porque no hace suficiente calor como para ir en mangas de camisa. Tira de los puños para cubrir el color blanco del hilo. Se le hace extraño llevar esa ropa en el taller. Se le hace extraño llevar esa ropa, en general, pero no ha tenido tiempo de pasar por casa para cambiarse.

Un ruido metálico retumba en el vacío de la nave y se dibuja un rectángulo de luz amarilla en la chapa ondulada de la puerta, donde se recorta una figura oscura, voluminosa, con las piernas desproporcionadas, como dos agujas arqueadas. El taconeo de unos zapatos de mujer llena el local.

—Qué frío —le oye decir. Y el eco juega con sus palabras.

Oleg sale de la pecera y sube los automáticos que encienden las luces del taller. A pocos metros, Eva bizquea bajo la luz blanca, quirúrgica e inesperada. Lleva el pesado abrigo de pieles abrochado y unas botas de ante negro desaparecen bajo la prenda.

—¿Qué quieres que haga? —pregunta él de manera más brusca de la que habría querido.

Eva le lanza una mirada dura.

—Podríamos empezar con que me des las buenas noches y encargues la cena.

La respuesta cortante de ella libera en Oleg la tensión acumulada. Su tío, su madre y Leonid empiezan a desvanecerse. Mira a Eva de arriba abajo y su cuerpo se relaja, comienza a ceder el control. Ella estará al cargo, al menos durante las próximas horas.

—Estoy esperando —insiste Eva.

Oleg se acerca y la besa. Ella le rodea el cuello con los brazos y el abrigo le hace cosquillas en el cuello y la nuca. Su boca está suave, carnosa y caliente, pero tiene helada la piel de la cara.

—Eso está mejor —dice ella sin soltarlo. Pasa la mano por su cráneo pelado al dos y añade—: Volvemos al estilo militar.

Oleg se limita a asentir y entra en la pecera para coger su móvil. Mientras busca la aplicación de comida a domicilio, Eva se pasea por el taller. Su figura, oscura, limpia y felina, contrasta con la maquinaria industrial y la combinación de metal, grasa y polvo que la rodea.

—¿Dónde has estado? —pregunta Eva.

—Con mi tío.

—¿Y te ha partido él la cara?

Aunque la hinchazón y el color violáceo han bajado varios grados desde el día del golpe, por supuesto, ella lo ha visto.

—No.

—¿Ha intentado liarte con alguna primita rusa y se ha puesto violenta?

—No. ¿Pizza de verduras? No me interesan las *matrioshkas*.

—Lo que tú quieras —responde Eva presionando el freno delantero de una vieja Montesa—. ¿Y por qué no?

—Porque estoy contigo —responde distraído, sin dejar de mirar el móvil—. La traen en media hora.

259

Eva vuelve a su lado. En la vieja minicadena suena la radio, que se ha encendido sola cuando ha subido los automáticos.

—¿Qué es esto, rap? —Se ríe ella.

—Eso parece.

—«Tu coño sabe a pódium de discoteca de polígono…» —recita imitando la voz cascada que sale de la radio—. Sugerente.

Oleg se sienta sobre un elevador. Mientras el tipo de la canción sigue hablando de francotiradores y Stalingrado, Eva explora las herramientas del tablero que cuelga frente a la persiana, las piezas que se acumulan en las estanterías metálicas y los repuestos que encuentra a su paso. Al cabo de unos minutos vuelve a su lado con las manos manchadas de negro.

—Vas a destrozar el traje —dice Eva—. Esto está lleno de grasa.

—¿Y qué?

—Nada, te compraré otro.

Clava la rodillera de la bota sobre la plancha metálica y se sienta a horcajadas sobre él. Pega el cuerpo contra el suyo y le enlaza la cintura con las piernas.

—Tengo frío.

Oleg mete las manos por debajo del abrigo y toca la seda del vestido. La piel de ella está más caliente que sus manos, y las mueve arriba y abajo para hacerlas entrar en calor. Eva avanza más la cadera y esconde la cabeza en su cuello. Todavía no le ha contado qué quiere que haga e intuye que está jugando con él antes de decírselo. Como una serpiente con un ratón.

Después de todo lo que le han dicho de ella en las últimas semanas, ya no sabe qué esperar de Eva. No le sorprendería que le pidiera que atracaran un banco, ni que le dijera que siempre ha trabajado para Mijaíl y que nació en una ciudad cercana a Moscú. Eso justificaría que en los casi tres años que estuvieron juntos ella no le presentara a su familia. Eva se separa y lo mira desde arriba, muy seria. La canción se ha acabado y ahora suena un éxito del verano anterior.

—Qué asco de música —comenta ella.

Oleg recuerda que le ha traído algo y saca el anillo de Rita del bolsillo interior de la americana. Al hacerlo, tropieza con el posavasos que le ha dado su tío hace unas horas en el hotel y el gesto no le sale tan limpio como hubiera querido. Le coge la mano y se lo pone en el anular. «Hasta que la muerte nos separe», piensa. Pero no lo diría en voz alta ni con una pistola en la cabeza. Eva mira el anillo, murmura «Gracias» y, sin dejar de mirarlo a los ojos grises, helados, mete las dos manos por debajo de la americana. Separa la tela sin que él note ningún movimiento extraño y el posavasos sale limpiamente, atrapado entre sus dedos índice y corazón. Así que así es como lo hace.

—¿Qué es esto? —pregunta ella mirando la parte impresa del cartón.

Él se lo coge de entre las manos.

—Nada, el número de habitación de mi tío.

—Cómo se cuida… En el Majestic. ¿Y qué pone aquí?

Oleg no se había fijado en que había algo más escrito.

—Suite 3.

—¿En ruso?

—Claro, ¿en qué lengua quieres que lo escriba? En la de las *matrioshkas* —responde guardándose el posavasos en el bolsillo del pantalón.

—Ay…, ¿por qué me pedirías perdón estos días? —susurra ella muy cerca de su oreja.

—¿Y me perdonas?

—Claro que no —suelta despacio, con una gravedad y un desprecio que le indica que cada vez están más cerca del juego.

Eva se levanta despacio, con la cabeza alta, mira el reloj de la pared y frunce el ceño. Sin el calor de su cuerpo, él siente frío. Va a la pecera y sale con dos cigarrillos y un mechero naranja fluorescente en la mano. Enciende los dos a la vez y le pasa uno.

—Me gusta el abrigo, pensaba que se había quemado.

—Estaba en la tintorería. No sé cómo puedes fumar estas cosas… Mira la cantidad de humo que sale. —Y suelta una nube que la envuelve, como en las películas antiguas.

—Se llama tabaco de verdad, no esos cigarrillos finos de chica.

—Se llama cáncer de pulmón. Decía mi abuela que se parecía a uno de Ava Gardner.

—¿El qué?

—El abrigo.

—¿Y quién es esa Ava?

—¿No te lo he contado? Era una de las mujeres más guapas y con más mala leche que ha habido sobre la faz de la Tierra.

—Me hago una idea. —Se ríe él y vuelve a sentarse en el elevador.

—Dicen que cuando estaba casada con Frank Sinatra... —empieza mientras se acerca a la minicadena—. El cantante, ya sabes, *Blue eyes*.

—Sí, el de *New York, New York*.

Eva va cambiando de emisora hasta que encuentra la voz de Sinatra. Se le ilumina la cara, parece casi una adolescente.

—Qué suerte —dice mientras vuelve a su lado tarareando *The best is yet to come*.

—A veces nos sonríe —responde él apagando la colilla en el suelo de cemento.

—Bueno, dicen que una noche, cuando él estaba rodando una película en Los Ángeles, la llamó por teléfono desde el bar del hotel. La echaba de menos. Ella le pidió que le cantara algo y él llevó el teléfono hasta el piano, imagínate esos pianos de cola que había en los grandes hoteles. Dejó el auricular sobre la tapa y empezó a tocar y a cantar todo su repertorio.

—Vuelve a sentarse sobre él y guía sus manos por debajo del vestido. Oleg no tarda en comprobar que no lleva ropa interior—. Cuando llevaba un buen rato, y tenemos que imaginar que estaba muy borracho, entró en el bar una mujer con un gran abrigo de pieles blanco. Era Ava Gardner. La llamaban «el animal más bello del mundo». Sinatra se quedó de piedra. Había estado cantando sin nadie al otro lado del teléfono mientras ella se montaba en un taxi e iba hacia allá. Gardner se acercó al piano, lo cogió de la mano y se lo llevó a la habitación. Dicen los que la vieron que no llevaba nada debajo del abrigo.

Llaman al timbre y se rompe el hechizo. Eva suelta un bufido y se refugia en la pecera con una expresión traviesa. Oleg maldice por lo bajo y atiende al repartidor. Ella saca unos botellines de la nevera y se abre una fanta. Oleg deja las pizzas sobre el escritorio y las corta con un cuchillo que tienen por ahí. Eva vuelve a estar seria. Mientras comen, le dice por qué lo ha citado allí. Quiere que destruya unas piezas de ordenador. Oleg no le hace ninguna pregunta. Sabe exactamente a qué ordenador se refiere.

—Enséñamelas.

Y Eva saca una bolsa transparente del bolso. Dentro hay lo que parece ser un disco duro, las placas de memoria RAM y otras piezas que no sabe identificar.

—¿De dónde has sacado esto?

—¿De verdad quieres saberlo?

—Hay muchas cosas que no querría saber.

Ella lo mira interrogante. Ya no le quedan restos de pintalabios, y los ojos, maquillados en negro, parecen inmensos en la cara ojerosa y demasiado pálida. Oleg le pregunta cómo está.

—Bien. Solo tengo que dormir un poco más.

Él apura el último trago de su mediana y se quita la americana. Coge la bolsa de plástico, se desabrocha los puños de la camisa, se la remanga y abre la bolsa. Saca el disco duro. Lo más seguro sería incinerarlo, pero no tiene cómo hacerlo allí, así que opta por la prensa hidráulica. Fija el disco duro en vertical a la prensa y la pone en marcha. Una presión de veinte toneladas la deja totalmente plana. Hace lo mismo con la RAM y el resto de las piezas. Después las corta con la sierra radial hasta que parecen tiras de papel de aluminio. Mientras lo hace, Eva lo observa con el abrigo abotonado y fumando uno de sus Karelia.

—Me gusta verte trabajar —le dice cuando termina con la prensa—. ¿Hay encendida alguna estufa en el vestuario?

Le dice que sí y ella desaparece tras la puerta de conglomerado. Cuando termina, Oleg lo mete todo en la bolsa transparente y sale a la parte trasera del taller, donde hay un pequeño patio.

Coge una lata de gasolina y vierte un poco dentro de un bidón. Saca el posavasos del Majestic del bolsillo del pantalón y le prende fuego con el mechero. Lo tira al bidón y empieza a arder. Lanza la bolsa transparente y el olor a plástico y a metal quemados estalla en el aire. El fuego le hace entrar en calor. Eva sale y lo coge del brazo. Las llamas bailan en sus iris oscuros.

—¿Ya está?

Él asiente. Eva tira su colilla al fuego.

—Ahora tienes que demostrarme cuánto me has echado de menos.

Oleg ahoga el fuego tapándolo con una plancha de metal. Eva lo guía hasta el vestuario. La estufa da una luz anaranjada, parecida a la del fuego, que deja el resto en penumbras. No se ven los montones de trapos y ropa sucia en las esquinas, el

263

plato de ducha con jabón negruzco incrustado, las sábanas que ha cambiado hace un rato, las mantas polvorientas que nadie ha lavado en años. De un empujón, ella lo sienta en el catre.

—¿De verdad no quieres saber qué era?

—No.

La mira mientras se quita el abrigo. Allí la temperatura es agradable y la piel de Eva está caliente. El vestido de tirantes se le escurre por las caderas y solo quedan las botas. Los pezones se le erizan y él la coge de los muslos y la lanza contra el colchón. El olor de su pelo y de su piel le permiten olvidar. Ella le desabrocha rápido la camisa hasta que le ve la muñeca.

—¿Qué es esto?

—Una serpiente.

—Eso ya lo veo. —Eva la lame—. Se te está infectando.

—Sí.

264 Horas después, la oye respirar dormida. Esta vez no le ha dado la oportunidad de mentirle, está seguro de que no le habría dicho la verdad. Tiene el vestido de ella en la mano, un retazo de seda negra que le cabe apretado en un puño. Eva se remueve y le pasa el brazo por la cintura. La luz anaranjada ilumina su pelo negro y espeso, cortado por debajo de los hombros. Se inclina sobre ella e inhala el olor denso antes de moverse para buscar un cigarrillo. Eva entorna los ojos.

—Pensaba que dormías.

—No, yo no duermo —responde ella.

Él prende el Lucky y pasa la vieja manta marrón sobre los dos. Fuma en silencio mientras le acaricia la nuca.

—Vámonos un par de días —dice él.

—¿Adónde?

—Lejos.

—¿Solo un par de días?

—No, para siempre.

—¿Lo dices en serio?

—No.

Cuando se acaba el cigarrillo, ella está dormida.

47

Sebastián Salisachs me ha llamado a primera hora para cambiar la cita. En vez de esta tarde, hemos quedado a las doce y media en el bar del hotel Majestic. Menos mal que anoche no me pinché el interferón, hoy me encuentro bastante bien. He dejado a Oleg durmiendo en el taller y he cogido un taxi hasta casa de mis padres. Me he duchado, arreglado, he comido algo y con las joyas de Montsiol en una bolsa de Tiffany he cogido otro taxi hasta el centro.

Entro en el vestíbulo del hotel, que me parece demasiado clásico para Sebastián y Mario. Los mármoles, las columnas y los colores apagados de las tapicerías le dan un aire rancio, de lujo de posguerra, que no tienen los demás hoteles en los que me han citado. No tardo en localizar a Sebastián Salisachs. Es, sin lugar a duda, el hombre con más clase del bar. Ojea un dosier y parece que le paguen por estar allí, por subir el nivel del hotel, en el que solo hay parejas de cincuentones con ropa de deporte que ya han adelantado las vacaciones de Navidad, un par de familias musulmanas rodeadas de bolsas de marca y algún que otro ejecutivo despistado. Le enseño la bolsa de Tiffany y me acerco a su mesa. A medio camino, un viejo verde, con pinta de paleto que ha hecho fortuna, me repasa sin miramientos y levanta su copa de cava. Supongo que la presencia de Sebastián Salisachs compensa elementos como este.

—Aquí tienes —digo dejando la bolsa con las joyas de Montsiol sobre la mesa.

Pido un agua con gas para acompañar su tónica y le pregunto qué tal por Madrid.

—Bien, tenía que cerrar algunos temas porque el martes

por la noche nos vamos. Estaremos dos semanas en el sur de Francia, sabe Dios que las necesito...

«Claro —pienso—, tú te has manchado las manos muchísimo con esto.»

—Menos mal que las has encontrado, el cliente me estaba presionando mucho.

«No me digas...» Me mojo los labios con el Vichy y levanto la vista. Casi me atraganto con la bebida. Al lado del viejo verde acaba de sentarse el hombre flaco con la cara picada que se pasaba la vida fumando a dos portales de la joyería de Montsiol. Los dos tienen la vista fija en nuestra mesa y el viejo vuelve a levantar la copa en mi dirección. Al ver que no le presto atención a él, Salisachs se vuelve.

—No nos quita los ojos de encima —le digo, y bromeo—: ¿Crees que a ti o a mí?

—No creo que yo sea mucho su tipo...

—Nunca se sabe.

—Bueno, ¿y tú qué vas a hacer estas fiestas? —cambia de tema—. ¿Al final tienes planes?

Le digo que no, que las pasaré con mis padres planificando el próximo año, pensando en cómo reorganizar mi negocio, las ventas *online*, los planes de financiación. No le digo que estoy pensando en serio en aceptar la invitación de Rita para pasar la Nochevieja con ellos, Salisachs no sabe ni quién es y necesitaría demasiadas explicaciones. No le digo que estoy haciendo cálculos de cuánto tardaré en robar todo lo que necesito para encontrarme tal y como estaba el día 1 de noviembre. No le digo que se me está acabando el tiempo de descuento y que sigo sin saber qué hacer con mi vida. Me cuesta hilvanar las palabras porque los dos tipos siguen mirándonos cada cinco o diez segundos.

—¿Pasa algo? —pregunta Sebastián.

—No, es que siguen mirando, me distraen... —Él vuelve de nuevo la cara hacia allí—. No, no mires. Voy al baño, ¿te importa que cuando vuelva te cambie el sitio?

—En absoluto.

Pregunto al camarero por los servicios y de camino localizo dos rutas de salida. ¿Y si son policías? No tienen pinta, pero nunca se sabe. Después de la visita a domicilio de la subinspectora Magallanes, no me fío de nada. Si Cano tenía algo anotado sobre mí a mano, solo una frase que relacione a la señora Hernández con mi nombre real… ¿Por qué solo cogí el ordenador? Estaba allí, podría haber cogido también el libro de cuentas, lo que hubiera en los cajones… Pero tuve miedo.

Me encierro en el baño y me mojo la frente y las mejillas con cuidado de no estropear el maquillaje de los ojos. Me seco la cara con una toalla limpia y saco la polvera y el colorete del bolso. Retoco las partes lavadas. Base, contorno, color. Menos de treinta segundos. Mientras relleno las cejas con lápiz, la pantalla del móvil se ilumina con una notificación de Instagram. Es Blanca. Me había olvidado del mensaje que me envió ayer… Abro la aplicación y leo que me invita a pasar unos días en su casa de Cadaqués, después de San Esteban. «Irán todos —me dice—. Estel, Olivia, sus maridos, niños, Marc y un tal Robert…» ¿Será este con el que me querrá liar esta vez? Miro las fotos del tal Robert. Mucho más feo que Marc, abogado, aburrido. En el mensaje que me ha enviado ahora me dice que una amiga suya tiene un estudio para alquilar cerca de Sagrada Familia; si me apetece, puedo verlo en enero. Le respondo que me encantaría, lo añadiré a la lista de los que tengo pendientes para la primera semana del año. Pero no le digo nada sobre los días en Cadaqués.

Cuando vuelvo del baño, el viejo verde y el hombre flaco han desaparecido. La bolsa con las joyas ahora está en el suelo, al lado de Salisachs. Veo que ha roto el precinto, seguramente para comprobar que estaban todas.

—¿Volverás en enero a trabajar? —me pregunta con cierta burla.

—No lo creo, pero quiero despedirme de Cristina. Me cae bien. La llamaré cuando acaben las fiestas.

—Mi amigo Emilio me ha dicho que es una gran profesional, quería incorporarla a su equipo.

—Sí, me dijo que empezaba en enero.

—Al final parece que no puede ser.

—¿Por qué no?

—Montsiol se ha enterado y ha presionado para que no la cojan, dice que la necesita.

Se me escapa un bufido de consternación.

267

—Montsiol es un monstruo —le digo. Me mira incrédulo y está a punto de decirme algo—. No no, no me vengas con que todos los jefes tienen sus cosas. Es un monstruo y lo sabes.

Asiente, pero entiendo que no quiere seguir por ahí.

—Además, Cristina no se lo merece.

Salisachs apura su tónica y hace un amago de levantarse.

—Tienes razón. —Y señalando la bolsa, añade—: Muchas gracias por esto, Eva.

—No es que tuviera otra opción.

—Lo siento —dice y, ya de pie, me hace la pregunta que lleva reprimiendo desde que nos hemos sentado—: No encontraron nada en el taller de Cano, ¿verdad? Si no, ya te habrían dicho algo.

Pienso en su Porsche amarillo y en que Silvia Magallanes me dijo que habían visto el mismo coche en mi barrio. Por supuesto, él es el tipo rubio que preguntó a la gente de Moussa por mí. Pero ¿qué más me está ocultando?

Salisachs me sigue mirando a la espera de una respuesta. Prefiero guardarme lo del coche para otro momento.

—Creo que iba de farol. Pero de todos modos, no creo que tuviera una carpeta en la que pusiera «chantaje» rodeado de fosforito.

—No, no creo. Como mucho, parecerá un pervertido que se guarda las grabaciones de las chicas guapas.

—Como ese que estaba ahí sentado.

Se ríe y evita mirarme a los ojos. Me levanto, él me tiende la mano y nos las estrechamos. Me dice que ha pagado mientras yo estaba en el baño, coge la bolsa y se dirige a los ascensores.

—Te avisaré cuando estén vendidas —dice despidiéndose con la mano.

Salgo del hotel pensando en por qué ha subido a las habitaciones en vez de salir conmigo. Tal vez tenga algún cliente alojado en este hotel, el que va a comprarle las joyas. Passeig de Gràcia está abarrotado de gente haciendo compras de última hora y me desvío hacia Pau Claris. Sigue habiendo gente, pero está más tranquila. Me acerco a la calzada para pedir un taxi y la veo. La Kawasaki de Oleg aparcada en la esquina de Pau Claris con València. Me vuelve a la cabeza el posavasos. Suite 3.

268

El anillo que se ha llevado Salisachs, idéntico al que llevo guardado en el bolsillo interior del bolso. Un doble del anillo de Rita. ¿Dónde ha estado Oleg estos días?

Vuelvo sobre mis pasos, entro en el bar del Majestic y me siento en una mesa desde la que puedo controlar los ascensores. Pido un zumo con nombre exótico y espero hasta que veo salir del ascensor primero a Sebastián Salisachs y, diez minutos más tarde, a Oleg.

«Cariño, tenemos que hablar.»

48

*S*u tío le ha citado para hoy a la una, pero lleva media hora esperando en el salón de la suite sencilla que comparten Nikolái y Leonid. Fuma en el balcón, mirando la ciudad, las riadas de gente, el tendido eléctrico, grisáceo, de las luces ahora apagadas. Se ha cambiado de camisa y esta mañana ha intentado limpiar el traje del polvo del taller, pero no ha logrado eliminar del todo las manchas de las perneras del pantalón. Por eso no se ha quitado el abrigo. Mañana lo llevará a una de esas tintorerías exprés.

Piensa en Eva, que se ha ido esta mañana temprano, en las piezas que ha carbonizado y en cómo la vio salir corriendo del taller de Cano. Cuando ella entró, él todavía seguía allí, fumando a oscuras y pensando en qué hacer. Al principio no la reconoció. Su cara no era su cara y llevaba una peluca castaña y ropa de deporte. Pero usaba el mismo perfume y se movía exactamente igual que Eva. Recuerda la sangre fría con la que cogió el ordenador. Él estuvo dudando hasta que se abrió la cortina de cuentas y volvió a olerla. Era ella, pero no parecía ella. Le dejó llevarse el ordenador, del que han salido las piezas que anoche le pidió que destruyera. Él estaba a punto de hacer lo mismo cuando ella entró en el taller del joyero. Llevarse de allí cualquier cosa que relacionara a Eva con Cano. Sí, limpiar el desastre. Pero lo dejó todo patas arriba y salió corriendo poco después que Eva. Le puso nervioso que ella hubiera visto a Cano colgado. Así que volvió a su taller, se echó a dormir y no despertó hasta mucho más tarde, con el móvil vibrando como un loco porque los sicarios de su tío acababan de notar su ausencia.

Da la última calada y piensa en el joyero, en su carne blanda bajo los golpes de puño americano, en sus pintas de pobre hombre, en que no se merecía lo que le hizo. En que ha vuelto a perder el control. Y esta vez Javi no estaba allí para sujetarlo. Pero ya está hecho… No puede volver atrás.

Prácticamente no hicieron falta golpes para que el joyero le contara todo lo que sabía. Solo se hizo el duro al principio, por la maldita cara de niño que hace que a Oleg no lo tomen en serio hasta que lanza el primer directo. Como en los combates amistosos del gimnasio.

El joyero le contó que un prestamista lo estaba presionando para que le devolviera un montón de dinero antes de que vencieran los plazos. Que había aparecido un tratante de arte que se había ofrecido a solucionar sus problemas: necesitaba unas joyas en concreto, sabía dónde estaban, tenía que conseguírselas. Que el prestamista había enviado poco después a un matón del Este para amenazarlo: le exigía una cantidad alta ya mismo. Que creía que el prestamista y el tratante estaban compinchados, rollo poli bueno y poli malo. Que tenía que conseguir un estuche de joyas antiguas del que el tratante le había dado solo algunos datos. ¿Y la chica? La chica era quien iba a hacerlo. ¿A hacer qué? A robar las joyas. Era una ratera de poca monta y tenía unos vídeos con los que podía chantajearla.

Y ya está. Nada que pudiera satisfacerle.

Nada que pudiera ahogar la rabia ciega que le consumía.

Nikolái golpea el cristal del ventanal con los nudillos tatuados y le hace un gesto desde dentro para que se acerque. Oleg tira la colilla a la calle, cae metros y metros, como un cometa que se estrellará en la cabeza de algún guiri, y entra en la suite.

—Te espera —dice el sicario.

Oleg asiente y pasa por su lado para salir de la habitación.

—Ya sabes que nos quedaremos contigo, ¿verdad?

Vuelve a asentir, con la mano en el pomo de la puerta.

—Y que informaremos de todo lo que hagas.

—También que estaréis bajo mis órdenes —dice antes de salir.

Leonid hace guardia frente a la suite vecina, la de su tío. Le abre con su tarjeta y se hace a un lado.

La habitación de Mijaíl está pulcramente ordenada. Ningún objeto personal a la vista. Su tío está sentado en el sofá, leyendo un periódico en ruso. A su derecha, sobre la mesita, un servicio de té con dos tazas usadas. Una de ellas, manchada de pintalabios.

—Olezhka, ya estás aquí. —Su tío se levanta y se dirige hacia el ventanal que cierra el balcón, desde donde se ve el mar—. Yo me voy esta noche. Tengo que cerrar algunos temas en la costa y quiero estar en Rusia para Año Nuevo. Además, no quiero estropearle las fiestas a tu madre.

Oleg se ha quedado de pie a varios metros de él. Con las manos a la espalda y el abrigo largo abotonado se siente un matón inglés de peli de los setenta. Una especie de Michael Caine venido a menos, fingiendo obediencia. Sabe que no puede parecer impaciente, solo quiere encontrar el movimiento que le permita hacer que su tío se olvide de él para siempre.

—Ya sabes cómo funcionará todo a partir de ahora —continúa Mijaíl sin apartar la vista del cielo grisáceo de diciembre—. Tienes unos días para poner en orden tus asuntos, el taller, tu madre, tus chicas, y a principios de año te mudarás a Tossa. Haz con la casa lo que quieras, es tuya. Tendréis el invierno para organizaros porque a principios de temporada lo quiero todo funcionando. Verás que las cosas se pondrán un poco feas en la Costa Brava. Ya te dije que la persona al cargo está a punto de caer, la gente tendrá miedo y te costará más hacer contacto, pero tú eres nativo... Tú tendrás menos problemas. —Se vuelve y se aleja del ventanal. Oleg no se mueve—. Para los asuntos prácticos, habla con Kolya. Y no te fíes de Leonid, al menos para los delicados.

Mijaíl lo mira a los ojos y él asiente casi con desgana.

Su tío se acerca al escritorio y coge una cajita redonda. Es del azul celeste de Tiffany que ya se ha acostumbrado a ver en casa por Eva. Con una sonrisa de dientes amarillos, Mijaíl abre la caja a pocos centímetros de su cara. Dentro está el anillo de su madre, el que Rita le regaló a Eva cuando cumplieron un año juntos. El anillo que anoche él le devolvió y que esta mañana, al despedirse, ella llevaba en el dedo anular.

—No entiendo... —se le escapa, y saca el anillo de la cajita.

Pero no, no es el anillo de su madre, de Eva. Es una copia. Este no tiene ninguna rozadura. Está nuevo, limpio. Lo devuelve a la caja.

—Esto es para Rita. —Mijaíl parece incluso humano mientras cierra la caja y se la tiende—. Me enteré de que había perdido el otro. Tengo mis fuentes. Y me he encargado de encontrar uno idéntico. Ese anillo era muy importante para nuestra madre. —Le da la espalda y recupera el tono fanfarrón—. No te creas que me ha salido barato, el marchante catalán al que le encargué recuperarlo, un idiota maricón, se ha llevado un buen pico. Y también tuve que mandar a Kolya a meter miedo al joyerucho al que le encargó comprarlo para que entendiera que tenía que conseguirlo a cualquier precio. Porque si llega a ser por el marchante y sus maneras finas... Al parecer, estaba en una colección privada y les ha costado mucho venderlo.

A Oleg le cuesta reprimir una carcajada histérica. Acaba de entender que ha sido su propio tío quien ha estado jugando con Eva y con él. Que, en última instancia, ha sido él quien lo ha llevado a matar a Alfonso Cano. Quien, sin saberlo, lo ha empujado a su bautismo de sangre. Mijaíl lo mira con desconfianza y Oleg recupera la compostura y se envara dentro del abrigo de Michael Caine. Pero sigue pensando. No puede ser tan absurdo. No puede ser que esa sea la joya que buscaba el extorsionador de Cano. El tipo con acento del Este que lo amenazaba... Kolya, cómo no. Y el tratante que hacía de poli bueno, el marchante maricón de su tío, el rubio hortera del Porsche amarillo, Sebastián Salisachs. Lo que le contó el joyero empieza a encajar. Entre todos han obligado a Eva a robar algo que ha tenido todo el tiempo en sus propias manos.

Oleg le pregunta a su tío si necesita algo más. Mijaíl lo abraza y le da permiso para retirarse. Antes de que abra la puerta, su tío le dice, en apenas un susurro:

—Dile a Rita que me perdone.

49

$\mathcal{M}$ientras espera a que se encienda el ordenador, Silvia Magallanes llama de nuevo a casa de Montsiol. Vuelve a estar comunicando. Cuelga el auricular y rebusca en el bolso el papel que le dio Amador Salisachs. El viernes por la noche le dio dos nombres de esa lista a Raquel Pastor para que buscara información sobre ellas, pero se guardó de mencionar a Valverde. Prefirió hablar con ella directamente, aunque no sacó nada en claro.

Se despereza y la camisa blanca le tira en los costados. Sin duda, necesita otro café, o cinco más. Este fin de semana ha sido tranquilo, sin sobrinos, con la casa de Canet para ella y su imitador de Springsteen, Jose. Han podido pasear por la playa y comer como limas. Pero coger el tren de las seis esta mañana ha sido un palo.

El ordenador reacciona y Magallanes abre el gestor de correo. Relee el *e-mail* que le envió Salvador el viernes:

Asunto: Señora Hernández
De: Jesús María Salvador
Para: Silvia Magallanes
Viernes, 20 de diciembre, 14:12

Camarada, he descifrado alguna cosa del libro del joyero. Como sé que te encantan los correos de última hora, te envío aquí algunas conclusiones para mantenerte ocupada el fin de semana. Lo hablamos el lunes. Ni se te ocurra llamarme a no ser que maten a alguien.

1. En el libro hay 15 pagos a la señora Hernández, todos en los últimos tres años, cada tres o cuatro meses, y de entre 500 y 3.000 euros.

2. Hay que comprobar si pueden recuperarse el resto de las joyas y si también son robadas. Blanc está cotejando las descripciones de las piezas que le vendió Hernández con el material que había en el taller, pero no tiene muchas esperanzas. Seguramente todo está fundido.

3. El último pago del libro se corresponde al de las joyas en las que estaba trabajando antes de morir, las que te confirmó la aseguradora que habían robado. Lo extraño es que no hay marcada ninguna cifra. El pago está en blanco. En cambio, en todas las ventas anteriores de la señora Hernández sí que lo había. El último, del 22 de noviembre, 550 euros en oro de 18 quilates.

4. Y la guinda del pastel. En la sección de entradas de dinero, precisamente bajo el nombre de la señora Hernández, hay una muy alta con un interrogante al final: 150.000 euros?

Y blablablá… Ya sabe cómo continúa. Magallanes cierra el correo de Salvador y elimina un par de *spams* institucionales. Así que la tal Hernández iba vendiendo joyas hasta que un día Alfonso Cano no le pagó… Pero ¿y esa entrada de 150.000 euros? ¿Qué iba a comprar por una cantidad tan alta? No parecía más que una ratera de poca monta, que trapicheaba con joyas robadas, y esa gente no tiene 150.000 euros. Pero tampoco tiene un Porsche. ¿Cómo se relacionaba el deportivo amarillo con todo eso? El farol que le plantó el sábado a Eva Valverde no surtió ningún efecto. Cuando le dijo que habían visto el coche por su barrio, ni siquiera pestañeó. Quizás no tiene nada que ver, quizás la señora Hernández ni tan siquiera es una mujer y el joyero cambiaba de sexo a sus proveedores de productos dudosos. Siguen sin un hilo del que tirar, salvo el de Montsiol. Según el testamento, el sobrino de Cano no va a heredar nada, no tenía ningún sentido que lo matara. ¿Por qué no podían ponérselo más fácil y haber desvalijado la tienda?

Necesita ese café. Apenas ha dormido y la hora larga de tren no le ha sentado bien. Antes de pasar por la máquina, va en busca de Salvador. Tal vez él haya encontrado algo más, y quiere hablarle de Montsiol y de la conversación que tuvo el viernes con Amador Salisachs. Se asoma a su despacho, pero todavía no ha llegado. Se encuentra con Raquel Pastor, que la detiene al vuelo:

—Tengo algo para ti.

—¿De los nombres que te envié el viernes?

—No, bueno, también, pero de eso no hay nada importante, al menos en el primer vistazo... Es sobre Cano.

Raquel le cuenta que entre el correo del joyero ha encontrado una carta de un prestamista privado, fechada el 18 de noviembre. Le reclaman una deuda de 150.000 euros que debe liquidar antes del 31 de diciembre.

La cantidad exacta que la señora Hernández iba a pagar según el libro de cuentas.

—Y no es el único —continúa la caporal—. Pero sí el más *heavy*. También tiene un montón de préstamos personales. Estaba en la ruina.

—Con todo ese oro, no lo entiendo —piensa Magallanes en voz alta—. ¿Por qué no deshacerse de él y pagar las deudas?

—Quizás sí que se estaba deshaciendo de él. He recuperado sus correos electrónicos de la nube. Te digo si encuentro algo.

—Perfecto. Y cuando llegue —avisa la subinspectora—, habla con Salvador para ver de dónde sale ese prestamista.

Con el café en la mano, Magallanes llama una vez más a Montsiol. No le gusta nada cómo se están poniendo las cosas. Es el momento de hablar con Elena Montsiol. Si no le coge el teléfono, tendrá que presentarse en su casa.

—Yo voy a ver si encuentro a la tal señora Hernández —le dice a Pastor cuando pasa por su lado.

50

$\mathcal{M}$ás insomnio, claro, pero no es novedad. Esta noche no he mirado blogs de moda ni pisos en esta Barcelona cada día más cara, me he limitado a sudar los restos de interferón sin quitarme de la cabeza lo que vi ayer en el Majestic. Miro el reloj de la mesita de noche. Son las siete y doce, y hace rato que oigo ruidos al otro lado de las dos finas láminas de aglomerado hueco que son la puerta de mi habitación de adolescente. Todavía no he escrito a Oleg ni he respondido a sus mensajes de ayer. No sé cómo abordarlo.

Me levanto y subo la persiana. Me pongo una bata ligera. En el comedor encuentro a mi padre con el periódico y el desayuno de los días de fiesta. No me acordaba de que ya tenía vacaciones.

—Hola, Evita. Coge pan, todavía está caliente.

Lo ha tostado en el fogón de gas y ha abierto una lata de sardinas en escabeche. El olor del escabeche y el pan chamuscado me devuelve a los desayunos de domingo de mi infancia y a grabar en cintas canciones de la radio para luego oírlas en el coche. De fondo, suena muy bajita la radio, y mi padre está intentando resolver el problema de ajedrez del periódico. Como cuando era pequeña, me lo dejará a mí, y yo intentaré explicárselo sabiendo que no hay nada que hacer.

Paso por la cocina, me lavo la cara en el fregadero y vierto en una taza café y leche fría. Me siento a su lado y cojo un trozo de pan tostado y una sardina.

—Qué pena que no te puedas tomar un quinto, ¿eh? —me dice levantado el suyo.

—La felicidad sería completa.

Escuchamos durante un rato a Bing Crosby cantando *Whi-*

te Christmas. Mañana es Nochebuena y no sé por qué la música me hunde en un pozo.

—Evita, ¿te vienes esta mañana al ensayo? Puedes cantar si quieres, no te tirarán huevos.

—Claro que sí. —Me río y la risa me suena forzada—. Acuérdate de la última vez.

—Bueno, no estuvieron muy comunicativos…

—Puedo ir solo a oíros y mantener mi dignidad —digo entre crujido y crujido de pan chamuscado.

—Ah, mira lo que viene en el diario. —Busca en las páginas centrales, manchadas de aceite—. Han encontrado unas joyas de tu jefa en casa de un joyero muerto. Qué pequeño es el mundo, ¿verdad? —dice separando la página y tendiéndomela.

Trago el café lo más serenamente que puedo y empiezo a leer. La noticia es apenas una columna en la sección de Sucesos, no hay foto, pero sí un titular sugerente: «El caso de las joyas robadas». Madre mía, ¿quién ha redactado esto? Han encontrado varias piezas aseguradas por la famosa editora Elena Montsiol en el taller de un joyero asesinado en L'Hospitalet de Llobregat que estaba trabajando en las piezas, entre ellas un anillo de oro macizo con una piedra granate, justo antes de morir. «Asesinado.» Se me atraviesa el bocado de pan en la garganta, empiezo a toser y me caen lagrimones por la cara.

—¿Estás bien?

Intento decir que sí y me levanto a por un vaso de agua.

Asesinado.

Cuando vuelvo, mi madre asoma la cabeza por el baño. Ha estado escuchando la conversación y dice que tenga cuidado, quizás esa señora ya no tiene tanto dinero y está empeñando las joyas. A veces pasa con la gente mayor, no calculan que vayan a vivir treinta años después de jubilarse y… No la escucho. Las malditas joyas seguían allí. Cómo he podido ser tan tonta. Son una línea directa entre Cano, Montsiol y yo.

Dejo el desayuno a medias y vuelvo a la habitación. Llamo a Cristina, pero tiene el móvil apagado. Pruebo a llamar a Sebastián, pero no lo coge. El reloj de la mesita marca las ocho. La galería de Salisachs no abrirá como mínimo hasta las diez. Busco la dirección en el móvil y compruebo que abren a las nueve. Voy para allá. Si caigo yo, el pijo de Salisachs caerá conmigo.

Me arreglo, llamo a un taxi y les digo a mis padres que un posible inversor acaba de escribirme. Aprovecho que mi padre está fregando los cacharros para recortar la noticia del periódico, la guardo en el Antigona y salgo de casa. Joaquín Bosco ya me espera, montando atasco delante del portal.

—Buenos días, señorita de las botas bonitas —dice, pero hoy no le río la gracia.

Le doy la dirección de la galería y cierro de un portazo. En la calle Berlín encontramos una retención. Vuelvo a llamar a Salisachs y me salta el buzón de voz. Le dejo un mensaje para que me llame en cuanto lo escuche. Pruebo otra vez con Cristina. Ella es la primera a la que habrá acudido la policía, como secretaria personal de Elena Montsiol. Cambio de idea y le digo a Joaquín Bosco:

—Lo he pensado mejor, vamos al paseo de Sant Gervasi, delante los jardines de la Tamarita.

—A sus órdenes, señorita.

«Sí —me digo—, primero quiero hablar con Cristina, saber qué le han preguntado.» Y ella estará ya en el despacho de Montsiol. Dudo que haya podido quitarse a la vieja de encima durante el fin de semana, y menos después de la putada que le ha hecho ese tal Emilio. El monstruo debe de estar disfrutando de su obra. 279

Subimos por Entença hasta Doctor Fleming y luego giramos a la derecha para coger Ganduxer. El sol me da en la cara y me pongo las gafas de Fendi. En diez minutos estamos en la Bonanova y el tráfico se ralentiza. El taxi se detiene antes de los jardines de la Tamarita porque tres coches de policía y una ambulancia han cortado dos carriles.

—Vamos, señores, vamos —se queja Bosco uniéndose al concierto de cláxones.

Diviso la melena rojiza de Silvia Magallanes frente al portal de Montsiol. A su lado, un hombre más o menos de su edad, atractivo si te gustan los osos, habla por el móvil. Magallanes, que viste un traje pantalón horrendo, da instrucciones a los de la ambulancia.

—Ha pasado algo —le digo al taxista—. Yo trabajo en ese portal, donde están los policías.

Avanzamos a paso de tortuga y Bosco me estudia por el retrovisor. Yo no dejo de mirar por la ventanilla.

—¿Quieres que pregunte por ahí a ver qué pasa? —Ha pasado al tuteo, y noto que tiene más ganas de saberlo que yo.

Acepto, él aparca detrás de uno de los coches de policía y pone las luces de emergencia. Baja dejando las llaves puestas y tengo la tentación de llevarme el taxi. Aparto la mirada del salpicadero, en el que hay envoltorios de plástico, clínex, paquetes de chicles y una virgencita de cerámica, y me fijo en Joaquín Bosco. Con sus aires de gitano que fue guapo y su camisa borgoña, seguramente imitación, buena por cierto, de Armani, avanza hasta los curiosos que se amontonan delante del portal.

La subinspectora Magallanes se fija en él y desvía la vista hacia el taxi. Me encojo en el asiento procurando que no me vea. Me ajusto las gafas de sol, levanto las solapas del abrigo y vuelvo a asomarme. Me siento estúpida, como si estuviera viviendo una comedia italiana y Mastroianni fuera a entrar en el taxi y proponerme que lo compartamos. Controlo el único carril por el que avanzan los coches. No veo a Marcello, solo el lateral de una furgoneta blanca que invade el sentido contrario para adelantar. Vuelvo a fijarme en el taxista, que se ha puesto a charlar con el portero en un corro de gente que tiene pinta de ser el servicio de los pisos del edificio de la vieja bruja.

Cuando Joaquín Bosco vuelve a ponerse al volante, me dice que han encontrado muerta a una señora mayor.

—¿Cómo que muerta? ¿Asesinada?

—No se sabe, chiquilla, que esto no es una película… Pero una cosa te diré, cuando hay tanto coche de policía es que se la han cargado. ¿Tú crees que por una señora que se ha muerto tranquilita mientras dormía montan este pitote la víspera de Nochebuena? No, nada de eso, aquí hay sangre, y vísceras, y herencias… Sí, seguro que herencias y una pelirroja a la que dibujaron así.

—¿Te han dicho de qué piso? —le corto.

—Sí, del segundo, parece que era una señora importante, con pedigrí, además de parné. Famosa, vamos.

—¿Y cómo se llamaba? —pregunto, aunque ya sé la respuesta.

—Muntol o algo así, a mí no me suena de nada.

—Es mi jefa —suelto, no sé por qué.

—Me cago *en dena*, niña, pues me da que tienes el día libre.

—Pues sí —contesto—. Anda, vámonos de aquí.

Da el intermitente y, sacando una mano por la ventanilla, se cuela obligando a dar un frenazo al coche que venía por la izquierda.

—¿Adónde vamos? —pregunta ignorando los pitidos e improperios del tipo del Saab.

—De momento, a Provença con Enric Granados. Tengo que pensar.

Miro hacia atrás y antes de girar por Balmes veo la cabeza de Silvia Magallanes vuelta hacia mí. Cuando la pierdo de vista, los nervios dan paso a la ansiedad.

Dos muertos.

Porque Cano no se suicidó, claro.

Dos muertos relacionados conmigo, por las joyas robadas en casa de Montsiol, por la codicia del joyero que puede que lo haya llevado a la tumba.

¿Y si el taxista tiene razón y a Montsiol también la han matado?

¿Y si ha sido Sebastián Salisachs? ¿O el tipo de la cara marcada que estaba delante de la joyería y ayer en el Majestic? Que podría ser también el rubio que ha preguntado por mí en el barrio. ¿Y si yo soy la siguiente?

Paramos en un semáforo. Me encojo otra vez en el asiento y controlo los coches que tenemos alrededor. Saco el móvil y llamo de nuevo a Cristina y a Salisachs, pero ninguno de los dos contesta. Pruebo con Oleg. Es el momento de aclarar las cosas. Él tampoco me lo coge, pero me responde al wasap:

🕓 Donde estas?
🕓 En casa

—Llévame a la plaza de la Concòrdia, en Les Corts —le digo a Bosco.

—Me encantan estos viajes a la antigua, con mujer fatal incluida —dice él riéndose por el retrovisor.

51

*P*ido a Bosco que me deje en la bocacalle de Solà y camino los cincuenta metros que me separan del Samovar. Son poco más de las nueve de la mañana y todavía está cerrado, así que llamo al timbre del piso de Oleg. Subo las escaleras procurando no taconear. Ha dejado la puerta abierta. Avanzo a oscuras por el pasillo hasta la única habitación caldeada de la casa.

—¿Qué sabes?

Oleg está tumbado en la cama, vestido y terminando de liar un porro. No responde. Cuando acaba, lo deja sobre el montoncito que se acumula en la mesita de noche y coge otro papel de liar y un pellizco de maría cortada con tabaco de una bolsita de plástico que hay sobre la sábana bajera gris. En la habitación hace calor y huele a marihuana, a sueño y a algo que siempre me ha recordado al cuero viejo. Cierro la puerta y dejo el abrigo sobre la silla del tocador. Miro alrededor y todo es mío. Mi ropa, mis zapatos, bolsos, prendas en perchas, maquillaje, cajas vacías. La mierda que acumulamos. ¿Quién soy yo para juzgar la mierda de Montsiol?

—Hoy eres tú quien no da los buenos días —dice él.

Por un momento pienso en dejarlo pasar y meterme con él en la cama.

—Ayer te vi salir del Majestic.

Sigue a lo suyo, sin mirarme. Termina de liar uno más y lo deja sobre el montón. Después cierra la bolsita y la guarda en el cajón de la mesita de noche. Se huele la punta de los dedos y tuerce el gesto.

—Te dije que es donde se aloja mi tío.

Me exaspera.

—Saliste justo después que Sebastián Salisachs. ¿Te suena el nombre?

Me mira por primera vez desde que he entrado y no me gusta lo que veo en sus ojos de ave rapaz.

—Sí.

Coge los porros y los mete uno por uno en una pitillera grande de plata antigua. Sé que luego se los bajará a su madre, que se fuma un par todas las noches antes de acostarse. Me muerdo la lengua mientras se enciende un Lucky con parsimonia. Mido mis palabras, suavizo el tono:

—¿De qué lo conoces?

—No lo conozco. Me has preguntado si me suena su nombre, y me suena. Es el marido de uno de tus amigos, ¿no? Te escucho cuando hablas.

—Y ayer fue casualidad que coincidierais en el hotel.

—Supongo.

Sabe que sé que miente. Me dedica esa mueca de niño bueno y peligroso que les gusta a las señoras, pero que a mí me pone enferma. Parezco una idiota plantada aquí de pie, así que me siento en la silla del tocador. Sobre él hay una caja de Cartier abierta, dentro se ve una fina gargantilla de oro con dos anillos que se unen en el centro, como dos esposas. Acaricio los eslabones de la cadena.

—¿La has comprado?

—¿Qué querías, que la robara? —dice sin alzar la voz, pero es peor que si me gritara.

No le veo la cara por el humo del cigarrillo. Se ha sentado en la cama, con los pies en el suelo.

—¿Qué quieres saber?

Dejo de juguetear con la gargantilla.

—Qué hacías allí.

—Recoger eso. —Señala la caja redonda de Tiffany que hay al lado de la de Cartier—. Ábrela.

Lo hago, aunque ya sé lo que voy a encontrar.

—Es para mi madre —continúa él, y dispara—: ¿Y tú qué hacías en el Majestic?

—Negocios. —Mi respuesta es automática, no estoy pendiente de lo que me ha preguntado.

Me miro la mano izquierda. El anillo de Rita en el dedo

anular, el óvalo de ónice plano, con la cruz y el laurel grabados, el engarce de oro, trabajado en filigrana. Y frente a mí, sobre la base de poliexpán forrada de raso de la cajita, el anillo que robé, dentro del estuche ovalado, en casa de Montsiol. Son gemelos. Por primera vez los veo uno junto al otro. El que yo llevo está mucho más desgastado, el oro está más opaco y tiene pequeñas incisiones y golpes. El otro parece nuevo, como si apenas se hubiera usado.

—¿Qué negocios? —insiste Oleg.

Pero ahora soy yo quien no responde. Me quito el anillo de Rita y lo cambio por el de la cajita. Son de la misma medida. Vuelvo a hacer el cambio. Entre el raso y el cartón de la caja hay una tarjeta de visita. La saco y leo:

—Sebastián Salisachs, y un móvil escrito a mano... ¿De qué decías que lo conocías?

—Responde a la pregunta. ¿Qué negocios? —La voz suena violenta.

No lo he visto venir, pero lo tengo encima, de pie a medio metro de mí. Controlo la sorpresa y el miedo antes de que afloren. Enderezo la espalda, ladeo la cabeza y cruzo las piernas. Al hacerlo le rozo el bajo del vaquero con la punta de la bota. Solo entonces lo miro a la cara y sostengo su mirada, sin burla, sin curiosidad, hasta que noto que sus facciones pierden dureza.

—Qué es esto, Oleg —le digo con los anillos en la mano—. ¿De dónde lo has sacado?

—Parece que tú lo sabes mejor que yo. —Se da la vuelta y vuelve a la cama.

Se sienta, coge el Lucky que ha apagado a medio consumir y lo enciende con un bic negro. Sabe lo que hago, claro que lo sabe.

—¿Has sido tú? —me corrijo. «No puede ser, no puede ser él»—. Pero ¿por qué lo tienes tú? ¿Me has estado espiando?

—Claro que te he vigilado, Eva. ¿Qué haces con ese tratante de arte? ¿Y con el joyero de L'Hospitalet? ¿Qué eres, una ratera? ¿Qué haces tú robando carteras en el metro de Barcelona?

Ahí ha venido el golpe. Preferiría que me hubiera pegado. Saco un Karelia del bolso y lo prendo. Ninguno de los dos dice nada durante un buen rato. Lo oigo respirar. Fumar. Exhalar, inhalar. Huelo la ansiedad. Fuera levantan una persiana metálica, deben de haber abierto el restaurante. El ruido me recuerda a algo que oí en el taller de Cano. ¿Cómo ha llegado Oleg hasta el joyero? ¿A través de Salisachs? Miro por la ventana. Desde mi perspectiva, el cielo es un triángulo azul pálido de sol y frío.

—Durante todo este tiempo lo sabías.

—Claro que no.

—¿Desde cuándo?

—Hace unas semanas.

—¿Cómo?

—Me lo dijo el joyero, él me habló de Salisachs. Y antes que él, el rumano.

—El de la mandíbula rota —digo—. El puño americano, ¿no? Muy elegante.

—¿Cómo sabes tú eso?

—Me lo dijo la policía. Hablaron conmigo.

Volvemos a callarnos. Doy un repaso a la habitación. Me llevará un buen rato recoger todo esto. Dejo la tarjeta de Salisachs y el anillo de Montsiol en la cajita de Tiffany y la cierro. Me acerco a la ventana. En la plaza ya hay niños jugando a la pelota. Estoy a punto de preguntarle si la gargantilla de Cartier era para mí, pero es una pregunta idiota.

—¿Saben algo más? —pregunta.

—¿La poli? Yo qué sé... No salió tu nombre en ningún momento. No sé si el rumano diría algo, pero si quieres mi opinión, si lo hubiera hecho, ya habrían hablado contigo.

No hay ningún cenicero a la vista y dejo caer la ceniza en la palma de la mano. Él se levanta de un salto y me acerca uno repleto. Patea algo metálico y pesado que impacta contra la carcasa de un ordenador. El mismo sonido que en el taller del joyero. El olor, el humo del Lucky. Busco lo que ha pateado y encuentro el famoso puño americano. Me ve mirarlo.

—Cógelo, llévaselo a la poli. En hablar con ellos ya tienes experiencia.

—Que te jodan.

—Tú has robado ese anillo —dice como si fuera una disculpa.

—Sí, claro.

—Joder.

Se deja caer de espaldas sobre la cama. Veo el hilo de humo que surge de sus labios hasta formar una nube. Se le ha subido la camiseta y la piel blanquísima del vientre está expuesta. No sé por qué imagino las vísceras, sangre y fluidos que habrá debajo, el olor de las tripas, pero sobre todo el color, el contraste del rojo oscuro con el blanco que invita a un mordisco suave.

No sé si quiero saber más.

—¿Por qué? —pregunta él.

—¿Por qué qué?

Aunque, por supuesto, sé a qué se refiere.

—Por qué lo hago, ¿no?

—Sí.

Me encojo de hombros.

—¿Por qué lo haces tú?

—¿El qué?

Me levanto y cojo el abrigo. Oleg se incorpora con esa mirada helada, peligrosa, la que tenía cuando he abierto la puerta, cuando se ha plantado a medio metro de mí. Pero no quiero jugar más, fingir que tengo el poder.

Los nudillos destrozados.

La mandíbula del rumano.

La cara amoratada.

Los días fuera.

Su tío.

Los tatuajes, claro, todos estos años delante de mis narices. Los tatuajes que no puede ver su padre. Cano ahorcado. Ahora Montsiol.

—¿Qué? ¿Me vas a matar a mí también?

Contengo la respiración. Sus ojos están en mi mano, en el picaporte. Muy abiertos.

—Yo seré una ratera. Pero tú eres un matón de mierda y vas a acabar con una bala en la cabeza.

Salgo con un portazo.

No me sigue.

Bajo las escaleras a la carrera y el aire húmedo me llena los pulmones mientras camino calle abajo en busca de un taxi.

52

*E*va se ha ido dando un portazo.

Oleg recoge la cajita del anillo y la de Cartier cae al suelo. La gargantilla se queda junto a su pie derecho. De una patada la manda bajo la cama, de donde no debería haber salido.

Eva tiene razón, claro.

Es lo que es.

Guarda la caja de Tiffany en el bolsillo de la Dainese de invierno y se la pone. Para buscar un casco tiene que apartar un jersey de ella. Allá donde mire, ve sus trastos, su porquería. Coge una bolsa de basura negra, industrial, y empieza a meter en ella los bolsos, los zapatos, los potingues. Pronto necesita una segunda. Y una tercera. Las deja en el pasillo y, cuando va a bajarlas, se arrepiente y las mete en una de las habitaciones vacías. Serán su fantasma particular.

No quería que acabara así. Coge el móvil y va a marcar su número, pero se arrepiente y envía un mensaje al grupo de Ricky y Javi:

> Reunion en el taller el jueves a las 10
> Oh reunion, divertido!! Ahora somos una empresa o algo? Tenemos accionistas?
> Callate tio. Ok, jefe
> Tengo q contaros algo

Agarra el casco, la bolsa del gimnasio y sale del piso. Baja al restaurante para darle el anillo a su madre y para decirle lo que le tiene que decir. Después, si sobrevive, irá a calentar a saco hasta que le sangren las manos. Es día de broncas.

287

53

«Yo no he hecho nada.» Llevo repitiéndomelo tres horas, desde que, pasadas las dos, me metí en la cama.

«Yo no he hecho nada.» Pero no es cierto. Robé las joyas de casa de Montsiol. Cano me chantajeó con vídeos en los que salgo vendiendo más joyas robadas. Y ni siquiera eso es ya lo más importante. Que me metan en la cárcel. Me da igual.

Yo no he matado a nadie.

Y eso sí que es cierto.

Lo ha hecho Oleg.

O puede que no, quizá el golpe de gracia lo ha dado otra persona. Qué más da.

Los números del reloj digital de la mesita marcan las cinco y trece. Esta noche cenaré con mis padres, una Nochebuena sencilla, triste, la mesa puesta para tres, la tele encendida, de fondo, con el sonido al mínimo pero que haga ruido, para no oírnos masticar, respirar, pensar. Cenaremos igual que anoche, pero con algún capricho extra: almendras fritas, canapés que han encargado en la panadería, turrón y nueces. Una copa de cava, un año más sin alcohol para mí, que se desbravará en la nevera y que mi madre tirará por el desagüe pasadas las fiestas.

Y mañana, festivo. Día de levantarse tarde y quedarse delante de la tele, donde no echan nada. De no molestar en la cocina, de poner manteles de papel con dibujos rojos y verdes, de intercambiar regalos comprados a última hora, o hace un mes por Internet, que es más barato. Perfumes, calcetines, libros, pijamas, monederos de piel, un móvil nuevo pactado hace tres meses, dinero en sobres con tu nombre. Eso que tanto necesitabas y nunca te compras porque eres un desastre. Los regalos de los adultos siempre me han parecido sosos, vacíos. Sobre todo, los que se hacen a los hombres. A mi padre siempre le he regalado vinilos, de Dizzy Gillespie, de Miles Davis, de Louis Amstrong, durante un tiempo CD de grupos pequeños que encontraba por Internet. A mis ex, marroquinería, gafas de sol, noches de escapada. A Oleg nunca he sabido qué regalarle, así que no le he regalado nada.

Hace dos días dormía a su lado y ahora creo que es un asesino. Un asesino. Qué palabra tan ajena. Supongo que así se sienten las mujeres cuando alguien les dice, por primera vez, que son «víctimas de la violencia de género».

«Asesino.» Es una palabra que se encuentra en las películas, en las novelas. Ni siquiera sale en las noticias. A las mujeres las «hallan muertas», no las asesinan. No parece algo que te vaya a pasar a ti, eso solo les pasa a las demás.

«Me vas a matar a mí también.»

Matar.

Se lo he escupido a la cara. Y lo peor es que me da igual que lo haya hecho. Solo me preocupa que esto me salpique.

Oigo ruidos en el pasillo y me tenso. Aparece una franja de luz bajo la puerta de mi habitación y alguien cierra la del baño. Seguramente es mi padre. Me quedo quieta hasta que tira de la cadena y se apaga la luz.

Esta noche he pensado incluso en marcharme, en hacer la maleta, guardar las cuatro cosas que tengo aquí y coger un avión, un tren, un crucero. Pero no sabría adónde ir. ¿Huir de qué? No he matado a nadie. Además, si me fuera, parecería culpable. Que tengo algo que ocultar. Y, en realidad, no sé nada. Ni siquiera he podido contactar con Cristina, ni con Salisachs; en la galería me han dicho que estaba de viaje hasta después de Reyes.

La pantalla del móvil ilumina la habitación de un azul de nave espacial. Es el grupo de WhatsApp de las amigas de la universidad, poniéndose de acuerdo para pasar los días entre San Esteban y Nochevieja en Cadaqués. Siguen contando conmigo a pesar de que todavía no he respondido a la invitación de Blanca. Me incorporo y cojo el iPhone. Estel dice que está a punto de coger un AVE a Madrid para pasar el día y volver justo para la cena. Envía tres fotos: una de su *outfit* de ejecutiva, otra desde la ventana de su piso en la Diagonal y otra desde el taxi. Como todos los años, las luces de Aragó son un manto de estrellas distorsionadas por la velocidad bajo el que te sientes fuera de ti mismo, más cerca de lo que querrías ser.

Al lado del móvil está el anillo de Rita. Llevo todo el día pensando en por qué Oleg tenía solo el gemelo de mi anillo, y no el resto de las joyas. En cómo ese anillo ha llegado a sus manos, en cómo llegó hasta Cano, de qué conoce a Sebastián... En que me estaba vigilando. En si el tipo de la cara picada es un enviado suyo.

Ya no tengo máscaras para él. Soy una carterista, ¿cómo me ha llamado?, una ratera. Me arde la cara y me encojo debajo de las mantas. Es la última persona que querría que lo supiera. Y ahora, con Cano muerto, es la única persona que lo sabe, además de Salisachs y Moussa. Tal vez la abuela Isa lo intuía, pero nunca dijo nada.

La imagen de Cano colgando del techo me lleva de nuevo a Montsiol. He mirado las noticias en Internet y efectivamente el monstruo ha muerto. Ayer por la tarde empezaron a salir efemérides por todas partes. Gente besándole el culo a la diva muerta. Llantos, vestiduras rasgadas, grandes pérdidas para la humanidad... Pero en ningún sitio hablan de asesinato. Quizás ha sido una muerte natural y todo son paranoias mías.

La habitación se vuelve a llenar de azul y el móvil vibra. Es una llamada de Sebastián Salisachs.

—Llevo todo el día buscándote —le suelto sin saludar.

—¿Ayer?

—Cuando sea. ¿Has visto lo de...?

—Tenemos que vernos hoy —me interrumpe.

Me cita a las doce en el café de una librería que hay cerca de su casa, en la calle Buenos Aires, y se despide con prisas.

Son las seis y dos minutos. Todavía es de noche, no amanecerá hasta dentro de dos horas. Pero creo que es una hora prudencial para levantarme. Salgo casi de puntillas, me ducho, me visto, me arreglo y la casa sigue en silencio. Fuera hace frío y los cristales están empañados. Abro un poco la persiana, procurando no hacer ruido. Pasa un chatarrero arrastrando un carro y se para en los contenedores de basura. «Estás de suerte, amigo, el camión todavía no ha pasado.»

Si salgo de esta, me prometo que alquilaré uno de los estudios que voy a ver a principios de año. No bajan de ochocientos euros por treinta metros cuadrados. El precio es surrealista, pero necesito independencia hasta que acaben de arreglar mi piso. Entonces ya decidiré qué hacer. Quién pudiera dedicarse a la especulación inmobiliaria.

Me tumbo vestida en la cama, con las botas sobre la colcha y la vista fija en el techo. De momento, podría volver a poner en marcha las tiendas *online*, aunque no tenga sentido pensar en abrir la *boutique* a corto plazo. Ni a medio. Ni tal vez nunca. Necesitaría mucho más capital que hace dos meses. Robar mucho, muchísimo, con cuidado, durante mucho tiempo. Y con un objetivo diferente. Porque no volveré a revender joyas en mi vida. Las fundiré yo misma. Y ya que estamos, tampoco portátiles o material electrónico. No. Necesito un negocio sin intermediarios. Pero ¿es eso lo que voy a hacer el resto de mis días? ¿Voy a estar con cincuenta años robando carteras y entrando en pisos de turistas para hacerme con un Givenchy?

Tal vez sea más estratégico empezar de cero. Tomarme unos meses. Mantener un perfil bajo. Leer. Pensar. Trazar otro plan. Porque el antiguo ya no tiene sentido. Hace unos días le dije a Cristina que tal vez me había equivocado de camino. Nunca me había atrevido a decirlo en voz alta. Llevo la mitad de mi vida aferrándome a una idea que ni siquiera estoy segura de haber escogido. Actuando por reacción. En contra de algo. Por venganza hacia una mujer que tiene el pelo pegado a la cabeza y a la que ahora le ha dado por bailar *swing*. Mi madre. La mujer que me jodió la infancia, de acuerdo. Pero ¿a quién no le han jodido la infancia? Está hecha para eso. Los niños son pequeños esclavos, débiles, manipulables, a los que se les grita, se les trata como a imbéciles, se les impone, se les pega, se les ordena. Y ya está. A mí, como a todos los demás.

Vale, quizás mi madre fue más dura que las de mis amigas. Quizás sobraron las visitas a la tutora cada trimestre, incluso en bachillerato. Quizás sobraron las tardes encerrada, practicando para jugar en los campeonatos. Quizás no fue justo que tuviera que aprobar cada pieza de ropa que me compraba hasta que me fui de casa. Quizás se pasó con el control de mis cuentas y con mantenerme a seis euros la paga con dieciséis años, limitando cada uno de mis movimientos y haciendo que siempre debiera dinero a mis amigas. Quizás no fue justo el control del historial de Internet, de los SMS, las llamadas a mis amigas para comprobar que nuestras historias coincidían. Quizás la odio. «Pero vamos, Eva, supera esta mierda y tira para delante. No puedes culpar a tu madre de tus errores para siempre. Déjalo ya. Te fuiste, lo aceptó, has vuelto y finge que todo eso no ha sucedido, que nunca te dijo las cosas que te dijo. Vuelve al tema.»

¿Por qué estoy haciendo todo esto?

¿Qué quiero? La pregunta del millón.

No lo sé, claro que no. ¿Alguien lo sabe?

Oleg quería casarse conmigo y tener dos niños. Dos, ni tres ni uno. Es una de esas personas que lo tienen todo muy claro. O eso creía yo, porque ya no sé quién es.

Las siete y trece. Alguien se mete en el baño. Me levanto de la cama de un salto, cojo el bolso, me pongo el abrigo y salgo de casa antes de encontrarme con nadie. No quiero dar más explicaciones.

Bajo por las escaleras sin hacer ruido. He quedado con Moussa dentro de un par de horas y, antes de verlo, creo que voy a hacer una locura, una estupidez. Voy a cerrarlo todo. Las tiendas *online*, las cuentas en las redes sociales. Voy a esfumarme. Empezar de cero. Pensar. Quizás así no me alcance el ruido que hay fuera.

De camino a la Vespa, suena el móvil. Llaman de comisaría. Tengo una cita con Silvia Magallanes hoy a las tres.

Bonito regalo de Navidad.

54

Cerrarlo todo me lleva el tiempo de tomarme dos *chai lattes* en el Starbucks de Maremàgnum. No he sido capaz de eliminar las tiendas, solo las he desactivado. He enviado un correo a mis suscriptores diciendo que necesito un descanso, un cambio de vida. Para paliar la sensación de fracaso, he adjuntado una foto del sol deslavado que asoma abriéndose camino entre los barcos del puerto. Cuando he salido del grupo de WhatsApp de mis antiguas amigas, Blanca me ha abierto en privado. Le he dicho que no puedo ir a Cadaqués, que necesito pensar, no hablar con nadie ni recibir mensajes, que voy a desconectarme unos días. Me ha llamado y he silenciado la llamada. ¿Qué parte de «no hablar con nadie» no ha entendido? Después he cerrado todas las redes sociales. ¿Seguro que quieres desactivar tu cuenta? ¡Te echaremos de menos! ¿Esto es un adiós? ¿Por qué quieres inhabilitar tu cuenta? Putos bots.

Pero ya está. No existo. Casi siento cómo me voy desvaneciendo mientras subo a pie hasta la calle Ample. Es demasiado temprano para los turistas y en el puente de madera solo me cruzo con algunos corredores. Los palos de los veleros suenan al chocar entre ellos. El cielo está cubierto de nubes blanquecinas y llovisquea, algo que no suele pasar en Barcelona. Aquí, o brilla el sol o caen trombones de agua, no conocemos el punto medio. Excepto en días raros como hoy.

Todavía no son las diez, así que tengo tiempo para pasar por el piso y ver cómo progresan las obras. Entro en el portal húmedo y subo los tres pisos de escaleras de gres resbaladizo. En el primero hay un felpudo nuevo, así que deduzco que los hijos de la señora Flores han logrado alquilarlo al precio que pedían. O se han montado un piso de alquiler turístico, como el resto de la calle.

Encajo la llave en la nueva puerta blindada, tan fea, tan diferente a la madera maciza de antes. Además, tendré que cambiar la cerradura cuando se vayan los operarios. Hoy, cómo no, no trabajan. No volverán hasta pasado Año Nuevo. El piso está limpio de escombros, no hay un tabique en pie y el suelo está levantado, pero han sacado los escombros. Es un esqueleto, una carcasa vacía, un recién nacido. El tacón de mis Stuart Weitzman se tambalea sobre el cemento crudo y tengo miedo de caerme y arañarlas.

Me acerco a la ventana que tengo enfrente, nueva, de aluminio y con doble acristalamiento. Está entreabierta y el cemento que hay al pie de ella es más oscuro que el resto. La cierro y oigo cómo la goma crea el vacío para aislarme del exterior. Al menos, ahora no hará tanto frío. Pero el silencio será insoportable, como en casa de mis padres. Voy a lo que era mi habitación y, en una esquina de lo que será el vestidor, encuentro latas vacías y bolsas de plástico con envoltorios de comida. Me pongo en cuclillas y encuentro un botín de colillas, bolsas de patatas, papel de aluminio, envoltorios de chocolatinas, un condón usado. Contra la pared, las tablas de roble macizo que he elegido para revestir el suelo. El seguro no cubre estos lujos, que me van a costar un buen pellizco de lo que me queda en el banco. Y a mí no se me ocurre otra cosa que cerrar las tiendas *online*, mi única vía legal de entrada de dinero. Ahora qué más da. No voy a pisar cada día de mi vida un suelo laminado de 8,95 euros el metro cuadrado de Leroy Merlin.

Me doy una última vuelta por el piso. No estaba sola aquí desde antes del incendio. Siempre con mi padre, con el arquitecto, los obreros, el técnico del seguro. En el pequeño balcón de la sala de estar todavía queda una de las macetas de loza de mi abuela, pintada de blanco y azul. La tierra está húmeda y dos hojas verde oscuro de un ciclamen desafían las raíces de los geranios muertos. Toco una con las puntas de los dedos. Está húmeda y tierna, contengo las ganas de romperla y oler la savia. Nunca plantamos ciclámenes en el balcón. No sé de dónde ha salido este intruso.

Bajo al bar de la esquina en la que he quedado con Moussa. La llovizna ha escampado y se han abierto claros que dejan un cielo casi azul. Moussa ya me está esperando apoyado en el muro de piedra de la iglesia de la Mercè, de cara a los débiles rayos de sol.

—No te importa que nos quedemos en la terraza, ¿verdad? —le digo cuando llego.

Él dice que no y nos sentamos en las sillas metálicas que una panadería ha sacado a la plaza. Pedimos dos cortados y Moussa me cuenta cómo le ha ido por Francia: cree que a principios de año se trasladará a Toulouse con un primo suyo.

—Aquí todo está más difícil, ¿sabes? Más turismo, más policía, más mafia, más dinero, pero poco para nosotros.

«Y que lo digas, poco para nosotros, como siempre. Nada para nosotros. Pero ¿quiénes somos *nosotros*?» Voy asintiendo mientras él sigue hablando en ese español bañado de inglés y con base de una lengua africana que me es totalmente desconocida. «¿Tan poca distancia hay entre tú y yo?» Miro sus dientes blanquísimos, sus Nike brillantes, sus rastas que siempre he querido tocar. Claro, somos lo mismo. ¿Quién me he creído que era durante todo este tiempo?

—Y tu piso ¿qué? ¿Has vuelto a tener problemas? —pregunta.

Le digo que no, que todo va bien.

—Espero que terminen las obras a finales de enero. No sé qué haré con él.

—¿No volverás a vivir aquí?

—No lo sé, tal y como están los precios quizás lo pongo en alquiler turístico —improviso—, como piso de lujo, de superlujo, y yo me busco otro sitio.

Moussa desbloquea el móvil que tiene sobre la mesa.

—Quería enseñarte una cosa —dice.

Abre la aplicación de la galería y empieza a pasar fotos. La mayoría están oscuras y desenfocadas, como si hubiera buscado fotografiar el suelo o las paredes. O como si hubiera disparado sin mirar la pantalla. Se detiene en una.

—Es el tipo que estuvo preguntando por ti hace unas semanas.

Amplía la imagen y deja el móvil junto a mi cortado a medio tomar. Hay dos hombres recortados sobre un fondo borroso que parece una de las callejuelas que suben desde el mar atravesando Ciutat Vella hasta la plaza del Ayuntamiento.

—¿Cuál de los dos? —pregunto.

—El joven, este —dice señalando al de la izquierda.

Es Oleg. Sin lugar a dudas. Lo he reconocido antes de que me pasara el móvil. El otro es el tipo de la cara picada que vigilaba la joyería de Cano y que me crucé en el Majestic.

—¿Y este? —digo señalándolo.

—No, este es la primera vez que lo veo.

—Pero al otro no.

—No, claro. Por eso te lo enseño. La foto es de anoche, pasaron por aquí. ¿Te suena o no?

—Un antiguo novio —digo quitándole importancia, y me sorprendo por lo idiota y veraz de la respuesta.

—Ah. —Moussa sonríe, todo dientes y labios y afabilidad, como si con mi comentario ya no hubiera nada de lo que preocuparse—. Entonces los rumanos ya no te molestarán.

—¿Por qué no?

—Por el tipo de la foto.

—¿Qué pasa con él?

—Corre la voz de que es uno de los nuevos capos de la zona.

—¿Cómo?

—Los locales de los rusos, los de Las Ramblas, los pisos, ya sabes.

Ya. Claro. Los rusos. Las Ramblas. Los pisos.

No, no sé.

Moussa me mira moviendo la cabeza, como si todo fuera muy obvio.

—Joder, ¿no? No tenía ni idea —digo, por decir algo.

—Bua, tía, vaya rollos te echas.

—Ya ves.

Fumamos mientras la camarera se lleva los vasos vacíos. No hay mucho más que decir. Moussa y yo nunca hemos sido amigos. Aliados, tal vez. Algo mucho mejor. Saco del bolso el sobre que preparé hace días.

296

—Quería darte esto.

Lo dejo sobre la mesa y él duda si cogerlo.

—¿Qué es?

—¿Tú qué crees?

Lo abre. Levanta tanto las cejas que están a punto de tocarle la raíz del pelo. Son treinta billetes de cien euros.

—No quiero malos rollos con los rusos, ¿eh? —dice volviéndolo a dejar sobre la mesa, pero más cerca de él.

—No te preocupes, está limpio. Bueno, más o menos. Es mío.

Al final, se lo guarda en el bolsillo de la chaqueta de chándal.

—Nada que ver con ellos —confirmo—. De verdad, no tenía ni idea.

Vuelve a reírse, este hombre nunca pierde el buen humor.

—Pero si lo llevan pintado en la cara.

—Este no. Y yo qué sé, Moussa, el amor es ciego, y gilipollas.

—Y qué lo digas —responde—. Pero ¿bien? Nosotros no podemos hacer nada, ya sabes. Pero si te da problemas…

Esta vez soy yo quien se ríe, despuntando el Karelia en el suelo. Lo freno antes de que se ofrezca a partirle las piernas a mi ex. Doble ex. A Oleg. A ese hijo de puta.

—No hemos acabado mal —digo—. Tampoco es que seamos amiguísimos, pero no nos hemos tirado los platos a la cabeza. Supongo que por eso me protege.

—Claro. ¿Él sabe lo que tú haces?

—¿Qué hago yo, Moussa? Yo no hago nada.

Le veo buscar con la mirada a mi espalda y me vuelvo. Su socio se acerca por la plaza. Esta vez no lleva flúor. Moussa se levanta.

—Bueno, pues si necesitas algo, llámame.

—Claro.

Se va y yo me quedo sola en la terraza, de cara a la iglesia de la Mercè. En Nochebuena y en un día tan feo como este ni siquiera hay autóctonos. Hace menos frío que hace un rato y los claros han ganado la batalla, pero las calles están mojadas y la humedad que viene del mar me ha destemplado. O quizás el frío es algo que llevo dentro, que sale de mí.

Todavía queda una hora para la cita con Sebastián Salisachs. Cojo el periódico del bar que una señora con carrito de
la compra acaba de dejar en la mesa de al lado. En las páginas
centrales hablan de Montsiol. Aquí sí que insinúan la causa de
la muerte… Se sospecha que ha sido una dosis mortal de tranquilizantes y se regocijan en detalles escabrosos y escándalos
en vida del monstruo. Miro el nombre del periodista que ha
redactado la noticia. No tengo ni idea de quién es, pero odiaba
a la vieja casi tanto como yo. Dejo el periódico y me alejo de la
terraza. Así que la han matado. Como a Cano.

Cruzo las Ramblas y bajo a la estación de metro de Dras-
sanes, dirección Trinitat Nova. Aquí sí que hay guiris, el andén está a reventar. Me acomodo el Antigona en el hombro.
Solo me quedan este bolso y el Falabella. Los demás, casi todo
lo demás, están en el piso de la plaza de la Concòrdia. Perdido, porque solo pensar en poner un pie allí, en enfrentarme a
esa mirada perpleja y dura al mismo tiempo, de incompren-
sión total, a ese «ratera» saliendo de su boca… «Mierda. No
pienses en ello.»

Prefiero darlo todo por perdido. Una vez más. Renovarlo
todo por segunda vez. Ya qué más da. Pero da. Me queda
muy poco en la cuenta y voy a tener que tomármelo con calma, ir comprando poco a poco. Vivir al día.

El convoy se detiene y los que esperamos en el andén subimos a empujones. El vagón está a reventar. Y me digo: «¿Por
qué no empezar ahora? Probar cómo voy de reflejos. En cosas
como esta no se puede perder la práctica y hace semanas que
no robo, cojo, una cartera». Me doy una parada de margen
para echar una ojeada al vagón y comprobar si hay competencia. Aunque, a fin de cuentas, solo tengo que soltar el nombre
de mi ex si un rumano viene a partirme la cara, ¿no?

Mientras me apropio de la cartera del bolsillo trasero de un
cincuentón nórdico bien parecido, la voz de Oleg se repite en
bucle en mi cabeza. «Ratera.» En plaza Catalunya el metro se
vacía y se llena de nuevo. Me fuerzo a pensar en Sebastián
Salisachs, en Montsiol. La han matado con tranquilizantes. Ni
se habrá enterado. Qué mierda. Se merecía algo peor, mucho
peor. Algo como ahogarse en su propio vómito. Como que le
explotara la vejiga. Algo escabroso.

Bajo en Diagonal y me deshago de la cartera vacía en una papelera de la avenida. Más tarde contaré el dinero, aunque las manos me dicen que no he tenido suerte, no parece haber mucho papel.

La librería está a quince minutos a pie de la estación de metro y a pocos portales de casa de Mario. Es pequeña y pija, cuidada y orientada a la venta por impulso y de boca en boca. Cuando llego, Salisachs ya está allí, sentado en una de las coquetas mesas que se reparten entre las estanterías. No me ve entrar porque está casi de espaldas a la puerta, leyendo. Lleva una camisa de un rosa muy pálido, unos vaqueros claros y náuticos. Es Nochebuena, pero viste como si estuviéramos en San Juan.

Pido un Vichy y rodeo la mesa para sentarme frente a él. Salisachs cierra el libro y lo deja boca abajo junto a su taza. El título está en francés.

—Nos vamos ahora —dice tras saludarnos—. Mario ha ido a buscar a los niños en coche.

—¿Os los lleváis?

—Sí, a sus sobrinos, ya sabes.

En la librería hay bastante movimiento. Gente comprando regalos para esta noche, libros para leer en el avión de camino al paraíso. La librera, en silla de ruedas, va dando órdenes a sus ayudantes con una voz seca, de cuartel. Me fijo en un niño asiático sentado en una butaca, con un álbum de dinosaurios en el regazo; en las señoras que, al pasar, primero miran mi Antígona y después a mí. Casi todas tienen la piel de un color terroso, antinatural, llevan media melena pajiza secada con rodillo y sonríen con una expresión idéntica. Salisachs se remueve en la silla, incómodo. Estaba diciendo algo y yo no lo escuchaba. Lo miro y vuelve a hablar, sin freno. Ya ha entregado el estuche al comprador, lo hizo en el Majestic cuando yo me fui; el tipo era precisamente aquel viejo verde que estaba a dos mesas de nosotros, que llevaba acosándolo con el tema dos meses; la muerte de Montsiol no nos ha ido mal pero que tampoco era necesaria...

Me echo a reír.

—¿Crees que he sido yo?

Él apura su té y me mira por encima de la taza.

—No lo descarto.

—¿Por eso querías verme? ¿Qué creías, que iba a confesar?

—No lo sé, Eva. Son dos muertos.

—¿Crees que yo no pienso lo mismo? —suelto—. ¿Y si has sido tú?

—Yo no tengo ningún motivo para hacerlo —se defiende—. Mi parte del trabajo ha acabado y no he hecho nada claramente ilegal.

Con eso quiere decir que yo sí, claro.

—Yo no existo, Sebastián, soy un fantasma, ni siquiera estoy aquí.

Apuro el Vichy. El café con Moussa me ha dado sed.

—¿Y si la próxima soy yo? —digo, y no es la primera vez que me planteo esa posibilidad—. Todo este tiempo tú has estado entre las sombras, pero yo he ido a ver a Cano, he trabajado en casa de Montsiol. Las joyas son lo único que los vincula, ¿no? —Me mira con cara de póker y tiro un poco más de la cuerda—: Y luego está la policía.

Tengo que contener la sonrisa mientras veo como Sebastián Salisachs se tensa bajo la camisa rosa.

—¿Qué policía?

—Alguien les ha hablado de tu Porsche amarillo. Solo se te podía ocurrir a ti ir con ese cochazo al barrio de Cano… Cantaba como un canario.

—¿Cómo sabes lo de la policía?

—Me preguntaron sin venir a cuento, hablando del incendio de mi casa —digo, pero me callo lo de la mandíbula del rumano—. Les dije que no tenía ni idea, que no conocía a nadie con un coche como ese. Pero saben algo, Sebastián; si no, no me lo habrían preguntado.

Me parece que Salisachs solloza, tiene la cabeza entre las manos y los rizos rubios se le ensortijan entre los dedos. He aquí la estampa de un cobarde.

—Creo que no tienen nada más —digo tratando de suavizar el golpe.

La puerta automática de la librería se abre y entra Mario acompañado de sus sobrinos. Héctor me saluda con una clase que solo se puede tener antes de la explosión de la adolescencia. Juraría que ha crecido en estas semanas, o tal vez el abrigo negro le hace más mayor. Sebastián tiene los ojos brillantes. Los otros van a acercarse, pero les hace un gesto para detenerlos. Se levanta y recoge el libro con título en francés. Ahora puedo leerlo bien: *Une saison en enfer.*

—Te llamaré cuando tenga el dinero —dice poniéndose la chaqueta.

Y se marcha sin despedirse y sin darme ninguna arma para afrontar a Magallanes.

301

55

—¿ *C*rees que ha sido la misma persona? —pregunta Salvador.

Vuelven de hablar con uno de los hijos de Elena Montsiol, recién llegado de Guipúzcoa, que parece más aliviado que otra cosa con la muerte de una madre con la que apenas se hablaba.

—No lo sé. Son dos casos muy diferentes —responde Magallanes entrando en el coche—. Con Cano hubo violencia, golpes, lo apalearon antes de ahorcarlo. Montsiol estaba en el suelo del dormitorio, junto a la cama, sin signos de violencia, la puerta cerrada con llave.

El día anterior Magallanes había llegado a la residencia de la editora Elena Montsiol pasadas las siete de la mañana. Estuvo llamando a la puerta del piso y al teléfono fijo hasta que el portero subió y le dijo que le parecía que no estaban en casa y que era rarísimo que ninguna de las chicas hubiera aparecido desde el viernes, estando tan delicada de salud. Magallanes llamó a Pastor para que comprobara los hospitales de la zona y localizara a los familiares. Media hora más tarde, la caporal le confirmaba que no constaba ingreso hospitalario y que los hijos creían que estaba en casa. Fue entonces cuando avisó a una ambulancia y se decidió a echar la puerta abajo.

—Pero esta vez, a diferencia del joyero, habían robado.

—Sí, el dinero, las joyas y la caja fuerte. La dejaron bien limpia.

El piso estaba en aparente orden. Excepto el cuerpo descomunal de Montsiol a los pies de la cama y los cajones vacíos. Acaban de confirmarles que ha muerto por sobredosis de hidromorfona, un opiáceo que se usa en cuidados paliativos. Salvador se pone el cinturón y Magallanes arranca. Maniobra para desencajonarse de la plaza de aparcamiento y, en la garita de salida, tiene que quitarse el cinturón para recuperar el tique que ha guardado en el bolsillo trasero del pantalón.

—Entonces —empieza Salvador cuando entran en Travessera de Les Corts—, ¿asaltas con violencia a un joyero, pero no le robas nada, y matas discretamente a una burguesa catalanona y le desvalijas el piso?

—Con Cano buscaban algo concreto: información. Si no, ¿por qué se llevaron el ordenador? Además, está la limpieza... En el caso de Montsiol, no lo han barrido todo con salfumán.

—Son muchas diferencias. Pero no responde a mi pregunta. ¿Por qué esa violencia con Cano y por qué llevárselo todo con Montsiol? Podrían haberse llevado la pieza que buscaban.

—Pero en el caso de Montsiol sabían dónde buscar. No había nada revuelto.

Dejan el coche frente a comisaría. En poco más de veinticuatro horas han logrado localizar a Amalia, en Colombia, y a Eva Valverde, que está citada hoy a las tres, pero no a Cristina Calaf. En estos momentos se está acercando una patrulla al piso en el que vive con su madre, en la calle Aribau. Silvia Magallanes teme que haya una tercera víctima. Esta tarde no piensa dejar escapar a Eva Valverde. Aunque sus padres le den las Navidades.

303

56

Son las tres menos cinco cuando llego a la comisaría de Les Corts. «Puntual, Eva, aunque vayan a encerrarte y tirar la llave.» Pregunto en información y me indican que suba al primer piso. Arriba vuelven a darme indicaciones y entro en un espacio blanco, con la pintura levantada y aspecto de sala de espera de Urgencias. Las personas que están aquí no son muy diferentes de las que te encontrarías en un hospital. Hay una pareja a la que han robado, un tipo que lleva «yonqui» tatuado en la frente y dos mujeres rechonchas, vestidas de negro, que charlan como si estuvieran en la cola de la pescadería. Todos me miran cuando entro. Me pregunto si es por los salones, el abrigo o las gafas de sol. Me las quito y me siento frente a una ventana desde la que veo el tráfico de la Travessera.

Me cargo de paciencia e intento no mirar el reloj del móvil cada cuarenta segundos. Cuando he entrado, creía que Silvia no tardaría en venir a por mí, pero a la media hora me doy cuenta de que está jugando a que pierda los nervios.

«En las joyas no estaban mis huellas. No pueden acusarme de nada. Nada me relaciona con Cano.»

Al cabo de una hora estoy mordiendo la patilla de las gafas, una manía que logré quitarme hace años. Las guardo en su funda, la meto en el bolso e intento mantener las manos quietas. No pensar. Sobre todo, no pensar. Sé exactamente lo que tengo que decir. «No lo cambies ahora.»

Vienen a buscar a la pareja a la que han robado, a las mujeres charlatanas, al yonqui. Llegan otros para reemplazarlos, no muy diferentes, y también se los llevan.

Pasan las cinco de la tarde y yo sigo esperando.

Me duelen las piernas, la espalda y la mandíbula de tener el cuerpo en tensión. Intento relajarlo, pero las manos siguen heladas y tengo que concentrarme para respirar. Son más de las seis cuando saco el móvil y juego con él hasta que se me acaba la batería. Logro distraerme mirando titulares de prensa, blogs, vídeos, si Kardashian esto y Beyoncé lo otro.

Cuando el móvil se apaga con un cuatro por ciento de batería, dejo de saber qué hora es.

Y entrecruzo las manos para controlar el temblor.

Al cabo de un buen rato, el sol se oculta tras los cristales y el color del cielo, allá fuera, es tan espectacular que me pregunto por qué llevo todo este rato con la cara pegada al móvil, por qué no estoy mirando esto todas las tardes. Porque tal vez no pueda verlo más.

«No voy a salir de aquí; me pondrán unas esposas y pasaré la Nochebuena en el calabozo.»

Fuera casi es de noche y estoy sola en la sala cuando Silvia Magallanes entra como un torbellino.

—Siento muchísimo haberte hecho esperar. Es Nochebuena y son más de las siete. Eva, puedes irte a casa, te llamaremos después de las fiestas para hacerte unas preguntas.

—Pero no lo entiendo…, esta mañana me habéis dicho que era muy urgente.

—Sí, pero Cristina Calaf se ha entregado.

—¿Cómo?

Silvia Magallanes se sienta a mi lado, parece agotada. Abre las piernas, apoya los codos en las rodillas y deja caer la cabeza entre las manos, en un gesto que me recuerda a Oleg y que me resulta extraño en esta mujer trajeada.

—Ha confesado la muerte de Elena Montsiol y la de Alfonso Cano. También la de su madre, aunque a ella no la ha matado, la mujer estaba condenada, solo la dejó agonizar sin paliativos, hasta que se le anegaron los pulmones y dejó de respirar.

—No puede ser…

—¿Por qué? —Me mira a través de su cortina de pelo rojizo.

—Cristina no es así, Cristina…, no sé, es buena persona.

—Incluso las buenas personas llegan al límite. Dice que Montsiol hacía años que la torturaba.

—¿Y el otro? ¿Quién es?

—¿No te suena? Es un joyero de L'Hospitalet. Creemos que le vendía a él las joyas que le robaba a Montsiol, pero no lo tenemos claro.

—¿Por qué me estás contando todo esto?

Magallanes se levanta, el traje la hace parecer mayor pero también menos amigable.

—Porque creo que sabes algo, Eva. Algo que no me estás contando.

No digo nada.

—Creo que fuiste tú quien vendiste las joyas que había robado Cristina Calaf. Creo que conocías a Cano desde antes de entrar a trabajar para Montsiol y que os traíais algo entre manos. —Me mira desde arriba, desde su autoridad institucional.

—Yo creo que estás trabajando con hipótesis y no con hechos. —Me levanto. Tengo las piernas dormidas y cansadas, pero le saco un palmo a la subinspectora—. Si no tienes nada más de lo que acusarme, me iré con mis padres a celebrar la Nochebuena.

—¿Y el Porsche amarillo, Eva? ¿Y los 150.000 euros?

—No tengo ni idea, Silvia, de quién es ese maldito Porsche. No he visto 150.000 euros juntos en mi vida. Y yo también estoy cansada de todo esto.

Le doy la espalda y me dirijo hacia la puerta rezando para que no me tiemblen las piernas y para que Magallanes no me devuelva de un tirón a la silla en la que llevo cuatro horas. Enfilo un pasillo que no me suena y me encuentro frente a un ascensor que no es por el que he subido. Solo hay un botón, de subida. ¿Por dónde coño se sale? Me concentro en la respiración. No puede darme un ataque de ansiedad ahora. Vuelvo sobre mis pasos y me encuentro con Magallanes todavía en la sala de espera, derrumbada en una silla de plástico. Me señala una puerta, en el sentido contrario del pasillo.

—Por el otro solo se sube —dice.

Le doy las gracias. Mis tacones resuenan de una manera demasiado evidente. Ahora solo quiero ser invisible. Llegar a casa.

A pocos metros de la salida, se abre una puerta lateral y sale una agente con una mujer esposada. Cristina. Con la piel amarillenta, la nariz ganchuda destaca entre los ojos rojos, la veo más pequeña y frágil bajo esa chaqueta de hombre. Parece más un pájaro que nunca. Me lanzo a abrazarla, pero alguien me sujeta. Vuelvo la cabeza y me encuentro con Magallanes.

Cristina me ve y sonríe sin fuerzas. La policía se la lleva hacia los ascensores y Magallanes me suelta. Me muerdo la lengua para no preguntarle qué le va a pasar. Camino despacio tras ellas, con Silvia pegada a mis talones. «Ahora me detienen a mí también, ya verás.» Y me concentro en no pensar, en respirar, en no mirar a Cristina. Ella no robó las joyas, no tiene sentido que haya matado a Cano. No tiene por qué cargar con ese muerto.

Esperamos juntas frente al ascensor. Siento a Magallanes detrás de mí, junto a la policía que vigila a Cristina, que gira la cabeza y me guiña un ojo. Le devuelvo la mirada, interrogante, y ella asiente con la cabeza. Una imagen me cruza la mente. Yo con las joyas de Montsiol en la mano, el brillo del oro, innegable, atrapado en mi puño. Cristina ha cargado con ese muerto por mí. Cree que fui yo quien mató a Cano. Las puertas del ascensor se abren y Magallanes habla a mi espalda.

—Bajan ellas primero.

Antes de que se cierren, inclino la cabeza hacia Cristina. Espero que entienda con el gesto todo lo que no podemos decirnos.

Silvia Magallanes me acompaña hasta la salida. Todavía noto su presencia agresiva cuando paro un taxi en Travessera de Les Corts. Cuando nos alejamos de comisaría, empiezo a llorar. Al principio las lágrimas me resbalan por la cara sin ningún movimiento más, pero al poco tiempo soy un manojo de nervios que se revuelven en el asiento trasero. No puedo controlar el temblor de las manos y el taxista para en doble fila delante de un bar de la avenida Carles III. Baja y me deja sola. Me concentro en tranquilizarme y casi lo he logrado cuando el conductor vuelve con una tila.

—Pero ¿qué pasa, chica?, que es Nochebuena —me dice con un acento gallego tan marcado que me hace sonreír.

—Por eso, por eso...

—¿No tienes adónde ir?, ¿te has peleado?, ¿es eso?

—No no...

—¿Sales de la comisaría?

Asiento. El taxista me mira con cara preocupada.

—Puedes venir a casa, si quieres —titubea—. Acabo el turno en media hora, tenemos los turrones, creo que Rosa ha hecho salpicón de marisco, bueno, lo de siempre... No es mucho, pero...

«No puede ser, la gente no puede ser tan buena conmigo. No me lo merezco. ¿Por qué este señor me trata como si fuera su hija?»

Le digo que no, que me esperan mis padres en casa, y me concentro en templar los nervios, en recuperar el control. Al cabo de unos minutos el taxista me deja, sin que se le borre la arruga del ceño, en el portal de mis padres. Aunque los coches de detrás pitan, espera hasta verme entrar y le digo adiós con la mano.

Respiro hondo y me miro en el espejo del portal. Mi cara es un desastre. Aquí mismo me recompongo el maquillaje. Limpio los restos de rímel con una toallita. Base, contorno, color, ojos. Minuto y medio esta vez. Entran los vecinos del tercero y me pillan recogiendo el neceser. Preguntan qué tal y me cuentan que vienen de misa.

—Ya no estamos para ir a la del gallo, nena, por eso hemos ido a la de siete —me dice la señora Gayén mientras subimos juntos en el ascensor—. ¿Y tú qué, con tus padres?

Le digo que sí, que me están esperando.

—¿Y tú no te casas, nena? Una buena moza como tú...

—Avelina, deja a la niña, ella sabrá —la interrumpe su marido.

El ascensor se para en su piso.

—Todavía no, tal vez el año próximo.

—A ver si es verdad —dice ella, y el marido me hace un gesto resignado mientras se cierra la puerta.

Sigo sin poder respirar con normalidad y tengo las manos heladas y la cabeza caliente. Espero junto a la puerta con las llaves en una mano y el móvil apagado en la otra. Se me apaga la luz un par de veces y oigo la maquinaria del ascensor. Arriba, abajo. Para por encima de mí. Vuelve a bajar.

No me quiero arriesgar a coincidir con más vecinos y entro. Huele a sofrito y Ella Fitzgerald nos desea *Have yourself a merry little Christmas*. La voz de Ella me tranquiliza. Pasando por el comedor hacia mi cuarto, me cruzo con mi padre, que lleva un gorro de Papá Noel y está poniendo la mesa para tres.

—Tu madre ha bajado a por tostaditas a casa de su amiga la del primero. Nos hemos quedado cortos —dice con los cuchillos de untar en la mano.

—Y tú has aprovechado para cambiarle la música.

—Es que *Los peces en el río* no son mucho mi estilo…

—Tampoco el mío.

Me acerco a la mesa y coloco los cubiertos que él va dejando sin ningún orden.

—¿Qué tal el día? —pregunta—. Esta mañana has sido muy madrugadora.

—Muy largo —respondo—. Muy muy largo. Voy a descansar un rato antes de cenar, ¿vale?

En mi habitación me quito las botas y el abrigo. Mi madre odia que usemos zapatos de calle en casa, aunque sea Navidad y las zapatillas de Minnie me den ganas de llorar. Me suelto el pelo y me tumbo en la cama. Pongo a cargar el móvil, lo enciendo y veo tres llamadas perdidas de Oleg. Se me incendia la cara, como si lo tuviera delante acusándome de lo que soy. Lo dejo caer sobre la almohada. Cierro los ojos y la imagen de Cristina aparece tras los párpados. Las lágrimas se me cuelan en las orejas y controlo la respiración hasta que me quedo dormida. El móvil vibra y salto sobre las sábanas.

Es una felicitación de Navidad. ¿Voy a saltar así con cada mensaje, con cada llamada que reciba? Pensaba que Oleg no me llamaría, que después de lo que sabemos uno del otro no intentaría retomar el contacto. No ha sido tan difícil conectar los puntos. Cómo he podido ser tan idiota.

Abro WhatsApp. Cinco mensajes sin leer. Mi madre me pregunta a qué hora llego. Blanca me envía un audio eterno en el que seguro que me dice «querida por aquí, querida por allá»; no lo abro, me da pereza. En el tercero Moussa insiste en que, si necesito algo, lo llame. El del grupo del gimnasio me informa de que la profe está bastante cabreada porque todas hemos desertado estas últimas semanas y en la última clase eran tres. Dejo para el final el de Oleg, enviado a las dos de la mañana de ayer, antes de la bronca final: «*Bona nit*», y una foto de su almohada vacía, con las malditas sábanas grises.

Abro la ventana para despejarme y respiro por la boca, a grandes bocanadas, hasta que se me congelan las mejillas. Escucho el falsísimo audio de Blanca. Tres minutos. Dice que está preocupada por mí, que podemos superar esto juntas y no sé qué hostias de PNL. Borro el chat. También borro el de Oleg, y el de Moussa. Entro en la agenda de contactos y empiezo por la B de Blanca. Borro a Estel, a Mario, a sus maridos, a muchos más, gente inútil que me dio su móvil en algún momento y con la que nunca he vuelto a hablar, a la que sería raro que llamara y preguntara cómo le va la vida. Cuando llego a Oleg, me detengo. Respiro hondo.

Bloqueo el contacto y lo elimino.

Lanzo al móvil contra la cama, como si quemara.

Me planteo tirarlo por la ventana. Cancelar el contrato. Empezar de cero.

Desaparecer.

«Eso habíamos dicho, ¿no?»

Mi madre me llama a gritos desde la cocina. Miro el reloj, ya son las nueve menos cuarto. La saludo y salgo al balcón a fumar. Mi madre ha vuelto a la carga con el coro de niños adictos al helio que berrean sus villancicos con *Eduardo Manostijeras* de fondo, pero sin sonido, en las treinta pulgadas de tele. Se forman volutas de humo blanco con mi aliento. Enciendo el Karelia con un mechero naranja que no sé de dónde he sacado. En los edificios de enfrente se ha desplegado un ejército de luces multicolor, con decenas de Papá Noel-soldado-de-asalto que cuelgan de los balcones de estos horrendos pisos avispero. Casi siento pena por los pobres muñecos de los chinos, pasando frío aferrados a las barandillas, mientras sus dueños cenan tan tranquilos dentro. Siete pisos por debajo de los toldos verdes pasan familias con niños emperifollados, y coches desesperados buscan aparcamiento. Mi padre sale y me echa por los hombros la manta del sofá.

—Te vas a congelar, Evita. ¿Estás bien? Tienes mala cara.

Me encojo de hombros. Él me pide una calada y le digo que no con la cabeza.

—No vas a recaer después de veinte años, y menos con un cigarrillo de estos.

—Tienes razón. —Se ríe—. Tengo ya edad para puros.

—No, por favor… —digo dejando caer la colilla encendida al vacío.

Los dos miramos hacia atrás para comprobar que mi madre no lo haya visto.

—¿Qué te ha dicho Silvia?

—Preferiría no hablar de eso esta noche.

—Claro, Evita. No tardes, que ya nos sentamos a la mesa.

Me da un beso en la mejilla y vuelve al comedor. Renuncio a fumar un segundo cigarrillo. En la mesa hay comida para al menos diez personas. Una chapata vegetal en trozos pequeños, pinchitos de tomate con queso y almendras fritas con sal, croquetas, gambas a la gabardina, frascos de paté de supermercado, tostaditas y jamón cortado a mano. Voy a la cocina y finjo que colaboro llevando las copas y las servilletas de papel estampadas con arbolitos de Navidad.

Poco antes de las diez nos sentamos a la mesa. Mientras cenamos, comentando las reformas del piso, intento no pensar en dónde estará ahora Cristina, en qué habrá cocinado Rita para Nochebuena, en qué haré yo mañana, el resto de mi vida. Cuando no podemos con un canapé más, entre los tres tapamos todos los platos con papel de aluminio. Los sacaremos otra vez mañana, para la comida, y lo que sobre para la cena, hasta que se acabe el último trozo de jamón reseco, el último montadito blandurrio.

Winona Ryder está a punto de salvar a Eduardo Manostijeras cuando mi padre trae una bandeja de turrones ya cortados, una botella de Anna de Codorníu y una de cava sin alcohol con un dragón rosa en la etiqueta, de ese que les dan a los preadolescentes que tienen prisa por crecer. Brindamos, picoteamos cuatro trozos de turrón y a una hora prudencial les digo que no me encuentro bien y que me voy a la cama.

Me acuesto antes de las doce con la sensación de que una bala ha pasado a diez centímetros de mi cabeza, sin rozarme. Por primera vez en más de un mes, duermo cinco horas del tirón.

311

57

$\mathcal{H}$ace dos horas que es 1 de enero y en el Samovar, cerrado para la ocasión y lleno de amigos de sus padres, no dan la fiesta por acabada. La comida sigue saliendo en bandejas tapadas con film transparente y las botellas se reemplazan en cubiteras en las que hace horas se ha deshecho el hielo. Oleg, que no ha comido casi nada, sale por cuarta vez a fumar. Nadie lo va a echar de menos. Sus padres prácticamente no le hablan y esta es su última noche en Barcelona, en casa.

La plaza está desierta y silenciosa, ningún negocio está abierto y hay pocas ventanas iluminadas. El contraste con el bullicio y el aire denso del restaurante le sienta bien. Saca el móvil y ve que Ricky le ha mandado una foto de la que mañana se arrepentirá. Le saca la primera carcajada de la noche, que queda en una tos ahogada cuando sigue bajando por la pantalla y ve el chat de Eva. Hace días que se ha dado cuenta de que lo ha bloqueado. Al principio, cuando una vez tras otra el mensaje grabado le repetía que el teléfono estaba apagado o fuera de cobertura, pensó que le había pasado algo. Pero comprobó que estaba perfectamente al verla entrar un par de veces en el portal de sus padres.

Mata la colilla contra el suelo y sale de la protección de la pared para tirarla en una papelera. Entonces lo ve. El Chrysler negro que conduce Nikolái está aparcado en una calle transversal y el sicario, apoyado en el capó, tiene la mirada perdida en el cielo rojizo de la ciudad. No lo ha visto. Oleg vuelve sobre sus pasos, entra en el restaurante y coge una bandeja de canapés de la cocina, un cubo de quintos de la nevera, lo único frío que ha sobrevivido a los cosacos, y un abridor. Yelena le hace un gesto para que se quede, sin demasiada convicción. Oleg la ignora y sale del Samovar. Camina hasta el Chrysler y deja los canapés y el cubo sobre el capó, ante la mirada atónita de Nikolái.

—¿Por qué no has entrado? —le pregunta al sicario.

El otro hace un gesto ambiguo.

—Tu madre nunca lo hubiera aceptado.

—Entonces, ¿qué haces aquí?

—Mi trabajo.

—No separarte de mí.

—Exacto.

—Bien. —Oleg abre un quinto y apura la mitad de un trago—. Al menos come algo, es Nochevieja.

Nikolái se ríe por lo bajo y, en su cara acribillada de pequeñas cicatrices, se fija una sonrisa torcida mientras ataca los canapés. Durante un rato los dos beben en silencio. A su alrededor, dentro del Samovar, en los pocos balcones iluminados, en las calles paralelas y en los barrios alejados, la gente grita, baila, se emborracha, folla, se pelea, cambia de canal, arrasa con los turrones o se prepara para salir de fiesta. Las palabras, las etiquetas vuelan sobre algunas mesas como puñales, como insultos. Dentro de poco, los padres de familia meterán a los niños en el coche y conducirán a casa con cuatro veces el alcohol permitido en sangre. Las abuelas se quedarán solas en la cocina, recogiendo la mesa, calibrando el desastre. Las mujeres fregarán los platos, o los dejarán para mañana. Los jóvenes, y no tan jóvenes, invadirán las aceras, los vagones de metro, cualquier rincón abierto en el que se sirva alcohol. Y por un momento, Oleg se ve a sí mismo desde fuera, ve a esos dos hombres trajeados que apuran quintos sin nada que decirse. Hasta que Nikolái rompe el hielo con lo que menos se esperaba:

—Leonid me ha contado la conversación que tuvisteis hace unas noches.

—¿Qué conversación?

—Ya sabes cuál.

—No, tío, no me acuerdo de nada. Bebimos mucho, tengo menos aguante que vosotros.

—Ya.

Oleg se encoge de hombros y le lanza su mejor sonrisa inocente por encima del botellín. No lo sacarán de ahí sin dolor.

313

Nikolái da cuenta del último canapé y cambia de tema:

—Y a ti, ¿no te echarán de menos dentro?

—No.

—¿No ha venido tu chica?

—No.

—Te ha dejado, ¿no? Es una pena, después de lo que has hecho por ella.

Oleg deja que las palabras se apaguen antes de preguntar:

—¿Qué he hecho?

—Liquidar al joyero —responde Nikolái como si fuera algo obvio.

—¿Tú eso cómo lo sabes?

—Pensé que te habías dado cuenta —responde el otro tras una risa desagradable—. Os vi entrar juntos varias noches en casa de tu madre, y supuse que tú sabías a qué se dedicaba esa chica, que era lo que, a través de varias personas, tu tío le había encargado hacer. No te preocupes, él no lo sabe. Solo os vi yo. Para tu tío, era una pobre fulana a la que le habían endosado el muerto de robar algo para él, pero no tenía ni idea de que estaba contigo.

Nikolái saca un cigarrillo y Oleg le ofrece fuego abriendo un mechero de plata, antiguo, que el sicario conoce bien.

—Yo tampoco tenía ni idea —continúa—, hasta que la vi merodear por aquí y más tarde os vi juntos. Pero creí más prudente no decir nada. Esperar, como supongo que hacías tú, a que terminara el trabajo.

Oleg no entiende por qué a Nikolái, normalmente tan parco en palabras, se le ha soltado la lengua. Tal vez solo necesitaba un gesto de paz por su parte para firmar el armisticio.

—Al fin y al cabo —sigue el sicario—, si tú no sacabas a Mijaíl de su error, ¿qué derecho tenía a hacerlo yo? Pero os seguí de cerca, eran mis órdenes, ya sabes. Y la vi entrar en la joyería mientras tú estabas dentro. ¿Pensabas que te habías escapado? —Se ríe—. Cuando entré y vi el berenjenal que habías montado, pensé que lo habíais hecho juntos, pero no, claro, ella salió demasiado rápido y tú ya llevabas un buen rato. La idea de que lo hicierais juntos me pareció romántica. Espero que no te molestara que limpiara el desastre. —Da una última calada—. He estado pensando estos días… Lo hiciste por ella. No tenías ni idea de quién había detrás y pensabas que se acababa con el joyero. ¿Me equivoco?

—No.

—Qué putada —dice lanzando el último botellín vacío hacia el centro de la plaza. La botella explota proyectando fragmentos de cristal en todas direcciones—. Hacer todo eso por una mujer y que te deje, siendo ella lo que es. No hay quien las entienda, solo sirven para una cosa, chaval.

Oleg piensa en decirle que todo es más complicado y, al mismo tiempo, más absurdo. Pero dice:

—Tienes razón, no hay quien las entienda.

Alguien abre la puerta del Samovar y del interior se escapan ruidos de fiesta, risas, música, una voz de bajo cantando que Oleg reconoce como la de su padre. Unos zapatos de tacón trastabillan en la acera y el hombre que camina junto a su dueña la sujeta por los hombros y la acerca a su pecho. Creyéndose solos, se besan bajo la luz de las farolas y la atenta mirada de los dos hombres apoyados en el capó del Chrysler. La pareja se aleja y se pierde en un calle que sale a Numància. Al otro lado de la plaza suenan explosiones de petardos. Oleg se plantea subir a su piso, pero se da cuenta de que prefiere no dormir allí, no retrasar más lo inevitable. Sus padres no lo echarán de menos y no le queda nadie más de quien despedirse.

—Vámonos ya, Kolya —dice recogiendo la caja con los botellines y la bandeja de cartón.

—¿Adónde?

—A la casa de Tossa. Aquí no me queda nada por hacer.

APRIL IN PARIS

—Me alegra volver a verte —dijo—. Hacía tiempo que no nos veíamos.

—Desde luego —contesté sintiéndome mejor por momentos.

—Supongo que quisimos correr demasiado la última vez que nos vimos.

—Tú querías correr demasiado.

—Empecemos de nuevo —dijo Frank—. ¿Qué haces ahora?

—Películas, como siempre. ¿Y tú?

—Intentando levantar el culo del suelo.

Diálogo entre Ava Gardner y Frank Sinatra, en «Amores cinéfagos: Ava y Frank, de camino al bidé» (*Jot Down*), JORDI BERNAL

Cuatro meses después de Navidad

58

«*B*uenas noticias», me ha dicho el doctor Sagarra nada más entrar en la consulta. Por fin el virus ha desaparecido de mi organismo. Estoy limpia. Y pienso celebrarlo con una botella de Moët & Chandon, aunque sea para bañarme con ella, como los vencedores de la Fórmula Uno. Pero antes tengo que ver por última vez a Sebastián Salisachs.

Salgo de la clínica de la Bonanova y paro un taxi. He quedado en media hora con Salisachs en el hotel Casa Fuster, donde nos vimos las caras por primera vez. Me aliso la gabardina beis al subir al coche y dejo el Lady Dior rojo a mi lado. El taxista es uno de esos tímidos y silenciosos, así que me escudo tras las gafas de sol y miro por la ventanilla cómo la ciudad se ilumina, se expande y se contrae, se llena de camiones de reparto, de motos, de ramas verdes recortadas contra el cielo azul, de cafés para *hipsters*, de señoras con la piel estirada por cables tensores. Aquí no hay yayos dando el paseo matinal, amas de casa en bata yendo al mercado, chavales tirados en bancos con un *skate* o una guitarra. Y aunque sé que no me gusta mi barrio, ya no estoy segura de que la zona alta sea lo que quiero.

Moussa tenía razón: los rumanos no han vuelto a molestarme, aunque lleve trabajando a destajo desde enero, sin hacerles ascos a los viajes en metro. Tardaré años en recuperar la cantidad que tenía ahorrada, y estoy segura de que nunca montaré el negocio que había proyectado, pero funciono, casi se puede decir que vivo, por inercia. Dejemos que las cosas rueden mientras me mantengan alejada de los bloques avispero, anestesiada, caliente y segura en mi piso de la calle Ample, que ya no conserva nada de lo que fue el hogar de mi abuela.

El taxi para delante del Fuster, pago la carrera y espero a Sebastián en el bar iluminado por la luz del mediodía. A la hora acordada lo veo entrar, impecable como siempre.

—Te he llamado para darte tu parte —dice tras los saludos de rigor—, no es algo que pueda ingresarte en la cuenta.

Intento ocultar la sorpresa, porque ya no contaba con la vaga promesa que me hizo la última vez que nos vimos, hace ya tanto tiempo. Pero ¿para qué otra cosa iba a llamarme?

—Reconozco —sigue Salisachs mirando al camarero acercarse con su tónica— que me preocupaba que fueras tú quien mató a Cano y a Montsiol, pero desde que confesó esa loca, estoy más tranquilo.

Yo no, pero no se lo digo, claro. Me limito a sonreír sin mostrar los dientes, como una *geisha,* y a pensar, con una claridad que hasta este momento no había tenido, que es gilipollas.

Yo no estoy tranquila porque estos meses he podido visitar a Cristina y he visto cómo está, a lo que se enfrenta. Porque sé que ella no mató a Cano y que Montsiol se merecía algo mucho peor de lo que le hizo. Ojalá me hubiera pedido ayuda. Algo se nos habría ocurrido, habríamos tirado el cuerpo del monstruo al mar, lo habríamos deshecho en ácido, lo habríamos troceado y echado a los perros… Yo qué sé.

—Eva. —En los ojos casi negros de Salisachs leo una expresión diferente, más decidida—. Quería proponerte algo. Una oportunidad, un reto.

Mantengo la sonrisa y le digo que adelante, temiendo lo peor. Los empresarios como él todavía no han aprendido que se les ve mucho el plumero cuando intentan enmascarar los marrones como oportunidades.

—Creo que deberíamos trabajar más juntos. Es admirable cómo actuaste con lo de Montsiol, perdona que te lo diga así, pero me impresionó tu sangre fría, tu… falta de escrúpulos. Quiero proponerte un negocio un poco delicado.

—Para para para… —le corto antes de que diga algo que no quiero oír.

Mira que soy idiota. Su propuesta no debería sorprenderme. Para eso sirvo. Para hacer el trabajo sucio y que el niño no se manche las manos, para ser la machaca y acabar en la cárcel. ¿Para qué engañarnos? Sirvo para robar.

—No me interesa, Sebastián. Tengo otros planes.

Salisachs encaja el golpe con la dignidad que le ha dado su educación. Da un tiento a la tónica y se recoloca la corbata. Y contrataca:

—Piénsatelo, Eva, es una oportunidad como pocas. No sé si se te volverá a presentar algo así en la vida.

Por supuesto que no, no podré salvarte más el culo en la vida, no podré hacer el trabajo sucio y que seas tú quien se lleve el pastón. No podré... No, Sebastián, no me veo a los cincuenta en este callejón sin salida, en esta huida hacia delante. Lo que estoy robando ahora lo hago bajo mi propio control, lo que tú me ofreces es revivir una pesadilla.

—Lo sé, lo sé, Sebastián, pero en estos momentos tengo que centrarme en mí, en mis proyectos. No puedo desviarme.

—¿Y no puedes compartir esos proyectos conmigo? Tal vez Mario o yo podamos ayudarte.

No pensé que pudiera ser tan rastrero.

—Mario y yo ya lo hablamos en diciembre, y no estaba interesado.

—Pero puede cambiar de opinión —se arriesga.

Y yo me callo por no gritarle. Niego con la cabeza despacio, firme.

Aparentemente resignado, Salisachs despliega su encanto de señor con posibilidades.

—El dinero, antes de que se me olvide —dice sacando de la americana, como en las películas de gánsteres, un sobre azul ciclo, grueso, de buena calidad.

Me lo tiende y tengo la delicadeza de no abrirlo delante de él. Lo guardo en el Lady Dior rojo sin apenas mirarlo.

Pese a haberme puesto de mal humor, tengo que reconocer que Sebastián ha recuperado la ligereza que tenía cuando lo vi con Mario, hace unos meses, en su casa que imita una cabaña en el centro de la ciudad. Ya no tiene esa tensión, ese deje histérico que lo envaraba las veces que nos encontramos a solas.

Antes de que el silencio se vuelva incómodo, él me cuenta con detalle el viaje a Jordania que hizo en Semana Santa con Mario y sus sobrinos. Hay que reconocerle, también, sus dotes de narrador.

—Mario tiene ganas de verte —dice al terminar—, me ha mandado decirte de su parte que, al final, Estel no se separa.

—Ah, ¿no? ¿Cómo es eso? —pregunto.

Y él me lo cuenta mientras yo finjo estar atenta, aunque, una vez más, preferiría no saberlo.

—Hace mucho que no las ves, ¿verdad? —pregunta.

—Desde Navidades —respondo, y suelto la primera frase sincera desde que nos hemos encontrado hoy—. No me hacían bien. Creo que ahora estoy mejor, más equilibrada.

—Prométeme que te pensarás lo del negocio —vuelve a atacar en cuanto ve un pequeño resquicio.

Le digo que lo pensaré y la conversación vuelve a estancarse. Miro hacia la calle, por donde pasan turistas de todo tipo.

—¿Sabes? —dice como disculpándose—, he tardado tanto en poder pagarte porque, aunque la primera pieza fue muy fácil de colocar, de hecho, era el encargo de un magnate ruso, un caballero mayor, para el resto he tardado unos meses más.

—¿Cómo se llamaba? —salto apartando la mirada de la calle.

—¿Quién?

—El ruso.

Salisachs se lo piensa, pero al final cede:

—Mijaíl Voronov.

Ahí está, el segundo apellido de Oleg, como una cuchillada. Mijaíl, el hermano de su madre del que me habló alguna vez. Salisachs no me está diciendo nada que no supiera ya, pero no por ello duele menos. Es la constatación de que he atado bien los cabos durante estos meses, en las noches de insomnio.

—El caballero solo estaba interesado en una de las piezas y el resto las ha ido vendiendo conmigo de intermediario. Y no ha sido fácil. Como bien sabes, no eran piezas con certificado de autenticidad.

Abro el bolso y busco en el bolsillo interior. Ahí está. No, en este tiempo no me he separado de él. Saco el anillo de Rita y lo dejo sobre la mesita de cristal.

—¿Te suena?

Se alarma.

—¿De dónde lo has sacado?

—Yo siempre he tenido la pareja. La pieza que faltaba en la caja.

—Qué casualidad... —dice fingiendo aplomo.

—Sabes que no, Sebastián. Quiero que con esto entiendas hasta qué punto me ha afectado este negocio.

Salisachs se recompone.

—Me dejas más confuso de lo que venía...

—Lo entiendo —digo. Miro el reloj y me pongo el anillo en el anular. Sigue encajando como si estuviera hecho a mi medida—. Tengo que irme, en media hora tengo una reunión algo lejos de aquí.

Sebastián suspira, ha perdido el asalto, pero no ha llegado hasta donde está dándose por vencido. Se levanta y me tiende la mano.

—Seguimos en contacto, Eva.

Salgo del Fuster y cojo un taxi en Jardinets. Preferiría caminar, pero tengo que mantener la fachada delante de Salisachs. Le doy al taxista la dirección de casa y busco el nombre de Mijaíl Voronov en Google. Todo está en cirílico y no entiendo una palabra, así que busco a Oleg y encuentro un par de breves de Economía en los que hablan de *lobbies* y de inversión extranjera en la costa.

—Hijo de puta...

—¿Perdone? —dice el taxista.

—Nada, perdone usted, pensaba en voz alta.

—Pues no le tiene mucho cariño.

Suelto una carcajada y me fijo por primera vez en el conductor.

—La verdad es que sí que le tengo cariño.

El taxista me devuelve la mirada desde el retrovisor.

—Pues no piense así de él, pobre criatura... Esas peleas no sirven de nada, se lo digo yo.

Vuelvo a reírme y lo miro con atención. Físicamente no se parece en nada a Joaquín Bosco, que se ha ganado el título de «taxista preferido», pero, por lo demás, paquete de clínex y virgen incluidos, se puede decir que los han sacado del mismo molde.

Justo entonces, como si todo estuviera orquestado por algún espíritu maléfico, pasamos por delante de Cartier y re-

325

cuerdo la gargantilla que Oleg iba a regalarme por Navidad. Me río por dentro imaginando lo que le debió costar entrar en la tienda y hablar con un dependiente. ¿Qué habrá hecho con ella? No he tenido noticias suyas desde que lo bloqueé en el teléfono. Supongo que ya no querrá saber nada de mí, y lo comprendo. Soy la doble ex, fría y desalmada.

Estamos entrando en la calle Ample cuando me decido.

—Espere, he cambiado de idea… —le digo al taxista, y le doy la dirección del taller de Oleg.

De camino a Les Corts, recibo un mensaje de Enrique, con quien he retomado el contacto hace unas semanas. Al parecer, se ha aburrido de su ya no tan joven esposa americana y busca encender unos rescoldos de los que ya no queda nada. Pero sus consejos de economista me han ayudado a aceptar algo que ya sabía: el negocio que proyecté ya no tiene sentido. No es la manera. No es lo que quiero.

Cuando llegamos a la calle Nicaragua, veo que el taller está cerrado, con un gran cartel de «SE ALQUILA» en la puerta.

Tengo que hablar con Rita.

59

*E*l taxista me deja en Numància y me cuelo por la calle de Solà. Siempre me ha gustado pasar junto a esta pared de piedra, con un jardín tras ella, que cierra la fundación Pere Tarrés, y seguir después por la calle desierta, prácticamente sin comercios, hasta desembocar en la plaza de la Concòrdia. Veo que, en los meses que hace que no paso por aquí, han abierto una frutería que expone la fruta al sol. Al pasar por su lado, cojo una manzana y en dos movimientos la meto en mi bolso rojo. Cuando ya la tenía en la mano, oculta tras los pliegues de la gabardina, mi mirada se ha cruzado con la del frutero, un hombre muy guapo de piel oscura. Y mientras él me miraba la cara, los labios, no ha visto como, medio metro por debajo, mi mano izquierda dejaba caer la pieza de fruta dentro del bolso abierto. No hay que perder las buenas costumbres.

Salgo a la plaza, deambulo junto a la iglesia y entro en el Samovar. Son más de las tres de la tarde y los clientes están apurando el último turno de menús del día. No veo a Rita. Tras la barra atiende una chica rubia con el pelo planchado en una coleta alta que es todo extensiones. Me suena de otras veces. Cuando me acerco, veo que lleva las cejas dibujadas a lápiz, altas y finas, con el arco marcado.

—¿Qué quieres? —pregunta, seca, mientras me siento en un taburete.

No la esperaba tan hostil.

—Hablar con tu jefa.

—Está ocupada.

—Entonces tendrás que ir a buscarla, o entraré yo a por ella.

La camarera se vuelve con brusquedad y entra en la cocina. Mientras espero a Rita, veo el tablero de ajedrez, desmontado, en un rincón de la barra. Me acerco, lo armo y muevo blancas. Peón a E4.

El pelo rojo de Rita aparece a mi derecha y me indica que nos coloquemos en una mesa vacía, junto al ventanal que da a la plaza. Tampoco parece contenta de verme.

La camarera con extensiones trae una bandeja con té y pastas. El té ahumado, fuerte y especiado, casi me hace sonreír. Rita sirve las dos tazas y veo que, en el meñique, lleva el anillo que encontré en la espeluznante habitación rosa de la casa de Montsiol. Yo también llevo el mío, en el anular. Sosteniendo las tazas, y con las uñas pintadas de un color similar, nuestras manos parecen un reflejo.

Al contrario que Salisachs, Rita no tiene prisa por hablar, así que empiezo yo la conversación:

—Yo he robado el anillo que llevas en el meñique. En la casa de una burguesa, no muy lejos de aquí.

Ella libera el aire de los pulmones con tanta fuerza que parece que quiera derribarme.

—Sois tal para cual.

—Supongo que sí —respondo encogiéndome de hombros—. Pero al menos, a mí me obligaron a hacerlo.

—Algo harías para que pudieran obligarte —contrataca ella, áspera.

No replico. Lanzo directamente la pregunta que he venido a hacerle:

—¿Qué está pasando con Oleg?

—Mejor que te lo cuente él. Ya no vive aquí.

Los ojos se me van, sin quererlo, a la escalera que sube al piso donde he pasado tantas horas en los últimos años.

—¿Y dónde puedo encontrarlo?

Rita apura la taza de té hirviendo y picotea una galleta. Ya estoy a punto de levantarme cuando contesta:

—Están arreglando un local en el centro, en las Ramblas, seguramente lo encuentres allí.

—¿Dónde?

Me lanza la misma mirada que mi madre cuando me fui de casa a los diecisiete.

—Esquina Escudellers.

328

Υ

No han pasado veinte minutos cuando el taxi me deja en La Rambla. Hoy no voy a ganar para tanto taxi. Bajo hasta la plaza en la que empieza la calle Escudellers abriéndome paso entre las hordas de guiris que suben como una marea desde los macrocruceros. Diviso la Kawasaki aparcada sobre la acera. Me paro a tomar aire. ¿Qué hago aquí? ¿Qué le voy a decir?

Voy a dar media vuelta cuando veo al maldito tipo de la cara picada apoyado contra la pared de un local en obras. Me mira. Con la misma expresión asquerosa que cuando lo vi en la plaza de la Concòrdia, como si fuera algo que pudiera comprar y estuviera planteándose si vale la pena sacar la cartera del bolsillo trasero de los pantalones. Y esta vez no me asusta. Esta vez me cabrea.

Con mi expresión más neutra, me acerco al local. Al llegar junto a la moto de Oleg, paso los dedos por la carrocería. «Cuánto tiempo sin verte, pequeña.» El tipo no deja de escudriñarme cuando paso por su lado. Estoy dispuesta a sacarle los ojos si intenta detenerme.

El local es un caos de polvo blanco que se me posa en el pelo y la ropa, de ruido y obreros que uno tras otro dejan lo que están haciendo para mirarme. Gabardina beis ajustada a la cintura, bolso rojo, medio palmo de tacón e inmensas gafas de sol. Audrey Hepburn en medio del local. Estoy aterrada, pero mantengo la mirada alta, la respiración acompasada. «Nunca les dejes saber que tienes miedo.» El ruido de la última máquina que estaba en marcha se detiene y todo queda en silencio. Excepto por la voz de Oleg, que, de espaldas, apoyado en la estructura de hormigón de lo que será la barra, se queja por teléfono de no sé qué retrasos. Avanzo y mis zapatos suenan en el suelo rugoso, a medio armar. Él se vuelve y baja el teléfono.

—Ese no es el traje que te elegí yo —digo alzando la voz para que me oiga a más de seis metros de distancia. Rezo para que no se me quiebre y toda la puesta en escena se vaya al garete—. Te queda largo.

Oleg lanza una mirada a su alrededor y los obreros se ponen en movimiento, cada uno finge ir a lo suyo, excepto Ricky, que me guiña el ojo desde el fondo del local. No me muevo. Oleg se acerca y mascula:

—¿Qué haces aquí, Eva?

Noto la mirada del tipo de la cara picada clavándose en mi espalda.

—Creo que tenemos algo pendiente —digo.

Puedo ver la duda en su cara, y sé que él no ve nada en la mía. Pero creo que no se merece que lo mire desde detrás de unos cristales oscuros, así que me quito las gafas y las guardo en el bolso. Al meter la mano, toco la manzana; todavía no he tenido tiempo de comérmela.

—La última vez que nos vimos —dice él más suave—, en realidad quería hablarte de negocios.

—Y nos dijimos otras cosas. Qué idiotas, ¿no?

«Ratera. Ratera. Ra-te-ra. Es lo que soy, ¿no?»

Lo observo con ese traje largo, horrible, y acepto que siempre me ha dado igual lo que haya hecho. Supongo que debería sentirme mal, pero me muevo entre el orgullo y una sensación de repulsa casi escatológica.

—Al menos, ahora vamos a cara descubierta. Los dos —digo al final, y echo una ojeada a Ricky, que envía mensajes sin prestarnos atención, a los tipos medio desnudos y empolvados como aristócratas que trabajan intentando no perderse una palabra de lo que decimos.

Oleg se aleja, coge dos cascos destrozados de detrás de la barra y levanta uno enseñándoselo a Ricky. Su amigo levanta el pulgar. Oleg me sobrepasa y sale de local. Mi cuerpo se descongela y voy tras él. Está diciéndole algo en ruso al tipo de la cara picada, algo que yo, con mi limitado conocimiento de vocabulario cursi y culinario, no entiendo. El tipo asiente y entra con mal gesto.

—¿Adónde vamos? —pregunta él cuando llegamos a la Kawasaki.

«A Niza», pienso, pero no es momento para bromas.

—A casa.

Mientras arranca, me fijo en que la serpiente en su muñeca ya está curada. Todavía con el casco en la mano, le pregunto:

—¿De qué negocios estamos hablando?

—Eva… —dice, como si fuera incorregible, y le arranco la primera sonrisa, toda dientes de niño, desde que nos hemos visto.

Subo a la moto, al dragón verde, y salimos. Por supuesto, no hacia el atardecer, como en los cuentos de hadas, como en el cine, sino a hundirnos, juntos, en el barro.

Barcelona, abril de 2015-Sintra, agosto de 2018

Agradecimientos

*T*erminar esta novela no hubiera sido posible sin la ayuda de muchas personas.

Gracias a Anna S. por hacer que Eva fuera una experta en moda sin que yo sepa distinguir unos Manolos de unos Louboutin. Sin tu φιλία, Eva Valverde no respiraría como lo hace en la novela. Y yo tampoco.

A Jose, por ayudarme con sus conocimientos de mecánica y no dejarme hacer el ridículo. Y a Pili y Héctor, por estar siempre ahí para darme estabilidad.

A Wen, a Paolo, a Gemma y a todos los lectores cero que han aportado tantísimo a los primeros borradores. ¡Gracias por vuestra pasión y por vuestros ánimos!

A mis alumnos, con vosotros aprendo todas las semanas (y me hacéis ser menos misántropa).

A Blanca Rosa Roca, a Silvia Fernández y al equipo de Roca por creer en mí una vez más. A Esther Aizpuru, por enseñarme a escribir mejor. A Natàlia Berenguer y a Carlota Torrents, por acogerme en Asterisc. Y a todas las personas maravillosas que he conocido gracias a esto de escribir novelas. Si tuviera que mencionaros a todos, me saldrían más de diez páginas de agradecimientos, así que solo diré que ni en mis fantasías más locas imaginaba irme de cañas con tanta gente a la que admiro.

Gracias también a Jordi Bernal, porque sin sus *Amores cinéfagos* esta novela estaría incompleta.

Y a todos los lectores que han dicho cosas bonitas, así, «cosas bonitas», sobre *Vienen mal dadas*. También a todos los demás. Sin vosotros, *En la sangre* no existiría.

Este libro utiliza el tipo Aldus, que toma su nombre
del vanguardista impresor del Renacimiento
italiano, Aldus Manutius. Hermann Zapf
diseñó el tipo Aldus para la imprenta
Stempel en 1954, como una réplica
más ligera y elegante del
popular tipo
Palatino

En la sangre
se acabó de imprimir
un día de otoño de 2019,
en los talleres gráficos de Liberdúplex, s. l. u.
Crta. BV-2249, km 7,4. Pol. Ind. Torrentfondo
Sant Llorenç d'Hortons (Barcelona)